회귀 경찰의 리셋 라이프

회귀 경찰의 리셋 라이프 47(완결)

초판 1쇄 발행 2025년 6월 23일

지은이 | 한길
발행인 | 최원영
편집장 | 이호준
편집디자인 | 박민솔
영업 | 김민원 조은걸

펴낸곳 | ㈜ 디앤씨미디어
등록 | 2002년 4월 25일 제20-260호
주소 | 서울시 구로구 디지털로32길 30 코오롱디지털타워빌란트 1301-1308호
전화 | 02-333-2513(대표)
팩시밀리 | 02-333-2514
E-mail | papy_dnc@dncmedia.co.kr
블로그 | blog.naver.com/gnpdl7

ISBN 979-11-364-6261-9 04810
ISBN 979-11-364-2581-2 (SET)

※ 저자와 협의하여 인지는 붙이지 않습니다.
※ 이 책은 ㈜ 디앤씨미디어(파피루스)가 저작권자와의 계약에 따라 발행한 것으로 본사와 저자의 허락 없이는 어떠한 형태나 수단으로도 내용을 이용할 수 없습니다.

한길현대 판타지 장편소설

Papyrus Modern Fantasy

회귀 경찰의

리셋 라이프

47
(완결)

PAPYRUS
파피루스

1장. 이탈리아로(2) ················7

2장. 살인자 최종혁 ················113

3장. 종장을 향해서 ················179

에필로그················371

1장. 이탈리아로 (2)

이탈리아로(2)

 나폴리의 대표적인 우범 지역이자 빈민가인 스캄피아를 트럭 한 대와 승합차 한 대가 스쳐 지나간다.
 "휘유······."
 겨우 도로 하나를 넘었을 뿐인데 귀신이 나올 것처럼 어두워진 톤. 사람들 얼굴엔 생기가 없고, 이쪽을 바라보는 시선엔 경계가 가득했다.
 "이래서 사람은 사람다운 곳에서 살아야 하나 봅니다, 대장."
 "작전 중이야. 쓸데없는 말은 삼가도록 해."
 "하하. 알겠습니다."
 입에 지퍼를 잠그는 시늉을 한 김경후는 주변을 두리번거리며 눈빛을 가라앉혔다.
 '이런 곳은 대체 어떻게 아는 거지? 나폴리에서 프로젝

트를 진행한 적이 있는 건가?'

길을 찾는 게 너무 익숙하다.

거기다 스캄피아에 들어서자 지금껏 보인 적 없던 눈빛을 한 최성현.

'……하긴, 회사까지 흘러 들어온 놈 중에 사연 없는 놈은 없겠지.'

그런 김경후의 생각을 아는지 모르는지, 운전대를 잡은 최성현의 눈이 이 길의 끝, 저 멀리 세워지다 만 폐호텔을 바라보며 아련함으로 젖어 든다.

'아버지……'

오랜만이다. 이곳에 오는 것도.

최성현으로선 결코 잊을 수 없는 그날, 친부모에게 스키장에 버려진 날이며 새로운 부모를 얻은 그날.

아버지를 따라 세계 여러 곳을 떠돌다 이곳 나폴리에 왔었다.

그리고 저곳을 발견했다.

'사정을 알고 보면 참 웃긴 곳이라고 했지.'

80년대, 아버지가 이탈리아에서 프로젝트를 진행했을 당시 나폴리의 정치인이 이곳 스캄피아를 재개발하려고 했다고 한다.

그에 스캄피아와 인근 마피아들과 건설사들이 달려들었는데, 정치인이 돌연 재개발 계획을 취소.

'돈을 있는 대로 끌어다 쓴 마피아들과 건설사들이 모조리 파산했다고 하지.'

그런데 그 안에는 다른 사정이 있었다.

'포르자 디포나.'

정치인과 손을 잡고 스캄피아를 개발하여 막대한 돈을 챙기려 했던 포르자 디포나는 스캄피아 마피아들의 격렬한 저항에 아예 재개발 계획을 취소해 버리며 마피아들을 파산시켜 버린 것이다.

그에 재개발 소식에 들떠 있던 스캄피아의 주민들마저 엄청난 피해를 입었고, 포르자 디포나는 자신들에게 반항한 자의 말로가 무엇인지 일벌백계의 교훈을 내리기 위해 이곳을 아예 방치해 버린 것이다.

고작 다른 마피아 조직들을 겁주기 위해 수만 명이 굶어 죽든 말든 알게 뭐냐며 방치해 버린 것이다.

저기 거의 다 올라간 호텔마저 말이다.

'그래서 우리에겐 좋았지.'

삶이 너무 팍팍해 다른 이들에게 신경 쓸 여유가 있는 사람이 없었으니까.

최성현의 아버지는 저 스캄피아의 호텔에서 그에게 참 많은 것을 가르쳤다.

살아남는 방법, 죽이는 방법, 그리고 사람의 마음을 얻는 방법까지 정말 많은 걸 가르쳤고, 최성현은 저 스캄피아의 호텔을 집 삼아 이리저리 뛰어다녔다.

'도착했군.'

최성현은 뒤따르는 승합차를 유도하듯 깜빡이를 켜며 호텔 건물을 끼고 돌아 지하주차장으로 향했고, 승합차도 뒤따라 들어왔다.

탁!

"휘유우."

"쿨럭! 쿨럭!"

세월에 풍화되어 흙먼지만 가득한 주차장 공간을 훑어보던 김경후와 최성현의 동료들이 휘파람을 분다.

그 모습을 보며 피식 웃은 최성현은 트럭 짐칸의 문을 두드렸다.

쿵쿵! 덜컹! 끼이익!

"어우. 앉지도 못하고 오느라 다리 아파 혼났네."

"비, 비켜! 우웨웨엑!"

짐칸에 실린 마약 원료들을 잡고 있다가 뛰어나오는 나머지 동료들.

"어떻게 이렇게 기가 막힌 곳을 고른 거야, 대장?"

들어오는 길에 잠깐 본 것에 불과하지만, 분명 호텔임에도 3미터의 담벼락이 둘러쳐져 있었고, 인근 주택가는 돌아다니는 사람이 거의 없었다.

버려지다 못해 완전히 죽은 동네였고, 독 안에 든 쥐 신세가 되기 딱 좋은 장소였다.

마약 원료라는 설탕물 냄새를 맡고 눈을 뒤집으며 달려올 회사 직원들을 몰살시키기엔 딱 알맞은 곳.

"그런데 그건 우리도 마찬가지란 말이지?"

"괜찮아. 비밀 통로가 있으니까."

"응?"

"일단은 그렇게만 알아 둬."
짜악!
박수를 친 최성현은 모이는 시선들을 향해 입을 열었다.
"모두 움직여."
"옛썰!"
"어이구. 예, 예. 충성."
장난스럽게 대답한 그들은 가방과 작은 말통에 나눠 담은 마약 원료를 들며 빠르게 위로 올라갔고, 최성현은 핸드폰을 들었다.
"약속 장소와 시간을 알려 드리죠."
그의 눈빛이 서늘히 가라앉았다.

* * *

늦은 오후, 조금씩 어둠이 내려앉는 폐호텔의 인근.
스캄피아의 경계에 승합차 한 대가 슬그머니 멈춰 선다.
"저기란 말이지?"
"예, 부장님."
꺾인 코너에서 보는 거라 귀퉁이만 보이는 호텔.
그런데 오싹하다. 육감이 저길 들어가지 말라고 희미하게 외친다.
'놈들인 거야, 아닌 거야?'
해외 지부를 없애고 다니는 배신자들.
여기까지 왔음에도 확신이 서지 않는 부장은 미간을 찌

푸렸고, 박 과장은 그 모습을 보며 안절부절못했다.

"……뭐, 그 배신자 놈들이라고 해도 상관없지."

어차피 그놈들 레벨로 상정해 놓은 상태다. 놈들이든 아니든 저 호텔 안에 있는 놈들이 오늘 세상에서 사라질 거란 건 확실했다.

눈빛이 서늘해진 부장이 차에서 내리자 박 과장도 재빨리 내린다.

그 순간이었다.

"김승정 부장님?"

움찔! 탁!

목소리가 들리자마자 몸을 날려 목소리의 주인의 목에 칼을 댄 박 과장.

그 가볍던 모습은 어디로 간 것인지 그의 눈엔 감정이 사라져 있었다. 마치 살인기계처럼 말이다.

그럼에도 동양인 사내는 마치 이런 일이 한두 번이 아니라는 듯 심드렁한 얼굴로 부장을 보며 고개를 숙인다.

"이탈리아 지부 지원과의 서명길 대리입니다."

김누리가 로마에서부터 타고 온 차량을 가져가 검사했던 그 지원과의 사원.

"……어흠."

머쓱해진 박 과장은 칼을 거뒀고, 지원과 사원은 일을 시켰으면서도 상대의 얼굴조차 모르는 박 과장의 무능함을 일견하며 부장에게 다가섰다.

"탐문 결과, 약 8시간 전 저 안으로 총 두 대의 차량이 들어섰다고 합니다."

3톤 트럭 한 대와 승합차 한 대가 간 크게도 스캄피아를 가로질러 호텔로 들어갔다고 한다.

"많아야 15명이겠군."

"그리고 나폴리에 있는 지원과 사원들을 모두 투입한 결과, 창가 쪽으로 얼굴을 비춘 인원은 16명으로 파악됐습니다."

나폴리에 있는 지원과 사원이라고 해 봤자 그와 다른 두 명이 전부였지만, 그는 그 말을 꾹 삼켰다.

"짐칸에 숨었을 확률은?"

지원과 사원은 그것까진 모르겠다는 듯 어깨를 으쓱였고, 부장은 혀를 찼다.

"야, 지원과! 일 똑바로 안 해?!"

"자살하는 취미는 없어서 말입니다."

"이 새끼가 그래도……. 네 윗대가리가 박승대지?!"

"저희 과장님 성함이 왜 여기서 언급되는지 모르겠습니다만?"

"야, 이 새끼야! 너 입사 몇 년 차야!"

"그만."

"하지만 부장님! 이 자식이 말하는 꼴 보십시오!"

"그만하라고 했지."

합죽이가 된 박 과장은 얼른 물러났고, 부장은 지원과 사원을 응시했다.

"잘했어. 안 그래도 사원 수 적은데, 목숨을 아껴야지."

"이해해 주셔서 감사합니다."

"아무튼 16명이라고 했지? 박 과장. 운송 트럭에서 원료를 훔쳐 간 놈이 몇 놈이라고 했지?"

"아, 그거 말이죠? 제가 목격자들을 조져서 확실히 알아냈습니다! 죄다 마스크를 써서 피부가 꺼먼지 허연지 파악은 못했지만! 열 명이 좀 넘는다고 했습니다!"

'얼추 맞아떨어지는군.'

그런데 왜 이렇게 들어가기 싫은 걸까.

저 안에 있는 놈들이 함정이라도 파 놓은 걸까.

'저 안에 있는 놈들이 배신자들이라고 하면 함정을 파 놨을 거고, 아니라고 해도 어떤 대비는 해 놨겠지.'

지게차까지 동원해 마약을 훔쳐 간 놈들이다.

보통 미친 게 아닌 놈들.

'그런 놈들을 대하는 방법은 하나지.'

눈을 빛낸 부장이 무전기를 드는 순간이었다.

스르륵!

갑자기 그들의 옆에 서는 고급 세단 한 대.

눈빛이 서늘해진 박 과장이 열리려는 운전석의 차문을 걷어차고, 지원과 사원이 차를 뛰어넘어 보조석에서 내리는 삼십대 이탈리아인에게 다가가 그 목에 칼을 가져다 댄다.

"와우, 맘마미아. 너무 환대해 주는 거 아니야?"

"누구……."

말을 하던 지원과 사원이 입을 다문다. 갑자기 돌변한

주변의 공기 때문이다.

　공기뿐만이 아니다.

　그들이 도착하기 전부터 근처의 건물 앞에 옹기종기 모여 대마를 피우고 있던 젊은 놈들이, 건너편에서 걷고 있던 커플이, 벤치에 누워 있던 주정뱅이가 몸을 일으켜 이쪽을 서늘한 눈빛으로 응시하며 품에 손을 가져간다.

　부장들의 온몸을 엄습하는 섬뜩함.

　그에 목에 겨눠진 칼을 검지로 밀어낸 삼십대 남성이 뒷좌석의 문을 열며 허리를 숙이고, 뒷좌석에서 시가를 문 사십대의 배불뚝이 남성이 내린다.

　그제야 상황을 파악하고 얼굴을 구기는 부장.

　"이게…… 무슨 개짓거리지?"

　빠드득!

　"우리의 소중한 사업 파트너께서 물을 대차게 드셨잖아."

　그것이 혹여 DEA 때문이라고 해도 이미 무기까지 지원해 주며 용인해 줬던 기회가 날아간 거다.

　"그래서 저 위에 계신 분께서 걱정이 이만저만이 아니게 되신 거지."

　정말 믿어도 되는 걸까. 그냥 자신이 움직이는 게 나은 건 아닐까.

　하늘을 가리키는 사십대 남성의 행동에 다시 이를 간 부장이 핸드폰을 꺼내든다.

　"예, 지부장님. 그들이…… 비즈니스 파트너가 보낸 부하들이 나타났습니다."

-……있어 봐.

부장은 전화가 끊긴 핸드폰에서 시선을 거두며 사십대 남성을 가만히 응시했다.

그렇게 약간의 시간이 흐르자 부장의 핸드폰이 울린다.

"예, 지부장님."

-같이 움직여.

"지부장님!

-하라면 해!

'빌어먹을!'

"예, 알겠습니다."

사십대 남성은 히죽 웃었다.

"자, 그럼 작전을 들어 보실까? 설마 병신같이 무작정 밀고 들어가려는 건 아니겠지? 오, 제발. 우리 파트너가 그런 바보가 아니라면 좋겠군!"

빠득!

"걱정 마라. 우리도 다 계획이 있으니까."

"무슨 계획?"

"……후우. 4조, 내가 있는 곳으로 와."

약간의 시간이 흐른 후 그들이 있는 곳으로 경찰차 한 대가 도착한다.

"부르셨습니까, 부장님."

"……오, 맘마미아. 으하하핫!"

경찰 복장을 한 사원들의 모습에 사십대 남성이 웃음을

터트린다.

그는 만족스럽게 웃으며 부장을 봤다.

"다행히 바보는 아닌 것 같네."

"이봐."

"하지만 이래선 당신들의 소중한 일개미들이 허무하게 죽을 수 있잖아. 이건 우리에게 맡겨, 파트너. 이런 건 우리들이 전문이니까."

"뭐?"

사십대 남성은 부장의 반문을 무시하며 핸드폰을 들었다.

"나야, 브루노. 여기 스캄피아의 폐호텔인데, 순찰팀 세 팀만 보내 줘."

'미친!'

부장과 박 과장은 기겁하며 남성을 보았다.

* * *

휘이잉!

시멘트 흙먼지 바람이 부는 폐호텔 안.

움찔!

쓰레기 잔해에 앉아 책을 읽던 최성현이 고개를 든다.

그와 동시에 4층에 모여 있던 몇 명의 동료들도 일어선다.

"왔구나."

"왔네."

공기가 바뀌었다.

삭막하고도 퀴퀴한, 버려진 동네 특유의 공기에서 끈적끈적한 피 냄새가 섞인 공기로.

이곳을 빠져나가야 한다는 위기감이 그들을 엄습함에 최성현이 무전기를 든다.

"회사가 도착한 것 같다. 체크해."

-수신.

아래에서 부산한 소리가 들리더니 이내 곧 무전들이 들려온다.

-거수자 발견.

-거수 차량 발견. 10분 전엔 없던 차들이야.

정말 온 거다.

그들의 마음속에서 긴장의 칼날이 뽑히는 순간이었다.

-그런데 대장. 이거 느낌이 쎄한데?

"대장, 아무래도 튀어야 할 것 같은데?"

주변을 둘러본 동료의 말에 최성현이 고개를 끄덕인다.

사방에서 위기감이 느껴지고 있다. 심지어 이쪽을 향해 조여져 오고 있는 느낌이다.

'이탈리아 프로젝트에 참가한 인원 전부가 온 건가? 아니, 아니야. 무언가 결이 다른 느낌이 섞여 있어.'

찐득한 피 냄새 사이에 거친 냄새가 섞여 있다.

그들의 머릿속이 혼란스러워진다.

하지만 그것도 잠시다.

"뭐든 상관있겠어, 대장? 어차피 상정한 상황이잖아."

"……그렇지."

어차피 이곳에 도착한 모든 사원이 이 폐호텔로 진입하는 순간, 그들은 더 이상 내일의 해를 보지 못하게 될 거다.

그래서 일부러 16명만 노출시키며 이 개미지옥을 완성시킨 거다.

풀썩 웃은 최성현은 다시 무전기를 들었다.

"모두 위치로."

후다닥!

최성현은 흩어지는 동료들을 보며 무전기를 빤히 바라봤다.

"모두…… 살아서 보자."

-……라져.

-대장, 나 이번 일이 끝나면 아내를 찾아갈 거야.

-야, 이 새끼야. 그거 사망 플래그야!

-크크크크!

어차피 복수를 위해 내놓은 목숨.

이런 순간까지도 유쾌한 그들의 모습에 피식 웃은 최성현이 몸을 돌리는 순간이었다.

"대, 대장-!"

삐이이잉!

갑자기 울리는 사이렌 소리.

다급히 창가로 달려간 최성현은 호텔 부지 안으로 들어

서는 경찰차들을, 경찰차들에서 내리는 이탈리아 경찰들을 발견하곤 얼굴을 와락 구겼다.

"이 개새끼들이!"

그는 다급히 무전기를 들었다.

그들이 짜 놓은 계획이 처음부터 어그러지기 시작했다.

* * *

호텔이 보이는 골목.

사십대 이탈리아 남성이 누군가와 통화를 하고 있다.

"그래, 브루노. 안에 아무도 없다고?"

-그렇습니다.

'좀 아쉬운데?'

저 폐호텔 안에 있는 놈들이 미친 척 경찰들을 죽여 버렸으면 지금 통화하고 있는 인물에게 알려 참 재밌는 구경거리를 만들어 줬을 텐데 그러지 못해서 아쉽다.

"잠시만?"

사십대 남성이 부장을 바라본다.

"분명 방금까지 16명이나 있다고 하지 않았어?"

경찰들이 지하주차장에서부터 꼭대기 12층까지 모두 훑었는데, 사람은 머리카락 한 올조차도 발견하지 못했다고 한다.

그 말에 부장의 입술이 꿈틀거린다.

'놈들이군.'

배신자 놈들이다.

마약 조직이나 강도들 따위가 저 상황에서 이렇게 빨리 몸을 뺄 수 있을까. 역시 배신자 놈들이 맞는 것 같다.

'이 개새끼들. 드디어 나타났군.'

부장의 눈이 빛난다.

하지만 이런 걸 밝힐 순 없기에 부장은 어깨를 으쓱였다.

"잘 피해서 숨었나 보지. 호텔이 넓잖아."

"흐음……."

눈을 가늘게 뜬 사십대 남성은 다시 핸드폰을 귀에 가져갔다.

"특이 사항은?"

ㅡ지하주차장에 3톤 트럭과 승합차 한 대가 있는 것을 빼곤 별다른 특이 사항은 없다고 합니다.

"……아마 통 같은 것들이 있을 거야."

ㅡ아, 예. 4층에 파란 통들이 쌓여 있었다는군요.

"확인해 봐."

ㅡ잠시만 기다려 주십시오. ……예, 그 앞에 도착했다고 합니다. 웬 액체들이 가득 들어 있다는군요.

"그 밑을 살펴보라고 해. 폭탄 같은 게 있을지도 모르니까."

"음? 흠."

어깨를 으쓱인 사십대 남성은 그대로 전했고, 이내 핸드폰 너머에서 새된 비명 소리가 튀어나왔다.

-이, 있다고 합니다-!
"하?"
사십대 남성은 미간을 좁히며 부장을 봤고, 부장은 입술을 비틀었다.
"뭐해? 폭발물 처리반 불러야지."
"……푸하하하핫! 그래. 그러자고!"
부장은 폐호텔을 보며 눈빛을 번들거렸다.

* * *

"후욱! 후욱!"
거친 숨이 바깥으로 빠져나가지 못한 채 두꺼운 보호복 안을 휘돌다 얼굴과 목을 휘감는다.
머리가 뜨거워지고, 눈도 뜨거워진다.
언제나 스스로에게 묻고 또 묻는다.
이 선일까, 저 선일까.
빨간 선일까, 파란 선일까.
수없이 연구하고 또 연구를 해도 결코 방심할 수 없는 선택.
언제나 믿어야 할 건 감과 지식뿐이다.
'그래, 가자.'
살필 건 모두 살폈다.
펜치가 단호하게 선을 자른다.
타악!

분명 두꺼운 보호복과 펜치라는 도구가 있는데도 생생하게 손안 가득 느껴지는, 전선의 피복이 뭉개지고 그 안의 구리선이 잘리는 감촉.

질끈 감았던 눈을 뜬 폭발물 처리반 대원은 불이 꺼진 폭탄에 숨을 길게 내쉰다.

하지만 아직 끝이 아니다.

대원은 기폭 장치를 분리한 폭탄을 조심스럽게 꺼내 해체된 폭탄을 따로 봉인하는 케이스에 넣는다. 그리고 조심스럽게 아래로 내려가 차량에 싣는 그.

탁!

"상황 종료."

폭발물 해체가 모두 끝났음을 알리자, 숨을 죽이며 지켜보던 경찰들이 박수를 치며 오늘도 사선에서 살아 돌아온 동료를 축하한다.

"수고했어! 나머진 우리 경찰들에게 맡기고 돌아가!"

"흠…… 예."

가지런히 쌓인 파란 통들 아래 설치되어 있던 폭탄.

이는 파란 통을 건드리는 이를 노리고 설치된 것이 분명했고, 그만큼 그 파란 통 안의 내용물이 범상치 않은 것임을 뜻했다.

'이것까지 내가 신경 쓸 필요는 없지.'

이런 것쯤은 눈앞의 경찰도 이미 알아차렸을 터. 이후의 일은 이들에게 맡기면 되는 것이었다.

"그럼 이제 폭탄은 어떻게 되는 거야? 증거물 창고로

들어가는 건가?"

딱 보니 폭탄의 양이 제법이었다.

'잘하면……'

경찰의 눈에 탐욕이 서렸지만, 보호구를 벗느라 보지 못한 폭발물 처리반 대원이 마지막 절차에 대해 설명한다.

"기폭 장치만 창고에 보관하고, 폭발물은 나폴리 외곽에서 기폭시킬 겁니다."

그렇게 해야 폭발물 처리반으로서의 업무가 끝나는 거다.

"……아, 그래? 알았어. 가 봐."

'뭐지?'

왠인지 실망한 목소리에 의아해한 폭발물 처리반 대원은 이내 경례를 하곤 차량에 올라 폐호텔을 빠져나갔고, 경찰은 그 순간 울리는 전화를 받는다.

"예. 아, 예. 알겠습니다."

짝짝!

"상황 해제! 지원 나온 경찰들은 모두 복귀하도록 해!"

"음? 저 위에 있는 파란 통들은 수거하지 않는 겁니까?"

"그건 다른 곳에서 수거해 가기로 했으니까 이만 철수하라고. 여긴 우리가 지킬 테니까."

"아, 예! 알겠습니다. 수고하십시오!"

엘리베이터가 설치되어 있지만 작동하지 않는 폐호텔. 혹여나 계단을 오르내리며 개고생을 해야 하나 걱정했던 경찰들은 밝은 표정으로 냉큼 현장을 빠져나갔다.

잠시 후 여전히 폐호텔을 빠져나가지 않고 남아 있던 몇 명의 경찰들은 한데 옹기종기 모인다.
"이번엔 무슨 일일까요?"
대체 무슨 일이기에 폭탄까지 나온 걸까.
대충 봐도 폭발물이 놓여 있던 공간을 날려 버리기에 충분한 양이었다.
"신경 쓸 필요 있어? 어차피 우리야 돈만 받으면 그만이잖아."
"하하. 그렇죠?"
잠깐 수고하는 것으로 몇 달 치 월급에 달하는 보수를 약속받은 그들. 그들은 싱글벙글 웃으며 여기저기로 흩어져 시간을 보내기 시작했다.
그렇게 얼마나 흘렀을까.
하늘이 어두워지고, 사방이 적막해지자 경찰들의 인내심도 바닥을 드러낸다.
그 순간이었다.
부르릉!
안으로 들어오는 트럭과 차량들을 발견한 경찰들이 모여든다.
그리고 한 차량에서 내린 부장이 경찰들을 아래로 내려다본다.
"브루노가 보낸 건가?"
"……예, 그렇습니다."
경찰들은 범죄자 주제에 대뜸 반말을 내뱉는 부장의 모

습에 속으로 욕지거리를 내뱉으면서도 이를 악물며 애써 웃었다.

잠시만 견디면 몇 달 치 월급을 손에 넣을 수 있었으니, 이 정도 굴욕쯤은 참을 수 있었다.

"수고했어. 수고한 김에 조금만 더 수고해."

자신들이 마약 원료를 회수할 때까지 지금 이곳을 지켜보고 있을 놈들이 움직이지 못하도록 경비를 서라는 말.

"박 과장, 수거해 와."

"예!"

박 과장과 총기를 든 사원들이 위로 올라가자, 부장은 폐호텔 바깥에 서서 주변을 주욱 둘러봤다.

'자, 너희도 우릴 죽이고 싶잖아. 판 깔아 뒀다. 얼른 들어와 봐, 배신자 새끼들아.'

어둠에 숨어 있을 놈들을 끄집어내기 위해 사원들끼리만 직접 행차했다.

이 먹음직스러운 먹잇감을 물지 않고 견딜 수 있을까.

혹여 뭔가 낌새를 느끼고 물러간다고 해도 상관없다. 원료를 회수할 수 있으니 말이다.

-원료 발견했습니다. 수거 시작하겠습니다.

"들어와, 새끼들아."

부장의 눈이 번들거리기 시작했다.

한편 사방이 막힌 어느 공간.

징징징!

최성현과 동료들이 붉은빛을 토해 내는 기기를 보며 눈을 빛낸다.

"4층뿐만 아니다. 1층에서부터 8층까지 모두 울리고 있어!"

비밀스럽게 숨겨 둔 동작감지 기기.

그들의 시선이 옆의 모니터로 향한다. 그러자 보이는 1층에서부터 8층까지 들어서는 그림자들.

"4층에 몇 명이야?"

"대략 15명?"

최성현이 핸드폰을 귀에 가져간다.

"김경후."

-대략 60명 정도가 몰려왔습니다!

"오케이."

'함정이군.'

분명 그들이 느꼈던 끈적한 공기는 고작 60명 정도가 아니었다.

"하지만 일단은 이 정도로 만족해 볼까?"

탁!

손에 쥔, 빨간 버튼을 덮고 있는 케이스를 열어젖힌 최성현은 무전기를 들었다.

"모두 제 위치에."

-수신.

-자, 드가자!

-크크크!

"크크크."

회사가 함정에 함정에 함정을 준비했다면, 자신들도 함정에 함정에 함정에 함정을 준비하면 되는 거다.

'난데없이 경찰이 들이닥치면서 시작이 어그러지긴 했지만……'

혹시나 해서 이중으로 설치해 두길 잘했다.

최성현은 함박웃음을 지으며 빨간 버튼을 꾹 눌렀다.

꽈아아아아아앙!

잠이 슬그머니 내려앉던 나폴리가 번쩍 깨어나는 순간이었다.

* * *

삐이이이이!

1층 로비, 주저앉은 부장이 멍하니 위를 본다.

'뭐, 뭐야……'

분명 폭탄을 해체했다. 그럼에도 또다시 폭탄이 터졌다. 호텔 전체가 흔들린 듯한 막대한 충격.

"부장님! 정신 차리십시오, 부장님!"

옆에서 몸을 흔드는 사원의 행동에 정신을 차린 부장이 다급히 무전기를 든다.

"어디야! 어디서 터진 거야-!"

-4층입니다-!

"4층! 박 과장! 연락 좀 받아, 이 새끼야!"

목에서 피가 터져라 외쳤지만, 들리지 않는 박 과장의 답신.

"박 과장—!"

쿵!

'이 빌어먹을 새끼!'

이렇게 허무하게 죽을 거면서 그동안 지 안위는 왜 그렇게 끔찍하게 챙겼을까.

눈시울이 뜨거워진 부장은 갑자기 드는 섬뜩함에 다급히 주변을 둘러봤다.

'설마 여기도?'

아니다. 로비는 이미 샅샅이 수색했다. 혹시 숨어 있는 놈이 있을까 화장실 천장까지 다 훑어보지 않았던가.

그는 아직도 어리벙벙한 표정으로 로비에 멍하니 서 있는 사원들을 향해 일갈했다.

"뭣들 해, 이 새끼들아! 경계 안 해?!"

"예, 예!"

다급히 바깥을 향해 총을 겨누는 사원들.

폭탄을 터트렸으니 이제 물밀듯 밀려들 거다.

로비가 뚫린다면 수습 불가능한 상황이 벌어진다. 아니, 폭탄이 터진 순간 이미 수습이 불가능한 상황이다.

'너흰 그렇게 생각하겠지!'

그러나 이렇게 폭탄을 터트려 이목을 주목시킨 저놈들은 꿈에도 모를 거다. 자신들의 비즈니스 파트너들이 있는 한 경찰은 절대 출동하지 않을 것임을 말이다.

그렇게 생각한 순간이었다.

타다다다당!

부장이 다급히 위를 바라본다.

-6층에서 적 발견…… 크악!

-기다려! 곧 지원…… 커흑?

오싹!

'위라고?'

도망친 게 아니었다.

'정말 경찰들을 피해서 숨어 있던 거라고?'

아니, 그게 전부가 아닐 거다. 저건 함정이다. 폐호텔의 바깥과 로비에 모여 있는 사원들을 위로 끌어들이기 위한 함정.

눈빛이 서늘해진 부장은 핸드폰을 들었다.

"납니다. 당신들 도움이 필요할 것 같습니다."

-그러지.

통화를 종료한 부장은 권총과 칼을 빼 들며 위를 노려봤다.

'오늘 끝을 보자, 이 개자식들아.'

* * *

"휘유우."

폐호텔에서 멀리 떨어진 곳에 위치한 어느 건물의 옥상.

김경후가 폐호텔로 들어서는 차량들을 보며 혀를 내두

르며 핸드폰을 든다.

"대장, 30명 정도 더 진입합니다. 이걸로 저희가 예상했던 인원은 모두 진입했습니다."

이미 1차로 진입한 회사 사원들까지 합하면 90여 명.

지금 이 순간에도 이탈리아 프로젝트를 계속 진행하기 위해 남겨 놓았을 사원들을 제하면, 그들이 예상한 동원 가능한 인원은 전부 이곳에 모인 것이었다.

-오케이. 이제 너희도 들어와.

"예."

핸드폰을 갈무리한 김경후는 옆의 동료를 봤다.

"들어오랍니다."

"끄으! 그럼 갈까?"

권총과 수류탄을 빼 든 그들은 잔인하게 웃으며 옥상을 내려갔다.

사사사삭!

골목을 내달리며 호텔로 향하는 최성현의 동료들.

그들은 몰랐다. 자신들을 지켜보는 시선이 더 있다는 것을 말이다.

아까 전 부장과 이야기를 나눴던 사십대 사내는 핸드폰을 들며 입을 열었다.

"숨어 있던 쥐새끼들이 튀어나왔다. 10분 후 나머지 모두 튀어 들어가."

저들을 꾀어내기 위해 조직원을 반만 보냈던 그.

—예!"
사십대 사내는 미소를 지으며 부장에게 연락했다.
"쥐새끼들 들어간다."

* * *

"피, 피해—!"
꽈아아앙! 꽝! 꽈아앙!
호텔 이곳저곳에서 수류탄의 폭발음이 터진다.
동료들이 폐호텔에 진입한 사원들의 뒤를 치기 시작한 거다.
이제 자신들도 천천히 압박해 간다면, 뒤를 신경 쓸 수밖에 없는 놈들은 전열이 무너지고 점차 포위될 터였다.
하지만…….
꽈과과과광!
가까운 곳에서 터지는 발포음과 이쪽을 향해 쏟아지는 총탄들.
회사의 사원들은 마치 소란이 일어나는 뒤는 신경 쓰지 않는다는 듯 이쪽을 향해 거침없이 다가왔다.
"후욱! 훅!"
문이 없는 방에 숨은 김소연이 이를 악문다.
"미친! 미친! 90명이 전부가 아니었다니!"
"90명은 무슨 90명이야! 뒤에 들어온 30명은, 아니 60명은 이 나라 놈들이라잖아!"

예상한 숫자 이상의 현지 조력자들.

함정에 함정에 함정을 팔 회사이기에 자신들도 함정에 함정에 함정을 팠었다.

그런데 회사는 거기서 함정을 하나 더 파 버렸다.

'대체 어떤 놈들인 거야!'

총기 사용이 너무도 익숙한 놈들이다.

'마피아? PMC? 아니, 마피아는 아니야. 회사는 절대 자기들 이득을 나누는 곳이 아니니까!'

"소연아, 몇 명 죽였냐?"

쿵!

김소연이 동료를 본다.

낯빛이 희게 질린 채 거친 숨을 몰아쉬는 동료. 배를 움켜쥐고 있는 동료의 모습을 본 김소연의 눈에 눈물이 차오른다.

"……셋."

방심한 놈들을, 그들이 생각하지도 않았던 방향에서 기습하지 않았다면 이 숫자도 불가능했을 거다.

"난 둘. 아직 멀었지. 가라."

"개새끼야……."

"어이! 그만 항복하고 나오지? 너흰 이미 포위됐어! 자수해서 광명 찾자!"

어느새 멈춘 총성.

"광명 찾기는. 지들이 씨발 짭새인가……."

"가망 없을 것 같아?"

"어. 눈앞이 흐릿해지는 게 10분 안에 뒈질 것 같다. 크크크."

"……즐거웠어."

어느 순간부터 죽지 못해 살던 삶.

지난 몇 년은 저승에 가서도 결코 잊을 수 없는 기억이 되어 줄 거다.

"가서 대장한테 안부나 전해 줘. 끄으윽!"

힘들게 몸을 일으킨 동료가 손가락 세 개를 들자, 김소연이 눈물을 흘리며 뛰어갈 준비를 한다.

그러자 마지막 남은 수류탄의 안전핀을 제거하는 동료.

시선을 마주친 둘은 고개를 끄덕였고, 동료가 먼저 몸을 날리며 복도를 향해, 깜짝 놀라 방아쇠를 당기려는 놈들을 향해 수류탄을 던진다.

휙! 팅! 퍽! 퍽퍽퍽!

"피, 피해-!"

"뛰어-!"

'흐윽!'

눈물을 머금으며 복도를 내달리는 소연.

그와 동시에 등 뒤에서 폭발음이 터지며 커다란 압력이 그녀의 등을 밀어젖힌다.

그에 금방이라도 넘어질 듯 휘청거리지만, 결국 이를 악물며 달린 그녀가 총성을 들으며 비상구 옆의 문의 손잡이를 잡는다.

그들이 기습을 성공할 수 있었던 비밀 통로가 있는, 쓰레기와 세탁물 처리 파이프가 있는 공간.

끼이익!

손잡이를 비틀며 잡아당기는 순간, 섬뜩한 소리가 그녀의 귀를 스친다.

그리고 뒤이어 비상구의 철문이 천천히 열리는 게 보인다.

그리고 그 사이로 튀어나오는 총구와 마주치는 날카로운 눈빛.

'아, 안 돼!'

지금 이 공간 안으로 들어가선 안 된다. 비밀 통로가 들키는 순간 다른 동료들의 탈출로가 막혀 버리고 만다.

'하, 이렇게 죽네.'

그녀는 오른손에 들고 있던 권총을 왼손으로 던지며 놈들을 향해 겨누었다.

그 순간이었다.

콰아아아아!

'응?'

그녀의 등 뒤에서 들리는 굉음.

느릿해진 시간 속, 이쪽을 향해 눈을 번들거리며 방아쇠를 당기려던 이들의 두 눈이 커다랗게 떠지며 열던 비상구의 문을 잡아당긴다.

그에 고개를 돌린 그녀는 창문이 달리지 않은 호텔 룸 바깥에서 이쪽을 향해 맹렬히 날아오는 붉은 점을 발견하곤 쓰레기를 처리하는 공간으로 몸을 날렸다.

"미친!"

꽈과과과과과과과광!

사방에서 날아든 로켓들이 폐호텔에 틀어박혀 폭발하며 나폴리를 공포에 물들였다.

그리고…….

투두두두두두두두!

삐요오오오오옹!

멀리서 다가오는 헬기 소리와 이쪽을 향해 맹렬히 달려오는 경찰차 사이렌 소리가 전장이 됐던 폐호텔을 적막에 빠트렸다.

　　　　　＊　＊　＊

-알파팀. 알파 포인트에 도착했습니다.

"수신."

호텔의 꼭대기에서 호버링을 하는 헬기에서 레펠로 하강하는 대원들을 본 앤드류 깁슨이 무전기를 든다.

"브라보팀, 호텔을 돌며 보이는 놈들 족족 갈겨 버려."

투다다다다다!

-수신.

"나머진 로비로 진입. 어차피 싹 다 적이다. 다 죽여 버려."

-라져.

-수신.

폐호텔을 포위한 경찰차들 사이, 방탄차에서 내려 폐호텔을 향해 달려드는 검은 옷의 사신들.

인근 건물의 옥상, 무전기를 내린 앤드류 깁슨이 이를 악물고 있는 리베로 디엔초를 보며 피식 웃었다.

"축하드립니다, 카라비니에리. 우리 덕분에 이탈리아를 좀먹던 마약 조직 하나를 소탕할 수 있겠군요."

"당신들……!"

과장의 생각이 맞았다. DEA는 저놈들을 끌어내기 위해 돌아가는 척을 했던 것뿐이었다.

"한 놈이라도 빠져나간다면 카라비니에리에 죄를 묻지. 그럼 난 이만. 가지, 린치."

"그러시죠, 깁슨 씨."

철컥!

권총의 약실을 확인하며 옥상을 빠져나가는 앤드류 깁슨과 종혁의 모습에 리베로 디엔초는 이를 뿌득뿌득 갈았다.

"모두 위치에! 도망쳐 나오는 새끼들을 다 죽여 버려-!"

* * *

"DEA야, 대장!"

온갖 기기들이 세워진 작은 공간.

"……푸하핫!"

겨우 살아 있는 폐호텔 바깥의 카메라를 통해 마지막

뒤통수를 친 존재들의 정체를 알아차린 최성현이 웃음을 터트린다.

"하여튼 느리기는……."

동료들이 함정에 빠졌음에도 지원을 나가지 않았던 이유가, 최종혁이 드디어 도착한 거다.

그는 눈가에 가득 맺혀 있는 눈물을, 죽어 나간 동료들의 남긴 유언에 맺혔던 눈물을 닦아 내며 무전기를 들었다.

"개새끼가 도착했다. 모두 남은 수류탄 터트리고 퇴각해."

ㅡ……푸흐. 수신.

ㅡ씨발 새끼. 더럽게 늦게 오네.

살아남은 동료들의 무전을 들은 최성현은 무전기를 집어 던졌다.

빠아악!

"우리도 철수하자."

"……오케이."

몸을 일으킨 그들은 공간을 빠져나갔다.

* * *

쿠와아아아아! 꽈아아앙!

폐호텔 진입 전 RPG부터 갈기고 들어간 DEA 대원들.

그들이 목격한 건 피투성이가 되어 바닥을 구르는 시체

와 부상자들, 그리고 안절부절못하는 범죄자들이었다.

"끄아아악!"

"아아악!"

"엎드려! 엎드리라고, 새끼들아!"

경고는 한 번뿐.

"쏴!"

콰과광! 콰과광! 콰과광!

그들의 총구가 불을 뿜으며 정신을 못 차리는 이들을 타격하자, 범죄자들은 이를 악물며 반격해 왔지만 그들이 본 건 다시 불을 뿜으며 날아오는 로켓들이었다.

"피, 피해-!"

콰과과과과광!

폐호텔이 무너지건 말건 아낌없이 화력을 쏟아 내는 그들. 로비가 정리되는 건 순식간이었다.

"클리어!"

"클리어!"

부상자의 머리뿐만 아니라 움직이지 않는 이들의 머리에도 확인 사살을 하는 순간, 폐호텔 바깥을 포위한 경찰들의 총들이 불을 뿜는다.

누군가 2층에서 뛰어내리다 벌집이 되는 소리고, 폐호텔 여기저기를 뛰어다니는 이들을 향해 브라보팀의 기관총이 발사되는 소리다.

빠자작! 빠자작!

밖에서도 지옥이 펼쳐지건 말건 바닥에 널브러진 돌가

루들을 밟으며 안으로 들어온 종혁과 앤드류 깁슨.

"진짜 이 나라 경찰들은 징글징글하군."

폐호텔 바깥의 시체들 중엔 경찰의 시체도 껴 있었다.

이미 그들이 부패한 경찰이라는 정보를 사전에 입수하고, 망설임 없이 로켓과 총탄을 발사한 그들이었다.

"그보다 헬기는 어떻게 빌린 거야?"

그것도 일반 헬기가 아니라 군용 헬기, 미사일을 장착했다면 이 폐호텔을 그냥 무너트렸을 군용 헬기였다.

"당연히 미군 기지죠. DEA와 CIA 이름으로 협조 공문 넣었습니다."

두 기관의 이름을 동시에 빌리지 않았다면 어림도 없었다.

"미친 자식……."

"로비 올 클리어. 울프 리더, 다음 명령을."

"찰리는 지하로. 델타와 에코는 위로."

"옛썰!"

후다닥!

흩어지는 진압타격팀 대원들을 바라본 종혁이 발치에서 굴러다니는 이탈리아인 시체를 발로 밀어젖힌다.

'이 새끼들은 누굴까?'

현지 조력자들치곤 숫자가 굉장히 많았던 놈들.

꽈아아앙! 꽈과과과과과광!

2층과 지하층 진입 전부터 로켓을 갈기고 들어간 탓에 우르르 흔들리는 호텔을, 천장을 바라본 종혁은 앤드류 깁슨을 향해 입을 열었다.

'정신이 없네.'

아무래도 생각은 나중에 해야 할 것 같다.

"그럼 전 지하로 가죠."

왜인지 지하로 내려가고 싶은 느낌이다.

"오케이. 그럼 난 위로."

둘은 서로를 향해 고개를 끄덕이곤 흩어졌다.

* * *

"후욱! 훅! 쿨럭!"

피를 뿜은 부장이 몸을 내려다본다.

여기저기 찢긴 옷과 그 사이로 스며 나오는 피들. 로비를 강타한 로켓들에, 그 파편들에 입은 상처들이다.

'여기까진가.'

점점 몸에 힘이 빠짐에 부장은 핸드폰을 꺼내어 바라본다.

"연락은……."

하면 안 된다. 위와 아래에서 샌드위치처럼 압박해 오는 DEA가 알아차릴 거다.

씁쓸히 웃은 그가 심카드를 분리하려던 순간이었다.

지이잉! 지이잉!

"……왜 연락하셨습니까?"

지부장이다.

-걱정 마. 대포폰이야.

심지어 멀리 떨어져서 전화를 하는 중이다.

-DEA라며?

"예. 배신자 새끼들이 제대로 수를 쓴 것 같습니다."

-빠져나올 수 있겠어?

"무리입니다."

-……그래. 알았어. 2차 정제 공장은 내가 폐쇄시키지.

"부탁드리겠습니다."

-박동호 부장.

쿵!

오랜만에 들어 본 자신의 이름에 부장이 이를 꽉 악문다.

"예, 지부장님."

-그동안 수고 많았다. 회사는 자네의 충성을 잊지 않을 거야.

"……프로젝트 성공을 기원하겠습니다."

탁!

통화를 종료한 부장이 심카드를 반으로 접어 삼키고, 핸드폰을 권총 머리로 찍어 박살 낸다.

콱! 콱콱!

완전히 박살 낸 후 무전기를 든 부장이 입을 연다.

"부장이다. 쿨럭! 쿨럭!"

대답 없이 조용한 무전기.

사방에서 울리는 발포음 때문에 못 듣는 게 아니다.

무전기를 쥐고 있는 사원들도 알고 있는 것이다. 더 이상 가망이 없다는 것을.

"해야 될 일들은 알고 있지? 다들 그동안 수고 많았다. 이제 그만 은퇴해."

쿠웅!

몸을 숨기고 있는 사원들이 무전기를 노려보며 이를 간다.

"은퇴하기 싫은 놈들은 은퇴하지 않아도 돼. 대신 이것만 알아 둬라. 지금 은퇴 안 하면, 너희의 소중한 것들이 사라진다."

쿠웅!

―수고…… 많으셨습니다. 씨발.

―좆같네.

―좆까, 씨발 새끼들아―! 으아아아아!

콰콰광! 콰콰광!

"하아…… 끄으, 차!"

어느새 조용해진 복도.

이제 자신만 남은 거다.

부장은 권총을 들어 턱 밑에 가져갔다.

'재혼했단 소린 들었어. 행복하게 살고, 나중에라도 보지 말자.'

아무리 회사 때문이라지만, 자식과 아내를 버린 놈이 무슨 염치가 있어 만날 수 있을까.

그는 씁쓸히 웃으며 자식과 아내의 행복을 빌었다.

"그런데 어르신이란 놈은 대체 어떻게 생긴 놈이야?"
그게 좀 아쉽긴 했다.
부장은 방아쇠를 당겼다.
꽈아앙!

* * *

지상과 다르게 약간은 조용한 지하주차장.
종혁의 기척이 느껴지자 총을 겨눴던 찰리팀이 혀를 차며 다시 수색을 시작하고, 종혁도 온 신경을 곤두세운 채 기둥들 사이를 누빈다.
활활활!
폭발하여 타오르는 트럭과 승합차를 지나친 그들이 도착한 곳은 지하주차장의 끝에 위치한 두 개의 문 앞이었다.
'하나는 보일러실 같은데……'
철컥!
의외로 잠겨져 있지 않은 문.
눈을 빛낸 찰리팀이 왼쪽 문을 살짝 열고 섬광탄들을 집어 던진다.
꽈앙! 삐이이이이!
철문 바깥에 있었음에도 귀를 찢는 날카로운 소음이 들려온 직후, 그들은 총구를 치켜들며 안으로 난입한다.
타다다닥!

"……클리어!"

"클리어!"

정말 보일러실이라는 듯 보일러들이 있는 넓은 공간.

혀를 찬 그들은 재빨리 나와 옆문을 본다.

철컥!

이번엔 잠겨져 있는 문.

찰리팀이 가져온 폭탄을 경첩 부분에 설치한다.

콰과광!

굉음과 함께 뒤로 넘어오는 문. 다시 난입한 그들은 미간을 찌푸렸다.

'세탁실?'

아무래도 위에서 내려오는 세탁물들을 받아 처리하는 곳인 듯한 제법 넓은 공간에는 대형 세탁기와 건조기들이 쌓여 있었다.

보일러실처럼 보일러 기기들이라는 장애물이 있는 게 아니라 세탁기와 건조기들이 벽면에 붙어 있는 공간이라서 빨리 끝난 수색.

"……클리어."

'쯧. 괜히 지하로 온 건가?'

권총을 수습한 종혁이 돌아서려다 멈칫하며 천장에서부터 네모난 사각형 금속제 관을 바라보며 고개를 모로 기울인다.

"저기에…… 왜 세탁물이 쌓여 있지?"

"왜 그러십니까?"

"이거 완공되기 바로 직전에 망한 호텔이라고 했죠."
"예, 뭐 그랬습니다만…… 어?"
의아해하며 대답하던 이들이 사각형 관 아래 쌓여 있는 이불보들과 그 아래 희미하게 모습을 드러낸 매트를 발견하곤 헛숨을 삼킨다.
"빌어먹을!"
다급히 달려가 이불보 위를 살피고, 사각형 관을 향해 플래시를 비춘 그들은 헛숨을 삼켰다.
"와, 와이어 발견!"
"세탁물 위에도 발자국이 있습니다!"
비밀 통로다. 누군지 모르겠지만, 분명 누군가 이곳을 이용했다.
그들은 다급히 주위를 두리번거렸다.
지하주차장 출입구는 카라비니에리가 지키고 있고, 다른 통로인 계단으로는 자신들이 내려왔다.
"……제프, 험프리! 엘리베이터로! 나머진 여길 뒤져!"
"옛썰!"
다급히 뛰쳐나가고, 세탁기와 건조기들을 잡아끄는, 경험이 시키는 대로 움직이는 그들.
카르텔이나 갱의 아지트엔 꼭 비밀 통로나 굴이 숨겨져 있고, 그런 곳들은 모두 이런 곳들 뒤에 숨겨져 있단 걸 알고 있는 찰리팀은 이내 곧 손쉽게 딸려 나오는 세탁기에 이를 악물며 더 세게 잡아당겼다.
그러자…….

"통로 발견!"

성인 남성이라고 해도 충분히 기어갈 수 있을 정도로 넓은 크기의 굴.

종혁도 다급히 뛰어갔지만 찰리팀의 대장이 말린다.

"물러나세요."

"뭐라고요?"

"이런 비밀 통로엔 폭탄이 설치되어 있을 수 있습니다."

뒤쫓아올 경찰들의 추적을 뿌리치기 위해서다. 그것을 모른 채 함부로 저런 굴 안으로 들어갔다가 희생된 대원이 몇 명인가.

가슴팍을 밀치는 찰리팀 팀장의 강한 힘에 종혁은 헛웃음을 터트렸다.

'이런 걸 파 놓을 놈은 하나뿐이지.'

이 폐호텔을 함정으로 만든 놈. 최성현.

"놓쳤네."

이번에도 최성현들을 놓친 것 같다.

빠득!

종혁은 이를 갈았다.

* * *

빠각!

핸드폰을 박살 내고 근처의 쓰레기통에 버린 지부장이 몸을 돌려 다시 지부의 지부장실로 복귀한다.

그리고 본인의 핸드폰을 들어 가만히 바라보는 그.

"보고를…… 해야겠지."

60명이 넘는 사원을 잃었다. 단순 사원뿐만 아니라 과장, 부장급의 관리자들까지 모두.

한숨을 푹 내쉰 지부장은 단축 버튼을 꾹 눌렀다.

"이탈리아 지부입니다, 사장님."

-무슨 일이야?

"박동호 부장을 비롯한 65명의 사원이 방금 막 은퇴했습니다."

-……최종혁?

"아닙니다. 배신자들이 DEA를 끌어들였습니다."

-그건 또 무슨 개소리야?

아직 DEA에 대한 보고를 받지 못한 사장.

지부장은 그간의 사정에 대해 보고를 했고, 잠시 수화기 너머가 조용해진다.

-그런…… 그런 사건이 있었다면 보고를 했어야지-!

"충분히 저희 지부에서 컨트롤할 수 있던 상황이었습니다."

-컨트롤 못했잖아-!

"죄송합니다. 뭐라 드릴 말씀이 없습니다."

-쾅! 쾅쾅쾅!

뭔가가 부서지는 소리가 들려오자 지부장이 고개를 숙인다.

-……후우우. 그래서?

"2차 정제 공장을 폐쇄시킨다면 다시 프로젝트를 이어 갈 수 있습니다. 다만 그러려면……."

인력의 충원이 시급하다.

-알았어. 국내외 지부 프로젝트를 중단 시키건, 인턴 들을 보내건 어떻게든 사원들을 보내 볼 테니까 그때까 지 버텨 봐.

"죄송합니다."

-……무조건, 어떻게든 프로젝트 진행에 차질이 없게 해. 알았어?

"예."

통화가 끊긴 핸드폰을 바라본 지부장이 담배를 물며 다시 핸드폰을 든다.

"어, 조 부장. 나야. 박 부장들이 방금 막 은퇴했어."

-……2차 정제 공장 폐쇄시키고, 1차 정제 공장에 파견 나간 사원들 임시 포인트로 이동시키겠습니다.

플랜 C로의 변환.

"그래. 부탁할게. 2차 정제 공장 폐쇄해도 당장 물량은 무리 없는 거지?"

-예. 다음 달까지는 문제없습니다. 그런데…….

다음 달 안에 2차로 정제된 원료를 공급받지 못한다면 공장은 멈춰 버릴 수밖에 없다.

"후우. 알았어. 그 문제는 내가 어떻게든 해결해 볼게. 수고해."

-……예.

할 말이 있는 듯 우물쭈물하다가 전화를 끊는 조 부장의 모습에 지부장이 씁쓸히 웃는다.

'사원들이 무더기로 은퇴했다니 마음이 복잡해졌겠지.'

그건 지부장도 마찬가지다.

쾅!

"이래서 마약을 하지 말라고 한 건가."

처음 이 프로젝트가 발표됐을 때 격렬하게 반대한 어느 기획실. 마약이라면 눈을 뒤집고 달려들 기관이 너무 많기 때문이라며 반대했었다.

하지만 이미 궁지에 몰린 회사는 어쩔 수 없이, 마약이 주는 이득이 너무 많아서 이 프로젝트를 진행하게 됐고, 결국 이런 상황이 되어 버린 것이다.

"후. 처음부터 시작하지 말았어야 했어……."

하지만 이미 최고 시속에 도달한 열차다. 깊은 코너가 앞에 있다고 열차를 멈출 수 없고, 환승역이 나타난다고 해서 내릴 수도 없다.

'그랬다간 은퇴지.'

어차피 자신은 사원들이 보충될 때 이번 책임을 물어 은퇴를 당하게 될 테지만, 최소한 가족들 목숨은 지켜야 하지 않을까.

씁쓸히 웃은 그는 담배에 불을 붙였다.

찰칵! 치이익!

"후우우."

'쓰네.'

지옥에 가면 피우지 못할 담배. 이참에 끊어 버려야 할 것 같다.

그는 담배 연기를 길게 내뿜으며 천장을 바라봤다.

* * *

"하, 항복하겠습니다!"

"항복! 항복!"

어느덧 총성이 멈춘, 가지런히 놓인 시체들과 무릎을 꿇은 채 고개를 숙인 사람들로 가득한 로비.

종혁이 한 시체를 덮은 흰 천을 걷어 내며 입술을 비튼다.

"미안하군, 최."

눈을 뒤집고 달려드니 어쩔 수 없이 사살하는 수밖에 없었다.

"생존자는 저놈들뿐이라고요?"

무릎을 꿇은 사람들 사이로 고개를 숙이고 있는 젊은 동양인들.

딱 봐도 아는 게 별로 없는 사원급. 그것도 겨우 네 명뿐이다.

"미안하군."

"아닙니다. 어차피 이런 놈들이니까요."

"……그건 말이 안 되는데?"

"가족이, 진심으로 사랑한 아내가, 자식이, 친구가 볼

모로 잡혔다고 생각해 보세요."

"미친……."

지이잉! 지이잉!

"필마로 연구소가 폭파됐습니까?"

-……맞아요.

종혁이 미간을 좁힌다.

이미 이곳의 일이 어그러진 순간 필마로 화학 연구소를 버릴 것이란 걸 예측한 그들.

그럼에도 나탈리아의 대답이 이상하다.

-웬 이상한 놈들이 끼어들었어요.

쿵!

"현지 협력자들이…… 그렇게나 많았다고요?"

이곳에만 거의 60명의 현지 협력자들이 개입했다. 그래서 필마로 화학 연구소는 그러지 않을 거라 예상했는데, 아무래도 그 예상이 빗나간 것 같다.

-놈들 회사가 은밀히 옮긴 1차 정제 공장들에도 이놈들이 끼어들었어요. 현재 열심히 추적하고 있지만…….

어떻게 될지는 장담할 수가 없다.

여차하면 꼬리를 잘라 버리듯 죽어 버릴 놈들. 이쪽에서 무리하게 추적한다면 분명 꼬리가 끊겨 버리고 말거다.

"알겠습니다. 부탁드리겠습니다."

'놓치겠네.'

아니, 다 놓친 것 같다.

최성현들뿐만 아니라 놈들 회사도 놓친 것 같다. 그런 불길한 예감이 든다.

한숨을 길게 내쉰 종혁은 무릎을 꿇은 채 카라비니에리의 감시를 받고 있는 이탈리아인들에게 다가갔다.

"이놈들 신원 좀 조회할 수 있겠습니까? 핸드폰이나 금융 기록도 열람해 보고 싶은데 말입니다."

그럼 알 수 있을지도 모른다. 혹시나 끊겨 버린 꼬리를 다시 이을 수 있을지.

그에 리베로 디엔초가 코웃음을 친다.

"그럴 것도 없습니다."

"예? 그게 무슨……."

종혁이 리베로 디엔초의 얼굴에 서린 의기양양한, 드디어 잡았다는 듯한 미소에 미간을 좁히고, 리베로 디엔초가 키득키득 웃는다.

"누군지 알고 있단 소립니다. 이놈들……. 푸흐! 포르자 디포나입니다."

쿵!

"……아?"

마피아. 그것도 너무도 친숙한 이름이자 이탈리아 최대 마피아 조직인 포르자 디포나가 튀어나오자 종혁의 낯빛이 딱딱하게 굳는다.

종혁은 떨리는 손으로 핸드폰을 꺼내 전화를 걸었다.

"애나, 나야. 지금 옆에 돈 있어?"

빠드득!

종혁의 얼굴이 흉악하게 일그러졌다.

* * *

왜 그때 무심코 넘겨 버렸을까.

우연히 들른 알프스의 어느 마을, 그곳에서 만났던 포르자 디포나의 돈의 말을.

"당신들 한국인들은 참 특별하다는 말을……."

이탈리아에서 놈들 회사가 명운과 사활을 건 초대형 프로젝트를, 마약을 판매한다고 밝혀졌을 때 의심을 해 봤어야 했다.

결코 다른 이들과 이득을 나누는 놈들이 아니라 해도, 돈에 관해선 아귀보다 더 지독히 갈구하는 놈들이라고 해도 의심을 했어야 했다.

이 이탈리아에서 마약을 제조하고 유통하는 건 이탈리아 최대 마피아 조직인 포르자 디포나의 묵인이 있지 않고선 불가능한 일이라는 걸 떠올렸어야 했다.

놈들 회사의 현지 협력자 숫자가 그렇게 많았을 때부터 생각을 했어야 했다.

"그랬다면 이렇게 빙빙 돌아가지 않았겠지!"

쾅!

달리는 차 안, 운전대를 내려친 종혁이 이를 악문다.

화가 난다. 누구보다 놈들에 대해 잘 알고 있다고 생각했는데 결국 오만이었다.

―놈들 회사도 궁지에 몰리다 보니 방법을 달리한 것일 거예요.

종혁만의 잘못이 아니다.

종혁이 그렇게 생각하지 않더라도 자신들은 그런 의심을 했어야 했다. 그런데 SVR과 CIA, 그 누구도 그런 의심을 하지 않았다.

이건 자신들 역시 실수를 한 것이었다.

하지만 이제라도 알았으면 됐다.

그거면 된 거다. 아직 늦지 않았다.

"……후우우."

나탈리아의 다독임에 애서 들끓는 화를 가라앉힌 종혁이 잠시 차를 세우며 담배를 문다.

'그래. 아직 늦지 않았어.'

반성한다.

오만했기에 치밀하지 못했던 자신의 행동을.

모든 것을 상정하지 못했던 자신의 생각을.

짜아악!

"처음부터 다시 생각해 보자."

볼을 후려친 종혁이 눈빛을 가라앉힌다.

종혁 자신의 훼방과 최송현의 해외 지부 죽이기 탓에 급격하게 인력과 자금이 말라 간 회사.

이전과 같은 방식으로는 손해를 메울 수 없다는 결론을 내린 회사는 결국 마약까지 손을 뻗게 된 것일 터였다.

"그런데 문제가 있었겠지."

마약은 원료의 원활한 수급부터 정제, 제조, 그리고 고객 확보까지 굉장히 여러 준비가 필요한 사업이다.

 하고 싶다고 그냥 시작할 수 있는 사업이 아닌 것이다.

 ─그래서 포르자 디포나를 끌어들인 거겠군요.

 다른 누군가와 이익을 나눌 곳이 아닌 회사. 그러나 마약 사업만큼은 다른 방법이 없었을 것이다.

 "포르자 디포나 입장에서도 나쁘지 않은 제안이었겠죠."

 세계 각국에 조력자를 심어 둔 회사다. 잠펠리노를 통해 전 세계로 마약을 유통할 수 있었던 것도 그 조력자들 덕분이 분명했다.

 즉, 전 세계에 마약을 안정적으로 공급할 수 있는 라인을 확보할 수 있는 힘이 있다는 것.

 그들에게 노하우를 몇 가지 전수해 주고, 세계 여러 마약 조직과 연결시켜 주는 것만으로 전 세계에서 판매되는 마약의 수익 일부를 손에 넣을 수 있다니 거부할 이유가 없는 제안이었을 터였다.

 ─설령 문제가 생기더라도 자신들은 뒤에 숨어 있을 수 있고 말이죠.

 "저희처럼 작정하고 회사를 쫓던 상황이 아니라면, 마약 조직이라면 눈에 불을 켜고 쫓는 DEA라도 이들에 대해 알아차리기까지 최소 3, 4년은 더 걸렸겠죠."

 3, 4년. 그 정도 시간이면 이미 회사는 투자한 돈의 수십 배는 벌어들인 뒤일 터.

 그동안 종혁 때문에 잃었던 모든 걸 복구하고 전성기의

"빈센트 씨라고 했던가요?"

"오랜만입니다, 최. 빈센트 까사노입니다. 일행은 저들이 전부입니까?"

"곧 꽤 많은 일행이 도착할 겁니다."

"흠. 식사를 더 준비하라고 해야겠군요. 그럼 잠시."

빈센트는 휴대용 금속 탐지기로 종혁의 몸을 훑는다.

"핸드폰과 무기는 제게 주시면 됩니다."

"……보안이 꽤 철저하군요."

"그럴 리가요."

정말 보안을 생각했다면 종혁이 팔레르모에 도착했을 때 검사를 하고 눈을 가렸을 거다.

"이건 그저 돈을 뵙기 위한 절차일 뿐입니다. 부디 따라 주시길."

빈센트를 가만히 바라본 종혁은 품에서 핸드폰과 권총을 꺼내 내밀었고, 빈센트는 그걸 옆에 있는 부하에게 넘겼다.

"아직 돈께서 준비 중이시니 그동안 지루하시지 않게 성을 안내해 드리겠습니다."

"와인도 함께 부탁드리겠습니다."

종혁의 너스레에 피식 웃은 빈센트는 몸을 돌렸고, 종혁과 이리나는 그 뒤를 따랐다.

"호? 흠……."

강렬한 전등으로 미세한 어둠조차 쫓아 버리는 복도에 걸린 명화들이 종혁의 걸음을 늦춘다.

그에 빈센트는 미소를 지으며 성 이곳저곳을 안내하다 꼭대기 층으로 향한다.

"돈께서 준비가 되셨다고 합니다."

복도 끝에 위치한 방의 문을 열고 들어간 종혁은 고개를 끄덕였다.

'왜 여기서 겨울을 나는지 알겠네.'

커다란 통유리창을 통해 펼쳐지는 끝없는 수해와 어느덧 흐려진 하늘이 뿌려 대는 안개비.

꽤 몽환적인 풍경이다.

"내 집에 오신 걸 환영합니다, 최."

"손님으로서 예의를 갖춰야 하는 겁니까?"

종혁의 시선이 돈의 오른손 약지에 있는 큼지막한 반지로 향하자 돈이 웃음을 터트린다.

"괜찮습니다. 당신은 마피아가 아니니까요. 앉으시죠."

본래 이 방에 배치되어 있던 것이 아닌지, 주변과 어우러지지 못하는 느낌을 주는 하얀 식탁보의 긴 테이블.

'내가 온다니까 준비해 뒀나 보군.'

가장 좋은 음식을 가장 좋은 풍경이 보이는 곳에서 맛보여 주고 싶어 하는, 최선의 대접을 하려는 돈의 마음이 느껴진다.

"밖에 계세요."

"……괜찮으시겠습니까?"

"별일 있겠어요?"

'그 별일을 만들려고 오신 거잖습니까.'

요원들은 목구멍을 치고 올라오는 말을 꾹 삼키며 방을 나섰고, 종혁은 돈이 가리키는 자리에 앉았다.

"이리나 선생도 함께 앉지. 그편이 최에겐 더 편할 테니까."

"감사합니다, 돈."

"아직 식사 전일 테니 먹으면서 이야기하죠."

짝!

돈이 박수를 치자 마치 대기하고 있었다는 듯 음식이 들어온다.

처음 나온 음식은 시칠리아의 명물이라 불리는 카프레제 스키아치아타였다.

방금 막 화덕에 구운 듯 따뜻한 그 빵 안을 가득 채운 루꼴라와 치즈, 토마토, 그리고 상큼한 소스.

그것과 입맛을 깨우는 스파클링 와인을 함께하니 입안에서 방금 이 성채에 오면서 본 풍경이, 시칠리아의 풍경이 펼쳐지는 기분이다.

"이거…… 별미군요."

고기라곤 소시지 한 조각조차 들어가 있지 않지만, 한국에 가서도 기억에 남을 맛이었다.

"요리사의 실력이 대단한 것 같습니다. 무척 부럽네요."

원래 이런 간단한 요리에서 요리사의 레벨이 드러나는 법이다.

"하하핫! 비토가 기뻐하겠군요. 더 드시겠습니까?"

종혁은 고개를 저었다. 이건 식전 음식이다. 결코 배를 채우는 음식이 아니다.

본디 이탈리아 정찬의 식전 음식은 치즈나 견과류 등 핑거푸드처럼 작은 음식이 나와야 하지만, 종혁 자신의 덩치를 배려해 짠 구성이란 게 팍팍 느껴진다.

벌써부터 다음 음식이 기다려졌다.

이후 나온 전채 요리와 첫 번째 메인 요리인 파스타도 굉장히 훌륭했다.

스윽!

종혁이 앞에 놓인 대구 스테이크를 보며 헛웃음을 터트린다.

양이 적은 사람은 이것 하나만 먹어도 배가 찰 만큼 커다란 크기.

나이프와 포크를 든 돈이 음식을 만끽하는 종혁을 보며 흡족한 표정을 짓는다.

"솔직히……."

종혁이 말을 하기 시작한 돈을 바라본다.

어느새 짓궂게 빛나기 시작한 그의 눈빛. 그러나 그 깊숙한 곳엔 이쪽을 탐색하는 빛이 반짝이고 있었다.

"이탈리아에 오셨는데도 제게 연락도 없이 출국하셨다는 말에 꽤 섭섭했습니다."

그런데 어떻게 소리, 소문도 없이 들어온 거냐, 분명 지금쯤 다른 나라에서 강연을 하고 있었어야 하는 거 아니냐는 물음.

종혁이 대구 스테이크를 큼지막하게 잘라 입으로 가져

간다.

"그렇게 느끼셨다니 죄송합니다. 하지만 아직 이탈리아를 벗어난 게 아니라서요."

움찔!

"호오? 그렇습니까?"

종혁이 순순히 인정할 줄 몰랐던 돈이 재밌다는 듯 웃는다.

"예. 눈치챘다시피 DEA, CIA, SVR과 공조해 어떤 놈들을 조지고 있는 중입니다. 아, 죄송합니다. 어쩌다 보니 어젯밤 포르자 디포나에 피해를 입히고 말았군요."

······탁!

종혁이 곧바로 정곡을 찔러 오자, 간은 보지 말고 본론으로 들어가자고 외치자 돈이 포크와 나이프를 내려놓으며 미소를 짓는다.

"은혜를 갚으라는 겁니까?"

"돈, 나는 형사입니다. 당연히 해야 할 일을 가지고 은혜를 운운하면 안 되는 놈이죠. 그리고 피해자를 구하지 못한 사건을 가지고 남의 중요한 사업 중 하나를 포기하라고 할 만큼 무도한 놈도 아니죠."

"그렇다면?"

"협박하는 겁니다."

쿵!

"협박?"

"예, 협박. 그 포크를 영원히 놓기 싫으면 그냥 닥치고 따르라는 협박을 하러 온 겁니다."

철컥!

어느새 몸을 일으킨 빈센트가 종혁을 향해 총을 겨눈다.

그러나 종혁은 그걸 무시하며 돈을 응시했고, 그에 돈은 본모습을 드러내기 시작했다.

눈에서 사라지는 감정과 짙어지는 입가의 미소.

농밀하게 차오르는 살기가 발목부터 잠식해 올라와 목을 옥죈다. 익사를 시킬 듯 머리끝까지 감싼다.

"닥치고 따라라……. 마치 그럴 능력이 있는 것처럼 말하는군."

마치 저 위의 권좌에서 아래를 내려다보는 권태로운 왕의 눈빛.

"그 잘난 CIA와 SVR이 이탈리아에서 얼마나 활동할 수 있을 것 같나?"

자신의 말 한마디면 미국계와 러시아계 사람들을 향해 무차별 테러가 발생할 거고, CIA와 SVR은 이탈리아 남부에서 퇴출될 거다.

지금도 손가락만 튕기면 숲을 가로질러 이쪽을 향해 날아오고 있는 병력들을 몰살시킬 수 있다.

움찔!

"내가 이런 정보를 어떻게 얻을 수 있을까. 두 기관의 이탈리아 지부를 믿을 수 있나?"

너무도 가볍게 의심이라는 독을 푸는 돈.

그 입가에 맺힌 미소가 잔혹해지자, 종혁도 포도주로 입가심을 하며 입가를 정리한다.

"괜찮아. 어차피 나도 믿지 않으니까."

믿는 건 오직 나탈리아와 헨리뿐이다.

"뭐, 믿음까지 갈 필요도 없지. 어차피 100억 달러면 해결될 일이니까."

"……뭐?"

"전 세계 PMC와 모든 마피아, 갱, 카르텔에 100억 달러의 현상금을 걸면 어떻게 될까?"

목표는 포르자 디포나의 멸망.

아마 전 세계에서 사람 좀 죽일 줄 안다는 놈들이 모두 이탈리아 남부로 날아올 거다.

"100억 달러가 부족하다면 1000억 달러는 어떨까?"

쿵!

종혁은 그제야 미소가 굳는 돈을 보며 담배를 물었다.

찰칵! 치이익!

"어느 놈이 마피아인지 다 드러나 있는 당신의 포르자 디포나. 그런 포르자 디포나가 세상에서 사라지는 데 얼마나 걸릴까?"

아마 길어도 2년은 걸리지 않을 거다.

종혁은 담배 연기를 길게 뿜었다.

"당신이 놈들과의 마약 사업에 얼마를 투자했는지는 관심 없어. 말했다시피 당신과 내가 붙기 시작하면 그 투자한 돈의 몇 배는 우습게 날아갈 테니까."

이런 협박을 하러 온 거다. 막대한 손해를 보기 싫으면 놈들과의 연계를 끊으라는.

돈이 종혁을 가만히 응시한다.

"……이봐, 최."

"말해."

"이 멍청한 친구야."

언제 굳었냐는 듯 나른하게 웃으며 시가를 무는 돈의 모습에 종혁이 미간을 좁힌다.

"그런 말을 들었는데도 여기서 무사히 살아 돌아갈 수 있을 것 같나?"

"아, 결국 양아치 짓을 하시겠다? 은인에게?"

"은인 대우는 해 주지."

살아 돌아가긴 할 거다. 딱 살아 돌아가기만.

"보지도, 말하지도, 쓰지도 못하게 되겠지만 말이야."

감히 포르자 디포나를 협박했는데도 살려 준다는 것은 굉장한 자비. 이로써 부모님의 죽음에 얽힌 진실을 밝혀낸 것에 대한 은혜는 갚는 거다.

"아, 그래?"

협상 결렬이다.

'오늘 몸에 빵꾸 좀 나겠네.'

어쩌면 죽을지도 모른다.

급격히 느려지는 시간 속, 종혁이 테이블을 잡는 순간이었다.

탁!

갑자기 테이블 위에 핸드폰이 놓여지자 사람들의 시선이 이리나에게로 향한다.

그에 빙긋 웃으며 핸드폰의 스피커폰 모드를 켜는 이리나.

"이제 말씀하시면 됩니다."

-고맙군.

'음?'

-최, 잘 있었나?

"……아버님?"

빅토르 로마노프의 아버지이자 로마노프가의 가주.

뜬금없는 그의 등장에 종혁이 어리벙벙해질 때, 로마노프가의 가주가 입을 연다.

-포르자 디포나의 돈이라고 했나? 반갑네. 러시아 로마노프가의 가주일세. 음…… 자네 따위가 쉽게 이해할 수 있게 설명하자면 우트킨 그룹과 에이저 그룹의 소유주라고 하면 되겠군.

쿵!

미국 블랙옵스와 더불어 세계 3대 PMC이라 불리는 러시아의 우트킨 그룹과 미국의 에이저 그룹.

돈과 빈센트의 표정이 딱딱하게 굳었다.

종혁이 멍하니 핸드폰을 바라본다.

'우트킨과 에이저?'

둘 모두 종혁도 익히 알고 있는 이름이다.

각기 미국과 러시아에서 톱클래스로 꼽히는 민간군사

기업으로, 그들의 전투력은 세계적으로 명성이 드높았다.

―초면에 미안하지만, 지금부터 내가 자네에게 협박이란 걸 하지. 우트킨과 에이저의 용병 2만이 지금 막 시칠리아로 출발했네.

쿵!

―그들이 도착하기까지…… 이제 6시간쯤 남았겠군. 최?

"6시간이면 버틸 수 있습니다."

―조금만 버티게. 그리고 돈, 내일부터 이탈리아로 향하는 러시아발 가스관이 잠기게 될 거야.

쿠웅!

―원유값도 2배부터 시작하지. 대신 이탈리아 북부와 중부 마피아들에겐 현 시세의 반값에 원유를 제공할 거야.

그러며 의뢰를 할 거다. 포르자 디포나를 치라고.

쿠우웅!

―그리고 원유와 가스를 인질로 삼아 이탈리아 정부를 협박할 생각이네. 시칠리아를 잠시 마피아의 소굴, 무법지대로 지정해 달라고 말이야.

그러면 상륙한 우트킨과 에이저의 작전 활동이 쉬워진다.

―장담하지. 내년이 되기 전에 포르자 디포나는 이 세상에 사라지게 될 거야.

"……."

―자, 이제 내 용무는 끝났네. 최를 좀 바꿔 주겠나?
"예, 아버님. 너무 무리하시는 거 아닙니까?"
종혁의 얼굴에 짙은 걱정이 서린다.
지금의 위치를 만들기까지 참 어렵게 이미지를 만들어 왔던 로마노프가. 그 이미지가 한순간에 무너질 수도 있었다.
―자네를 위해서라면 뭔들 못할까.
"1000억 달러면 충분했습니다."
1000억 달러면 방금 언급된 이탈리아 북부와 중부의 마피아들이 총과 폭탄을 들고 개떼처럼 몰려들었을 것이다.
―빚은 기회가 있을 때 갚는 거 아니겠나. 하핫!
"끙."
―하하핫! 일 끝나면 이쪽에 한번 들르게. 아내가 자넬 보고 싶어 해.
"하하. 이번 일이 마무리되면 바로 러시아부터 가겠습니다. 그러니 그땐 말을 좀 편하게……."
―……그래, 종혁아. 언제든 편하게 와.
"옙! 들어가십시오! 술도 적당히 드시고요!"
통화를 종료한 종혁은 돈을 응시했다.
"절 시험해 보시려다 된통 당하셨네요. 그렇죠?"
움찔!
빈센트와 이리나가 경악하며 둘을 번갈아 봤다.
"……하하. 미안합니다. 저희 쪽도 야심 차게 진행한

사업이라서 어쩔 수 없었습니다."

"돈."

할 말이 많은 듯한 빈센트를 향해 손을 들어 올린 돈이 눈빛을 가라앉힌다.

"어디까지 알고 있습니까?"

"아직 어떠한 것도 물증을 확보한 건 없습니다."

그렇기에 어디까지나 추측일 뿐이다.

종혁은 자신이 떠올린 가설을 차례차례 돈에게 설명했다.

"흠. 역시 당신들 한국인은 참 특별합니다."

이야기가 모두 끝나자 돈이 재밌다는 듯 웃는다.

"최의 추측은 거의 다 맞습니다. 다만 몇 가지 다른 점이 있습니다."

"경청하겠습니다."

"일단 잠펠리노, 그건 적당한 회사를 아무거나 하나 골라 이용한 게 아닙니다. 그들이 이번 일을 위해 만든 회사죠."

쿵!

종혁은 눈을 부릅뜨며 돈을 바라봤다.

* * *

똑똑똑!

"부사장님."

"들어와."

나폴리에 위치한 잠펠리노 본사 건물.

문이 열리며 아리따운 삼십대 여성이 한 아름 서류철을 들고 들어온다.

"결재 서류입니다."

"알았어. 나가 봐."

손을 저은 노인, 지부장은 비서가 나가자 결재 서류에 잠시 시선을 뒀다가 핸드폰을 든다.

"그래, 조 부장."

-1차 정제 공장들과 2차 정제 공장 모두 폐쇄 및 이사를 마쳤습니다.

장비를 옮길 수 있는 만큼 옮기긴 했지만, 워낙 급박하게 일이 진행된 탓에 상당수는 그냥 폐기할 수밖에 없었다.

-그래도 보름 안에는 다시 공장들을 가동할 수 있을 겁니다.

"미행은?"

-있었습니다.

움찔!

-포르자 디포나의 도움이 아니었다면 플랜 C를 진행하지 못할 뻔했습니다.

"어느 쪽인지는 모르고?"

-이쪽에서 접근하려고 하니 곧바로 내뺐습니다.

DEA와 CIA가 유력하지만, 확신을 할 수는 없다.

─다만 이런 쪽으로 꽤 능숙한 놈들이었습니다.

"흠…… 알았어. 수고했어. 그러면 늦어도 한 달 안엔 정상화되겠군."

─예, 그럴 겁니다. 그런데…….

"말해."

─그 폐호텔에서 일어난 일은 어떻게 됐습니까? 배신자들은 모두 잡았습니까?

"그건 아닌 것 같더군."

그날 출동했던 경찰들이 말하길, 놈들이 굴을 파 놓았다고 한다.

"그래도 놈들의 규모는 알게 됐지."

대략 30명. 이번 일로 10명가량 죽었기에 남은 숫자는 20명 이하였다.

─가만두실 생각입니까?

"그럴 리가."

그렇지 않아도 조치를 취해 놨다.

포르자 디포나에게 부탁해 경찰과 병원 모두에 수배를 내려 놨으니, 놈들은 나폴리라는 독 안에 든 쥐라고 할 수 있었다.

"어디에 숨어 있던 동양인 스무 명이 몰려 있는 거야."

눈에 띌 수밖에 없으니 찾아내는 건 시간문제라고 할 수 있었다.

─……쯧. 알겠습니다.

"그래, 수고해."

〈74〉회귀 경찰의 리셋 라이프 47

통화를 종료한 지부장이 담배를 문다.

"푸후."

'나라고 마음이 편한 줄 알아?'

혀를 찬 조 부장의 마음을 알고 있기에 더 짜증이 난다.

"개자식들……."

그놈들 때문에 잃어버린 소중한 인력이 몇 명이란 말인가.

그러고도 겨우 열 명밖에 못 죽인 거다.

거기다 포르자 디포나 산하 마피아 조직도 하나가 공중분해되어 버리면서 지분에 대한 압박이 들어오고 있다.

수지타산이 맞지 않았다.

빠드득!

그의 입에서 살벌한 소리가 흘러나왔다.

그렇게 얼마의 시간이 흘렀을까.

뇌를 절절 끓게 만들던 화가 가라앉자 몸을 일으킨 지부장이 창가로 걸어가 아래를 가만히 내려다본다.

전 세계에 대량으로 마약을 유통한 정황이 드러났음에도 잠펠리노는 어디까지나 그저 운 나쁘게 이용당한 기업 취급을 당하고 있을 뿐, 그 누구도 잠펠리노 자체를 의심하지 않고 있다.

잠시만 숨죽이고 있다가 일이 조금 잠잠해지면 다시 잠펠리노를 이용해 마약을 유통할 수 있게 될 터였다.

"역시 최종혁의 방식이 맞았던 건가."

온갖 사업체를 차려 그 누구의 의심도 받지 않은 채 수사를 하며 범죄자들을 잡고, 자신들 회사를 방해해 왔던 종혁.

그런데 목표를 이룬 뒤에도 종혁은 그 회사를 접지 않고 전문 경영인을 앉혀 경영을 계속 이어 나가며 엄청난 이득을 벌어들였다.

그동안 조금의 흔적도 남기지 않기 위해 프로젝트를 끝마친 뒤에는 위장 사업체를 폐기해 왔던 회사와는 정반대의 행보라 할 수 있었다.

이것을 알게 된 이후 회사 또한 생각을 바꿔 프로젝트를 직접 진행하는 사업체가 아니라면, 제대로 된 경영까지 동시에 이어 나가며 수익을 챙기기 시작했다.

자신들을 지독히도 괴롭힌 종혁의 방식을 따라간다는 것이 기분이 더럽긴 하지만, 이득이 된다면 마다할 이유가 없었다.

'아니, 오히려 늦은 거지.'

지부장은 아래를 내려다보며, 지금쯤 숨겨진 사원들과 마약 공장을 찾으러 돌아다닐 DEA를 떠올리며 입술을 비틀었다.

* * *

"……잠펠리노를 이용한 게 아니라, 잠펠리노도 놈들의 사업체였다는 겁니까?"

언제나 프로젝트가 모두 끝나면 사업체를 폐기한 탓

에, 남들을 속일 수 있을 만큼만 투자하여 위장 경영을 해 왔던 회사.

그러나 잠펠리노는 조사해 본 결과, 그동안 회사가 사기를 치기 위해 차렸던 업체들과는 달리 정말 제대로 운영되고 있는 업체였다.

그래서 종혁은 그저 때마침 잠펠리노가 해외까지 사업을 확정한 것이 재수 없게 회사의 눈에 걸린 것뿐이라고 여긴 것이었다.

"언제든 사라질 수 있는 유통 라인을 들고 온 것이라면, 내가 굳이 동방의 정체 모를 이들과 손을 잡을 이유가 있었을까요? 포르자 디포나에게 부족한 게 뭐가 있어서?"

자신들이 확실히 쥐고 움직일 수 있는 유통 라인.

그 정도는 갖추고 있어야 이번 사업에 확신을 갖고 손을 잡지 않았겠냐는 말.

그런 그의 말에 종혁이 느릿하게 눈을 껌뻑인다.

그러다 이내 헛웃음을 터트린다.

"이야, 이 개새끼들……."

빠드드드드득!

순간 종혁의 몸에서 뿜어진 끔찍한 살의.

거둬졌던 빈센트의 총이 반쯤 뽑힌다.

"이 개새끼들이 감히 나를 모티브로 삼아? 진짜 갈 데까지 갔구나?"

얼마나 간절했으면 악적이자 주적인 자신의 수사 방식을 채용했을까.

이를 뿌득뿌득 갈던 종혁은 가만히 바라보는 돈의 시선에 아차 했다.

"……최와 꽤 인연이 깊은 곳 같군요."

방금 전 종혁의 모습은 단순히 경찰이 범죄자에게 향하는 감정이 아니었다.

"제가 십여 년 전부터 쫓던 단체입니다."

"호오…… 그렇다면 이걸로 은혜는 충분히 갚았다고 할 수 있겠군요."

"……감사합니다, 돈. 훌륭한 대접 잘 받고 갑니다."

"다음엔 좋은 일로 보면 좋겠군요."

"그럴 일은 없을 겁니다."

마피아에게 존댓말을 해 주는 것은 여기까지. 다음에 만나게 된다면, 그땐 서로에게 좋은 상황이 아닐 테니 말이다.

"그리고 애나는 제가 데려가도록 하겠습니다."

종혁은 이리나의 손목을 쥐며 몸을 일으켰고, 빈센트는 눈썹을 꿈틀거렸다.

하지만 돈이 고개를 젓자 이내 포기하며 둘을 건물 밖으로 안내한 그.

이리나가 빈센트와 함께 나온 돈을 보며 흐릿하게 웃는다.

"죄송하지만 제 수업은 여기까지예요, 돈."

"아쉽군. 하지만 어쩔 수 없지."

아무리 종혁을 구하기 위해서였다지만 자신을 위험에

빠트릴 뻔했다. 이리나와의 인연은 여기까지였다.

"선생의 짐은 미국 대사관으로 보내 놓겠네. 그동안 좋은 가르침을 내려 줘서 고마웠네, 선생."

"저도 즐거웠어요."

고개를 숙인 이리나는 미련 없이 종혁의 차에 올랐고, 돈은 종혁을 봤다.

"그들의 공장 위치는 곧 보내 드리겠습니다, 최."

"감사합니다, 돈. 아, 그리고 놈들의 사업은 따라하지 않는 게 좋을 겁니다."

이미 방식을 비롯한 모든 게 들통나 버렸다.

DEA는 세상 그 무엇보다 빠르게 거슬러 올라와 돈의 목을 물어뜯을 테고, 혹여 DEA가 아니라고 해도 종혁 자신이 쳐들어와 박살을 낼 것이다.

"이건 경고가 아니라 충고입니다."

싱긋 웃은 종혁은 차에 올랐고, 종혁과 요원들의 차는 그 누구의 제지 없이 매끄럽게 빠져나갔다.

부르릉!

빈센트가 닫히는 성문을 보며 눈을 가늘게 뜬다.

"……어디까지가 시험이고, 어디까지가 진심이셨던 겁니까?"

"전부."

"예?"

전부 시험이고, 전부 진심이었다.

수백억, 아니 어쩌면 수천억 유로가 될지 모르는 돈이

얽힌 사업이다. 그걸 포기하려면 명분이 필요했다.

"잠깐. 그러면 돈께선 처음부터……."

"그리고 그건 최도 마찬가지였지."

움찔!

종혁의 협박 역시 진심이고, 시험이었다.

만약 아까 기분이 상해 종혁을 죽이려 들었다면 어떻게 됐을까. 중간에 로마노프의 가주가 끼어들면서 협박의 규모가 더 커지긴 했지만…….

"그 로마노프 가주란 자의 협박은 현실이 됐을 거야."

그런 아우라였다.

태생부터 다스리기 위해 태어난 그런 존재만이 품을 수 있는 아우라가 담긴 목소리.

오싹!

"……최는 포르자 디포나를 협박하고 무사히 살아 돌아간 유일한 인물이 되겠군요."

"그럴 만한 능력이 있는 유일한 인물이라고도 할 수 있겠지."

만약 자신이 종혁과 인연이 없었다면, 종혁의 협박은 현실이 됐을 거다.

"최에게 그만한 돈이 있다고 판단하십니까?"

"러시아와 미국이 왜 최를 그렇게 보호한다고 생각하지?"

"아……."

"잠펠리노에게 통보해. 우린 이만 발 빼겠다고."

이로써 정말 빚은 없는 것이다.
"예, 돈."
돈은 몸을 돌려 안으로 들어갔고, 빈센트는 핸드폰을 꺼내 들며 닫힌 성문을 바라봤다.
"……다시 만날 일은 없겠지."
그는 고개를 저으며 돈의 뒤를 따랐다.

* * *

부우웅!
"아아! 혁, 이렇게 네 차에 타는 것도 정말 오랜만이다!"
그래, 이런 느낌이었다. 이런 편안함이 그리웠다.
종혁은 보조석에 앉아 몸을 요염하게 비트는 이리나를 보며 한 대 쥐어박을까 말까 심각하게 고민했다.
"……에휴. 고맙다. 덕분에 살았다."
"히힛!"
"정말 괜찮겠어?"
무려 이탈리아 최대 마피아 조직인 포르자 디포나의 돈을 밀착 감시하는 역할을 맡았던 그녀.
"괜찮아. 괜찮아."
'임무보단 네가 중요하니까.'
"징계는 있겠지만, 너 때문이라면 랭리도 이해할걸?"
그렇다면 다행이지만, 그래도 자신 때문에 임무를 그르친 것 같아서 종혁은 속이 상할 수밖에 없었다.

'하지만 이 말을 하면 안 되겠지.'

그건 그녀의 각오를 무시하는 행동이기 때문이다.

속으로 혀를 찬 종혁은 화제를 돌렸다.

"그런데 아버님과 어떻게 연락한 거야? 헨리한테 연락 안 하고?"

"했어."

헨리에게 연락을 했다. 그런데 뜬금없이 로마노프의 가주가 듣고 있었던 것이다.

그녀 자신도 왜 그렇게 된 건지 이해할 수 없었다.

'헨리가 나탈리아에게, 나탈리아가 아버님께 연락을 한 건가.'

그래야 말이 된다.

고개를 끄덕인 종혁은 이리나의 머리를 쥐어박았다.

"그래도 다신 이런 짓 하지 마. 목숨은 하나잖아."

움찔!

'그 목숨 하나로 네게 진 빚을 갚을 수 있다면 다행이지.'

자신이 분명 어딘가의 소속이란 것을 처음부터 알았음에도 진정한 친구로 대해 줬던 종혁.

그런 것도 모른 채 계속 종혁을 속였던 자신.

이 마음의 빚은 죗값이다. 종혁에게 진 죄의 값.

아직 한참 남았다.

하지만 그걸 말할 순 없었다.

'그건 내 스타일이 아니니까!'

어디까지나 쿨하게.

이리나는 종혁을 보며 떨떠름한 표정을 지었다.

"참나. 네가 할 말이세요? 아까 내가 얼마나 조마조마했는지 알아?"

"나야 생존할 자신이 충분히 있었거든."

'너와 함께.'

종혁은 살의가 가득한 이를 드러냈고, 흠칫 놀랐던 이리나는 못 말리겠다는 듯 고개를 저었다.

자신의 소중한 친구 종혁은 가끔씩 이렇게 무모하게 행동해서 문제였다.

"에휴. 아무튼 이제 남은 건 하나인 거지?"

"그렇지."

입술을 비튼 종혁은 핸드폰을 들었다.

"예, 나탈리아. 대원들 다 모으세요. 이제 끝냅시다."

외유가 참 길었다.

종혁은 액셀을 강하게 밟았다.

* * *

쾅!

지부장이 자리를 박차고 일어난다.

그의 얼굴이 경악으로 물들어 있다.

"그, 그게 무슨 말입니까! 갑자기 파트너십을 해지하겠다니요!"

-말 그대로입니다. 더 이상은 위험해서 안 될 것 같군요. 그러게 왜 나폴리에서 총격전을 벌인 겁니까. 왜 폭탄을 터트린 겁니까.

"그, 그건……!"

어쩔 수 없었다. 아니었다면 자신들이 몰살을 당했을 거다.

폭탄 역시 억울하다. 폭탄은 배신자들이 쓴 거다.

"그리고 무기는 당신들이 지원해 줬잖습니까!"

마피아까지.

-그들을 카라비니에리에게 넘겨주란 뜻은 아니었을 텐데요?

휘하 마피아 패밀리가 날아갔을 뿐만 아니라, 카라비니에리가 포르자 디포나를 예의주시하기 시작했다.

어디까지나 사업을 주도하는 건 회사, 자신들은 뒤에 숨어 있을 수 있기에 손을 잡은 것이었는데 이렇게 되면 이야기가 달라진다.

그러한 빈센트 까사노의 설명에 지부장은 이를 악물었다.

'무슨 헛소리야!'

총 160여 개의 패밀리를 휘하에 두고 있는 이탈리아 최대 마피아 조직인 포르자 디포나다.

당연히 포르자 디포나는 오래전부터 카라비니에리의 요주의 감시 대상이었고, 이번 일 정도는 포르자 디포나에게 아무런 영향도 없었다.

'잠깐! 이 개새끼들…… 설마?'

불길한 예감이 든다.

이제 슬슬 이 사업이 어떻게 돌아가는지도 알았으니 사업 아이템을 꿀꺽하려는 것이 아닐까 하는 그런 불길한 예감이.

"돈을…… 돈을 바꿔 주십시오."

'만약 그런 거라면 너흰 정말 죽는 거야, 이 새끼들아!'

-돈께선 바쁘십니다. 대신 이쪽에서 일방적으로 계약을 해지하는 것이니, 이후 그쪽에서 계속 사업을 진행해도 일절 관여는 하지 않을 거고, 지분을 요구하지도 않을 겁니다. 그럼 건투를 빌겠습니다.

달칵!

"야, 이 개새끼야-!"

빠아악!

핸드폰을 집어 던진 지부장.

똑똑!

"부사장님? 괜찮으십니까?"

"들어오지 마!"

들어오면 안 된다. 지금 누군가 거슬린다면 피를 볼 것 같다.

"후욱! 훅! 빌어먹을……!"

한참을 씩씩거리다 겨우 진정한 지부장은 정신을 바로 잡았다. 이렇게 화만 내고 있을 상황이 아니기 때문이다.

그나마 다행이라면 자신들의 사업 아이템을 욕심내는

건 아닌 것 같다는 것.

"우리가 계속 사업을 진행해도 관여는 하지 않겠다는 건데······."

이 이탈리아에서 계속 마약을 제조하고 유통하더라도 묵인하겠다는 의미.

어떤 측면에서 보자면 그들과 더 이상 이익을 나누지 않아도 되니 오히려 이득일지도 몰랐다.

"······쯧. 아직은 더 이용해 먹을 구석이 많았는데."

이젠 포르자 디포나의 도움이 없어도 사업을 계속 이어 나갈 수 있는 상황.

그러나 이것은 이탈리아 경찰이나 다른 마피아들의 방해가 없다는 것이 전제였다.

그동안은 포르자 디포나가 배경이 되어 그것들을 막아 줬지만, 그 배경이 사라진 이상 어떤 놈들이 덤벼들지 몰랐다.

"좆같은 마피아 새끼들."

이번 프로젝트만 다시 원래 궤도로 올라오면 포르자 디포나부터 치리라 다짐한 지부장은 다른 핸드폰을 꺼냈다.

그때였다.

"왜 이러세요! 안 계신다니까요! 나가세요!"

"음? 이게 무슨 소란······."

오싹!

심장을 스치는 오한에 지부장이 서랍에 숨겨 둔 칼과 권총을 잡으며 문을 노려본다.

벌컥!

문이 열림과 동시에 들어오는 경찰들.

'경찰?'

아니, 옷에 박힌 문양을 보니 카라비니에리다.

'저들이 여길 왜?'

불안하다. 불길하다.

'아니야. 꼬리 잡힐 일은 없어.'

칼과 권총을 놓은 지부장이 미간을 좁히며 몸을 일으킨다.

"무슨 일입니까?"

"비켜. 아, 좀 비켜 봐."

허리띠를 잡은 채 가만히 노려보는 카라비니에리들을 헤치며 들어온 리베로 디엔초가 지부장을 보며 활짝 웃는다.

"역시 동양인이군."

'음?'

"반갑습니다. 카라비니에리의 리베로 디엔초입니다. 도슨 킴 씨 맞으십니까?"

"예, 그렇습니다만……. 무슨 일인 겁니까? 대체 무슨 일이기에 이렇게 남의 사업장에 쳐들어와 난리를 피우시는 겁니까?"

"아, 당신을 마약 관련 법률 위반으로 체포하기 위해 왔습니다."

"……예?"

"어제 스캄피아 인근에서 총격전이 발생한 것을 알고 있을 겁니다. 마약 조직들 간의 싸움이었죠."

아무리 늦은 저녁이었다지만, 수천 발이 넘는 총성이 들린 전쟁 같았던 전투. 당연히 시민들은 공포에 떨었고, 덕분에 나폴리의 경찰들과 카라비니에리엔 비상이 걸린 상태다.

웃던 리베로 디엔초의 표정이 살벌하게 굳는다.

"그런데 그중 반이 동양인이었어. 그런데 마약과 불미스럽게 얽혔던 잠펠리노에도 동양인들이 있네? 심지어 당신도 동양인이네?"

동남아시아인이 다수 섞여 있었지만, 동아시아인이나 동남아시아인이나 자신들 이탈리아인들이기 보기엔 똑같은 동양인이었다.

쿵!

불길함이 더 짙어진다. 뒷목의 솜털이 빳빳이 솟는다.

'인종 차별! 이 개 같은 파스타 성애자들이!'

인종 차별로 인한 문제가 빈번히 발생하는 이탈리아.

지금 눈앞의 경찰은 다른 어떠한 근거도 없이, 동양인이라는 이유 하나만으로 자신을 체포해 가겠다고 하는 것이었다.

"자, 잠깐! 무슨 말을 하는 겁니까! 난 이탈리아 시민입니다!"

이탈리아 지부에서 10년을 넘게 일하며 시민권을 취득한 지부장. 프로젝트를 진행함에 있어 의심을 피하기 위해 취득한 시민권이었다.

하지만 리베로 디엔초는 들은 척도 하지 않았다.

"그런 말은 사령부 가서 합시다. 체포해."

어떡해야 할까.

여기 이놈들을 모두 죽이고 도망을 쳐야 할까, 아니면 순순히 끌려가서 조사를 받아야 할까.

답은 곧 나올 수밖에 없었다.

'안 돼.'

여기서 이들을 모두 죽인다는 건 결국 자신이 관계가 있다는 걸 실토하는 꼴밖에 안 된다. 그렇게 된다면 이곳에 있는 애꿎은 사원들에게도 피해가 갈 수 있다.

아니, 이곳 이탈리아 지부, 컨트롤센터가 무너지면 프로젝트 진행에 막대한 차질이 생긴다.

이를 악문 지부장은 자신의 손목에 채워지는 수갑을 멍하니 바라볼 수밖에 없었다.

* * *

철컹!

나폴리 인근의 카라비니에리 사령부. 닫힌 철창문을 멍하니 바라본 지부장이 함께 끌려온 동양인들을, 사원들을 바라본다.

"부사장님! 이 개 같은 놈들, 어떻게 부사장님까지……!"

빠르게 다가온 사원들이 지부장의 이곳저곳을 살핀다.

"괜찮으십니까?"

"난 괜찮은데…… 하아. 정말 동양인 사원들은 모두 끌려온 거야?"

지부 사원들이 모두 끌려온 거냐는 물음에 그들이 고개를 끄덕인다.

"예, 물품적재관리부의 사원들까지 모두 끌려왔습니다."

"이런 미친……."

이번 프로젝트에서 가장 중요한 역할을 맡고 있는 물품적재관리부. 그곳의 사원들이 손을 써 왔기에 그동안 문제없이 마약을 유통해 올 수 있었던 것이었다.

이들이 빠진다면 프로젝트의 진행은 불가능했다.

그나마 다행이라면 바깥에 나가 있는 조 부장 등은 잡혀 오지 않았다는 것이다.

"이제 어떡합니까?"

"……괜찮을 거야."

카라비니에리는 자신들에게서 그 어떤 혐의점도 입증할 수 없을 터였다.

"변호사를 불러 놨으니까 일단 쉬고 있어."

늦어도 모레면 이곳을 나갈 수 있을 거다. 그러니 그때까지 닥치고 있으라는 엄중한 경고에 사원들은 고개를 끄덕일 수밖에 없었다.

"예."

다시 흩어지는 사원들을 일견한 지부장이 철창 밖을 보

며 얼굴을 일그러트린다.

'빌어먹을! 포르자 디포나가 갑자기 계약만 깨지 않았어도!'

그랬다면 이렇게 유치장에 갇히지도 않았을 거다.

포르자 디포나가 도움을 주었다면 자신들을 빼내는 건 일도 아니었을 것이다.

아니, 애당초 이렇게 카라비니에리가 자신들을 체포하지도 못했을 터였다.

하지만 이제는 포르자 디포나의 도움을 기대할 수 없는 상황.

'후. 어쩔 수 없나.'

방금 사원들에게 말한 것처럼 변호사의 활약을 기대할 수밖에 없을 것 같다.

담배가 급격히 고파지는 순간이었다.

저벅저벅!

"여기도 동양인이네? 어휴. 이 새끼들 또 아무나 잡아 왔구만?"

유치장 앞에 멈춰 선 동양 혼혈의 경찰이 지부장들을 보며 안쓰러워한다.

"미안합니다. 카라비니에리를 대표해 사과드리겠습니다. 어차피 얼마 계시지 않을 테니 조금만 버티세요."

순간 지부장의 눈이 번뜩인다.

작은 정보라도 얻어 낼 것 같은 느낌.

"이게 어떻게 된 일입니까? 열심히 일하는 회사원을 뜬금없이 마피아로 몰다뇨! 심지어 체포 영장도 나왔습니다!"

"어젯밤 대규모 총격 사건 때문에 사령부가 뒤집혀서 그렇습니다."

심지어 그 미친놈들을 소탕한 게 카라비니에리가 아니라 DEA다. 현재 카라비니에리는 자존심마저 뭉개진 상태였다.

"그래서 뭐라도 성과를 내려는 거겠죠."

'개 같은!'

그 빌어먹을 놈의 DEA가 결국 자신들의 발목을 잡았다.

"카라비니에리는 정의의 편 아니었습니까? 저 무능한 이탈리아 경찰들과 달리!"

"풋! 우리 같은 동양인들에겐 똑같은 개새끼들입니다."

한직 중 한직인 유치장 관리를 하는 걸 보면 모르겠냐는 듯한 냉소를 터트린 경찰이 눈을 빛낸다.

"동양계 같은데, 어느 나라입니까? 난 중국계입니다."

"……나도 중국계입니다. 아버님이 쓰촨성 러산분이셨습니다."

"러산! 맘마미아! 제, 제 어머니는 아얀분이셨습니다! 여기서 동포를 만나는군요! 으음……."

공감대가 형성되자 더욱 안쓰러움을 느끼기 시작한 경찰이 슬그머니 주변을 두리번거린다.

"씻고 싶지 않습니까?"

"씻을 수 있습니까?"

지부장의 눈이 반짝인다. 그렇지 않아도 어제부터 잠은 커녕 세수조차 제대로 못한 상태였다.

"일단 오늘은 시간이 늦어서 조사를 받지 않을 것 같으니 쉬고 있으세요. 이따가 부르겠습니다."

고개를 끄덕이려던 지부장은 뒤에서 느껴지는 시선에 입을 열었다.

"저 친구들도 가능하겠습니까? 부하 직원들입니다."

"……음, 알겠습니다."

어차피 유치장은 자신의 영역이다. 사고가 터지지 않는 이상 그 누구도 자신에게 뭐라 할 사람은 없었다.

"감사합니다."

"쉬세요."

돌아선 경찰은 눈빛을 가라앉혔고, 지부장은 한숨을 내쉬며 잠시 차가운 바닥에 몸을 뉘었다.

"다들 일단 쉬어. 지금 당장 할 수 있는 일은 없으니까."

"……예."

편한 자세를 취한 그들은 눈을 감았다.

그리고 그로부터 몇 시간 후, 그들은 은밀히 깨우는 중국계 경찰을 따라 샤워장으로 향했고, 숨겨진 초소형 카메라를 통해 안을 지켜보던 종혁은 눈을 빛냈다.

'찾았다.'

저들의 몸에서 은은히 빛나는 회사의 로고를.

회사의 직원들을 찾은 거다.

"예, 나탈리아. 징벌을 시작하시면 됩니다."
놈들을 혼란에 빠트릴 작전, 징벌.
-후훗. 알았어요.
통화를 종료한 종혁은 기지개를 켰다.
"끄으! 그럼 나도 재등장할 타이밍을 잡아 보실까?"
종혁은 눈을 빛냈다.

* * *

탁!
핸드폰의 슬라이드를 닫는 조 부장의 모습에 한 사십대 남성이 다급히 입을 연다.
"어떻게 됐습니까? 지부장님은 뭐라고 하십니까?"
플랜 C로의 전환을 도왔던 포르자 디포나가 갑자기 계약 해지를 외치며 철수해 버렸다.
하하호호 같이 식사까지 했던 그들이 말이다.
그 때문에 지금 그들은 패닉에 빠진 상황이었다.
"……연락이 안 돼."
세컨 폰으로도 연락을 해 봤는데도 안 된다.
"예? 아직까지요? 갑자기 왜요!"
불과 몇 시간 전까지만 해도 연락이 됐던 지부장이다. 잠펠리노의 회의에 들어갔다고 해도 지금쯤이면 연락이 닿아야 했다.
"다른 분들은요!"

"있어 봐."

조 부장은 지부에 남은 과장들에게 연락을 돌려 봤다가 미간을 좁혔다.

"안 받는데?"

"……이거 무슨 일이 생긴 거 아닐까요?"

"그런 것 같네."

분명 지부에 무슨 일이 생긴 거다.

불길한 생각이 든 조 부장은 빠르게 머리를 굴렸다.

그때였다.

"과, 과장님!"

다급히 그들을 향해 다가오는 한 사원.

"무슨 일이야, 성 대리?"

"이, 이것! 이것 좀 보십시오!"

"대체 뭘……."

사원이 내미는 핸드폰을 본 그들의 낯빛이 딱딱하게 굳는다.

밤사이 나폴리 스캄피아에서 발생한 총격! 공포에 빠진 시민들!

카라비니에리, 잠펠리노 급습? 이유는?

카라비니에리, 무차별적으로 동양인 잡아들여!

한중일 대사관들, 카라비니에리에 항의!

인종 차별의 마녀사냥인가! 묵묵부답인 카라비니에리!

쿵!

"이런 미친……."

어젯밤 발생한 총격 때문에 나비효과가 발생한 것 같다.

뺏듯 핸드폰을 가져온 조 부장은 다른 기사들이 있나 살펴봤지만, 안타깝게도 기사는 저 다섯 개가 전부였다.

"이거 언제 일어난 일이야?"

"기, 기사를 보면 4시간 전 발생한 일입니다!"

딱 지부장과 연락이 끊겼을 때였다.

'설마 포르자 디포나가?'

꼬리를 끊기 위해 자신들을 팔아넘긴 거라면 이 상황이 말이 된다.

"부, 부장님, 이제 어떻게 합니까?"

"……일단 공장들부터 폐쇄해."

정말 포르자 디포나가 자신들을 팔아넘긴 거라면 플랜 C의 공장들도 위험하다.

급작스러운 플랜 C로의 전환으로 꽤 많이 유실된 장비들. 없는 살림이라도 회수해야만 했다.

"뭐해! 튀어 가!"

"예, 예!"

이탈리아 남부 어느 도시의 외곽에 있는 어느 화학 공장.

그들이 공장 안 공터와 담벼락 밖에 세워 둔 차량으로 달려가는 순간이었다.

부우우우우웅! 끼이이익!

그들이 있는 공장 앞 대로를 달리다 갑자기 멈춰 선 차량들과 내려지는 차량의 창문들.

그 안에서 튀어나오는 총구들에 조 부장들의 눈이 부릅떠진다.

"……피, 피해-!"

꽈과과과과과과과광!

천둥벼락보다 큰 총성이 하늘을 뒤흔들었다.

"내 형제들을 경찰에 잡혀가게 만든 복수다! 으하하하핫!"

부아아아앙!

한참 동안 총을 쏘아 대던 그들이 도망치자, 한 차량 뒤에서 고개를 내민 조 부장이 이를 악문다.

"포르자 디포나, 이 개새끼들이……."

"부장님! 괜찮으십니까!"

"놔!"

지부장을 만나야 한다. 어떻게 된 일인지 상황을 파악해야 한다.

"끄으윽!"

"쿨럭!"

"……다친 사원들부터 수습해!"

"예!"

조 부장은 눈을 부릅뜬 채 숨을 거둔 사원의 눈을 감겨

주며 이를 갈았다.

그때였다.

삐요오오오옹!

저 멀리서 들려오는 요란한 사이렌 소리.

조 부장은 얼굴을 구겼다.

"놔두고 튀어!"

이를 악물며 숨을 거둔 동료 사원들을 일견한 그들은 멀쩡한 차량들을 향해 달려갔다.

* * *

"그러니까 아무런 증거도 없이 동양인이라는 이유만으로 저희 회사의 소중한 임원을 잡아들이셨다는 뜻이군요."

그것도 체포 영장까지 받아서.

날카로운 변호사의 눈빛에 리베로 디엔초가 얼굴을 구긴다.

"그 소중한 임원의 몸을 보십시오. 그게 어디 평범한 일반인의 몸입니까?"

몸에 난 흉터들은 또 어떤가.

"운동을 열심히 한 것과 마피아 간의 총격전이 무슨 관계가 있는 겁니까?"

"……."

아무 말도 못할 줄 알았다는 듯 변호사가 안경을 치켜

세우며 입술을 비튼다.

"이번 일, 당신들 상부와 영장을 발부한 법원에 단단히 따지겠습니다. 일어나시죠, 부사장님."

"어흠!"

몸을 일으킨 지부장과 그런 그를 보며 이를 악무는 리베로 디엔초.

사무실을 빠져나오니 변호사가 입을 연다.

"일찍 대처하지 못해서 죄송합니다. 다른 사원들도 오늘 안에 석방될 테니 너무 걱정하지 마십시오."

"부탁하겠습니다. 후, 이게 대체 무슨 일인지……."

한 번 꼬이기 시작하니 계속 꼬이는 기분.

많은 걸 잃기는 했지만, 이번 프로젝트가 대박 나기 위한 액땜을 했다고 생각하기로 한 지부장은 꺼진 핸드폰을 만지작거리며 발을 뗐다.

그 순간이었다.

오싹!

저 멀리서 빠르게 다가오는 덩치 큰 동양인 사내.

'최, 최종혁?! 저, 저놈이 왜 여기에!'

순간 머릿속이 엉클어졌지만, 지부장은 거의 조건반사처럼 옆의 화장실로 들어간다.

"부사장님?"

"쉿. 잠시만."

'다행히 날 못 봤다!'

분명 최재수라는 놈하고 이야기를 나누고 있었다.

그는 마른침을 삼키며 화장실 밖을 향해 귀를 기울였다.

뚜벅뚜벅!

"국장님, 정말 놈들이 맞을까요?"

"모르지. 동양인들이 총격전을 벌였다니 날아온 것뿐이니까."

"잠펠리노의 동양인 사원들도 잡혔다 안 합니꺼. 걔들도 함 확인해 보지예?"

"흠. 그럴까? 린치, 가능하겠습니까?"

"충분히 가능합니다, 최."

쿵!

'이런 미친······.'

눈앞이 아득해진다. 머릿속이 새하얘진다.

"부사장님?"

콱!

"켁?!"

어깨를 잡는 손에 반사적으로 손을 뻗은 지부장이 아차 하며 손을 푼다.

"미안합니다. 가, 갑자기 눈앞이 흐려져서. 지금은 괜찮으니 얼른 갑시다."

일단 이 자리를 벗어나야 한다.

지부장은 다급히 꺼진 핸드폰을 켜며 밖으로 나갔다.

지이잉! 지이잉!

전원을 켜자마자 울리는 핸드폰. 엄청나게 쌓인 부재중

전화에, 그 발신자에 섬뜩해진 지부장이 다급히 전화를 건다.

"무슨 일이야, 조 부장!"

-왜 이렇게 연락이 안 되십니까!

"무슨 일이냐고!"

-포르자 디포나가 저휠 습격했습니다! 2차 정제 공장뿐만 아니라 1차 정제 공장들까지 모두!

쿵!

"그, 그래서?! 그래서 사원들은 얼마나 죽었는데!"

포르자 디포나가 습격한 것보다 중요한 건 바로 사원들 숫자다.

-……저를 포함해 6명만 겨우 도망쳤습니다.

쿵!

조 부장에게 딸려 보낸 17명의 사원 중 12명을 잃은 거다.

그것도 모자라 지부의 사원들마저 모두 잃을 상황. 남은 건 제2공장에 있는 사원 8명과 조 부장을 포함한 6명뿐이다.

'끄, 끝났다……?'

끝났다. 종혁이 사원들의 정체를 어떻게 밝혀낼지 의문이지만 끝난 것 같다.

아니, 회사가 사활을 건 프로젝트가 박살 나 버렸다.

털썩!

-지부장님?! 지부장님!

-지이잉!
 핸드폰을 멍하니 본 지부장이 헛웃음을 터트린다.

-이틀 전 잡혀간 패밀리와 친했던 패밀리가 개인적인 감정으로 귀측의 조직원들을 건드렸더군요. 사과의 의미로 1천만 유로를 보내겠습니다.

 모르는 번호로 보낸 문자지만, 누군지 알 것 같다.
 지부장은 다급히 상대방에게 전화를 걸었다.
 뚜르르! 뚜르르!
 하지만 받지 않는 상대방.
 '이 개자식들이-!'
 찢어 죽이고 싶다. 돈의 아가리에 총구를 쑤셔 넣고 머리를 터트려 버리고 싶다.
 하지만 지금은 그럴 여유가 없었다.
 "……갑시다."
 최종혁이 나타났다. 일단 이곳부터 빠져나가야 했다.
 "정말 괜찮으십니까, 부사장님? 병원부터 갈까요?"
 "얼른 출발하라고!"
 "예, 예!"
 "나야, 조 부장! 지금부터 내가 하는 말 잘 들어!"
 지부장을 태운 차는 도망치듯 카라비니에리의 사령부를 빠져나갔다.

한편 그 모습이 훤히 보이는 창가에 선 종혁이 핸드폰을 든다.

"예, 나탈리아. 우리 비둘기 새끼님께서 방금 출발했습니다."

세상 어디에 풀어놓아도 자기 집으로 찾아가는 비둘기.

'다른 놈들은 도망칠지도 모르겠지만, 저놈만큼은 본사나 연수원으로 기어 들어가겠지.'

돈이 준 자료에 의하면 지부장인 놈.

이 상황을 책임지기 위해서라도, 지 가족들을 살리기 위해서라도 놈은 한국으로 기어 들어갈 수밖에 없다.

"만약 연수원으로 기어 들어간다고 해도 분명 본사에서 사람이 찾아올 겁니다."

-그것도 고위 임원이겠죠.

그럼 끝.

드디어, 십수년간의 추적과 수사 끝에 드디어 놈들의 뿌리를 뽑을 수 있게 된 것이다.

찌리릿!

온몸을 관통하는 전류에 입술을 깨문 종혁은 바로 뒤에 있는 취조실의 문을 열고 들어갔다.

'최종혁?!'

"잠시 일어나 보시겠습니까?"

"다, 당신은 누구······."

쩍!

턱에 꽂히며 뼈를 박살 내 버린 주먹.

최재수와 현석은 그 충격으로 날아가 바닥을 뒹구는 놈을 일으켜 세웠고, 종혁은 그의 옷을 잡아 찢어 버린다.

그리고 CIA 요원이 그의 머리에 특별한 액체를 쏟아붓는다.

"있네?"

그의 손목에서 드러난 회사의 로고.

종혁의 온몸에서 끔찍한 살의가 뿜어진다.

"일단 자라."

쩌어억!

눈이 풀렸으면서도 어떻게든 반항을 하려는 그의 얼굴을 뭉개 버린 종혁은 막 취조실 안으로 들어오다 굳어 버린 리베로 디엔초를 향해 싱긋 웃어 주었다.

"다음 놈을 불러와 주시겠습니까? 아, 이빨 같은 곳에 자살용 독약을 숨겨 두는 놈들이니 의심하지 않도록 한 번에 여러 명씩."

함께 온 CIA와 SVR에서 파견된 요원들의 입가에도 서리는 흉흉한 미소를 본 리베로 디엔초는 마른침을 삼키며 고개를 끄덕였다.

* * *

"……."

회사 본사의 최고층 회의실.

원형 탁자에 모여 앉은 사장과 고위 임원들이 눈을 껌

뻑인다.

"다시…… 다시 말해 봐, 지부장. 뭐가 어떻게 됐다고?"

―프로젝트가 실패…… 했습니다.

"와, 완전히? 재기 불능으로?"

―……죄송합니다.

역시 잘못 들은 게 아니다.

"왜―! 뭣 때문에―!"

―포르자 디포나가 갑자기 손을 뗐습니다.

쿵!

지부장은 빠르게 이후의 일을 간략하게 설명했고, 사장은 뒷목을 잡았다.

묻고 싶은 말들이 목구멍 밖으로 치솟는다.

왜 그런 막중한 일을 바로 보고하지 않았냐부터 시작해 여러 가지가.

하지만 지금은 그게 중요한 게 아니다.

현재 중요한 건 프로젝트의 존속이다.

이번 프로젝트를 위해 수조 원의 자금과 150명이 넘는 사원들이 동원됐다.

정말 밑바닥에 밑바닥까지 박박 긁어모아 진행한, 회사의 희망인 이탈리아 프로젝트.

사장을 비롯한 고위 임원들의 얼굴이 울상이 된다.

"아, 아직 사원들이 남아 있잖아! 지부장의 말처럼 그 사령부라는 곳에 수감되어 있는 사원들만 나온다면……!"

―최종혁이 나타났습니다.

쿵!

"최종혁! 최종혁! 최종혀억-!"

"아아아아악!"

결국 테이블을 뒤집어엎으며 분노를 터트리는 그들.

그들이 겨우 이성의 끈을 붙잡은 건 회의실의 모든 물건이 박살 난 이후였다.

그러나 너무도 위태롭게 끄트머리만 잡힌 이성의 끈.

"후욱! 훅! 지부장, 현장에 있었으니까 잘 알 거야. 최종혁이 설계한 거야?"

-그런 것…… 같지는 않았습니다.

"하! 하하! 하하하하하! 그, 그러니까 최종혁이 개입되지도 않았는데 프로젝트가 실패했단 말이지? 푸하하하핫! 그 말이 맞지?!"

-죄송합니다.

"야, 이 개새끼야-! 너 지금 어디야-!"

-공항입니다. 더 통화를 했다간 추적을 당할 수 있으니 자세한 건 한국에 가서 뵙고 말씀드리겠습니다.

뚜뚜뚜뚜뚜!

"여보세요! 나 말 안 끝났어! 여보세요! 여보세요, 씨발 놈아-! 컥! 쿨럭!"

"사, 사장님!"

코와 입에서 피를 토하는 사장에게 달려드는 고위 임원들.

하지만 사장은 그렇게 피를 토하면서도 잔해들을 다시

짓밟기 시작했고, 고위 임원들은 어쩔 줄 몰라 하면서 그를 말리느라 애썼다.

그들도 분노가 터질 듯하지만, 이러다간 사장을 잃을 것 같았기 때문이다.

"하아…… 하아…… 하으으으."

끝났다. 이제 회사는 회생 불가의 타격을 입어 버리고 말았다.

'어르신. 죄송합니다, 어르신.'

믿고 맡겨 준 회사를 자신이 말아먹어 버렸다.

그 죄책감에 사장은 굵은 눈물을 쏟아 내며 통곡을 했고, 고위 임원들도 눈시울을 글썽거렸다.

"지금 그렇게 넋 놓고 있을 때입니까?"

휙!

회의장을 느릿하게 울리는 음성에 고개를 돌린 사장들과 고위 임원들이 얼굴을 일그러트린다.

자신들은 이렇게 가슴이 천 갈래, 만 갈래 찢어지는데도 너무 평온한 표정을 짓고 있는 조현상 전무의 모습 때문이다.

"아직 끝난 거 아닙니다."

인력이 부족하다고 하더라도 해외 지부들이 살아 있고, 국내 지부들도 조금 삐걱거리더라도 프로젝트를 이어 가고 있다.

그리고 본사도 여전히 컨트롤 센터로서 작동을 하고 있다.

자신들이 살아 있는 한 회사는 망한 게 아니다.

지금은 잠시 큰 바위에 부딪쳐 잠시 주저앉은 것일 뿐, 초심으로 돌아가 열심히 노력한다면 언제고 다시 회사를 일으켜 세울 수 있다.

'그래, 맞아!'

그 말에 사장과 고위 임원들의 눈에 희망의 빛이 서리기 시작한다.

"단, 최종혁이 국내로 들어온다면 어떻게 될지 모르죠."

쿵!

"……그렇군."

이탈리아 지부, 잠펠리노의 본사 건물에서 근무하던 사원들 중 절반 이상은 본사 소속이다.

종혁이라면 그들을 통해 본사를 추적해 올 터.

업그레이드된 인식프로그램과 인맥 등 종혁이 동원할 수 있는 모든 걸 동원한다면 끝내 자신들을 찾아낼지도 모른다.

"막아야지."

막아야 한다. 어떻게든 그것만은 막아야 한다.

'빌어먹. 이것도 사활을 걸어야겠군.'

정신을 차리며 이를 악문 사장이 핸드폰을 들었다.

"예, 어르신. 죄송합니다. 어르신과 다른 분들께서 나서 주셔야 할 일이 생겼습니다. 이 죄, 목숨으로 갚을 테니……."

'너무 늦었지만…… 이제 끝이군.'

어르신들이 나선 이상, 천방지축 날뛰던 종혁도 끝이다.

미국, 러시아에 대단한 인맥을 가진 종혁이라도 결국 그의 주무대는 한국.

'하지만…….'

종혁이 이것마저 이겨 내고 자신들 앞에 서는 날이 올 것 같은 기분이 든다.

조현상은 담배를 물며 창밖을 바라봤다.

3월, 어느덧 겨울을 밀어내고 봄을 몰고 오는 하늘은 참 맑았다.

* * *

기이잉!

비행기가 뜨고 내리는 나폴리 국제공항의 활주로.

"정말 가는 거 맞습니까?"

"맞습니다."

"다 끝난 거 맞습니까? 이번에도 출국했다가 다시 입국하는 거 아닙니까?"

종혁을 힐끔 본 앤드류 깁슨이 리베로 디엔초를 향해 고개를 끄덕인다.

"그렇습니다."

"……다음엔 정말, 제발 관광객으로 봅시다!"

얼마나 학을 뗀 건지 리베로 디엔초는 경례조차 안 하고 돌아섰고, 앤드류 깁슨은 종혁을 바라봤다.

"정말 끝난 거 맞지?"

"이탈리아에서는요?"

"……빌어먹을."

더럽게도 불길한 말이다.

"아, 몰라. 필요하면 불러."

감히 미국의 심장에 폭탄 테러를 저지르고, 전 세계에 마약을 유통한 놈들이다.

한 명의 경찰로서 이런 놈들을 잡아 족치는 데 한 손을 보태는 게 당연했다.

"간다."

"바이!"

"나중에 또 봐!"

앤드류 깁슨과 DEA 타격진압팀은 종혁이 준비해 준 전세기로 향했고, 그 모습을 가만히 바라보던 종혁은 고개를 돌려 이리나를 봤다.

"이제 어떻게 할 거야?"

"일단 랭리로 돌아가야지."

이유야 어찌 됐든 임무를 실패했으니 징계를 받게 될 거다. 어쩌면 더 이상 현장직에서 근무할 수 없게 될지 모른다.

"괜찮아?"

"괜찮아, 괜찮아. 나도 이제 결혼하려면 사무직으로 옮겨야지."

 나이가 벌써 서른셋, 아니 실제 나이는 서른다섯이다.

 17살, CIA의 미성년자 비밀 요원 프로그램을 통과해 2년간 활동하다가 종혁에게 배치됐던 그녀.

 움찔!

 "남자친구가 있었어?"

 "이제부터 만들어야지? 뭐…… 이렇게 매력적인 여자가 눈앞에서 벗고 달려드는데도 멀쩡했던 고자가 마음을 고쳐먹는다면 모르지만?"

 "하핫!"

 "에휴. 끝까지 대답 안 해 주네."

 그래서 더 애달팠는지 몰랐다. 지금도 말이다.

 쪽!

 볼에 닿는 촉촉한 입술에 깜짝 놀랐던 종혁이 등을 돌려 앤드류 깁슨의 뒤를 쫓는 이리나를 향해 크게 외쳤다.

 "도착하면 연락해!"

 "이 누나 도움이 필요하면 연락해! 또 봐-!"

 휙휙!

 손을 크게 저은 그녀는 전세기에 올랐고, 그 털털한 모습을 보며 웃음을 터트린 종혁은 몸을 돌렸다.

 '나탈리아는 며칠 전에 먼저 출발했으니까…….'

 "우리도 가자."

 "옙!"

 "아, 행님."

"왜?"

"왠지 이번에 우리 둘이 활약이 적은 거 같지 않았심꺼?"

"난 아예 아무것도 안 한 것 같아……."

종혁은 쓸데없는 소리를 하는 둘의 모습에 고개를 저으며 전용기로 향했다.

부우우웅!

생존한 사원들이 짐칸에 구겨 넣어진 종혁의 전용기 안.

따뜻한 샤워와 술 한 잔에 나른해진 눈꺼풀이 무거워진다.

그때였다.

지이잉! 지이잉!

"으음. 예, 여보세요……."

-최.

"예, 나탈리아……."

-검찰에서 당신에 대한 수배를 내렸어요. 죄목은 살인.

쿵!

순간 눈이 떠진 종혁이 주먹을 꽉 쥔다.

"시작됐네요."

놈들의 마지막 발악이.

종혁의 얼굴이 뒤틀리기 시작했다.

2장. 살인자 최종혁

살인자 최종혁

오후 12시 30분의 정혁빌딩의 정혁뷔페.
딸랑!
"어서 오세요!"
카운터에 선 종혁의 모친 고정숙이 맑게 웃으며 손님을 맞이하자, 정장을 입은 손님들도 마주 웃으며 만 원짜리 한 장을 내민다.
"2명이요!"
"네. 만 원 받았습니다. 음식은 접시에 덜어 드시면 되고, 라면은 저기 있으니까 직접 끓여 드시면 돼요!"
"아이고, 알죠! 그럼!"
1년 365일, 하루 14시간.
정혁뷔페의 반찬이 떨어질 일은 없지만, 배가 너무도 고픈 직장인들은 이미 반찬들 앞을 점거하다 못해 길게 늘어진 줄을 보며 다급히 걸음을 옮긴다.

"햐. 오늘도 반찬들이 죽이네."

"어? 오늘 메인 1번은 소불고기인 것 같습니다, 대리님."

"잘 봐. 옆에 LA갈비 있다."

"와, 씁! 오늘 테마는 소고기인가?"

"오늘 사장님께서 계 타셨나……."

다른 뷔페집 같으면 정말 많아 봐야 메인이 세 개인데, 여기 정혁빌딩은 매일 바뀌는 메인 반찬만 무려 여덟 가지가 넘는다.

밑반찬까지 합하면 반찬의 가짓수만 60여 개.

그 하나하나 전문 식당 저리 가라 할 정도의 퀄리티에다가 모두 국산인 식재료들.

라면도 공짜로 끓여 먹을 수 있고, 지금은 분식집에서 한 줄당 3천 원 이상 받는 뚱뚱한 김밥마저 탑처럼 쌓여 있으니 5천 원을 내고 식사하기가 미안하다 못해 송구스러울 정도다.

"진짜 이렇게 팔아도 남는 게 있나?"

"아, 모르셨어요? 이 빌딩이 사장님 거잖아요."

"예? 그, 그래요?"

앞사람의 말에 깜짝 놀란 그들.

앞사람은 겨우 그거에 놀라냐는 듯 의뭉스럽게 웃으며 말을 잇는다.

"거기다 제가 알기로 강남에만 빌딩을 20채 이상 가

지고 계시대요. 10층 언저리의 꼬마 빌딩이 아니라 죄다 20층 이상으로. 서울에서 부동산 여왕으로 불리시잖아요, 여기 사장님이."

그가 알기로 90년대에 길거리에서 국내 최초로 저 뚱뚱한 김밥을 파는 것을 시작으로 하여 이 정도 부를 이룩했다고 한다.

"와아. 성공신화의 주인공이 먼 곳에 있는 게 아니었네요……그럼 여긴 취미 생활 같은 거겠구나."

"취미 생활은 무슨. 이 정도면 봉사 활동이지. 아, 우리 차례다."

그들 냉큼 하얀 접시를 꺼내 들며 오늘은 어떤 조합으로 먹을까 행복한 고민에 빠지기 시작했고, 고정숙은 그 모습을 바라보다 피식 웃으며 다음 손님을 받았다.

그렇게 정신없이 손님을 받다 보니 어느덧 오후 2시.

점심시간이라 우르르 밀려왔던 손님들이 또 우르르 밀려 나가자, 그제야 고정숙도 잠시 카운터 의자에 엉덩이를 붙이며 숨을 돌린다.

하지만 그것도 잠시다.

"끄응차."

숨만 몇 번 쉬자마자 몸을 일으킨 그녀가 냉장고에서 매실 음료를 꺼내 손님들에게 나눠 주기 시작한다.

"많이 드세요."

"먹어도 먹어도 안 줄어요, 사장님."

"호호."

남아 있는 손님들과 일일이 눈을 마주치며 웃어 주는 그녀.

"아이고, 사장님. 이런 건 저희가 한다니까요."

"됐어, 됐어. 한가할 때 조금이라도 쉬어 둬. 저녁 장사 준비하려면 또 쉴 틈 없을 테니까."

"피이."

사장이 움직이는데 어떻게 직원이 가만히 있을까.

하지만 저 말이 진심인 걸 알기에 그녀들은 웃을 수 있었다.

"아, 그나저나 오늘 치안감님이 오신다고 하지 않았어요? 곧 도착할 시간 아닌가?"

그래서 오늘 메인 메뉴들도 싹 1등급 한우로 세팅한 거다.

이젠 올라가서 좀 쉬고 아들을 맞이할 준비를 해야 하는 게 아니냐는 직원의 눈빛에 고정숙이 고개를 젓는다.

"됐어. 어차피 맨날 보는 얼굴인데."

도착한다고 연락 왔을 때 올라가도 문제없다.

그렇게 말한 그녀가 다시 움직이려는 순간이었다.

-속보입니다.

"응? 이 시간에?"

뜬금없는 속보에 사람들이 옆에 있는 TV를 바라본다.

-영웅 경찰 최종혁 치안감에 대해 다들 알고 계실 겁니다.

'아들이 왜……?'

또 무슨 사고라도 친 걸까.

고정숙이 조마조마한 가슴을 부여잡으며 TV를 응시한다.

-유도 영웅이자 수많은 사건을 해결하며 영웅 경찰이라 불린 그. 그가 세 달 전 한 무고한 시민을 살해했다는 소식입니다.

쿵!

"……뭐?"

-지금부터 현장을 연결해 보겠습니다.

-네. 현장에 나와 있는…….

털썩!

"사장님!"

종업원들이 다급히 달려와 주저앉은 고정숙을 부축한다.

"아, 아닐 거예요! 아니에요. 치안감님께서 저런 참담한 짓을 저지를 리가 없잖아요!"

"그럼요! 이건 모두 오해일 거예요! 아니, 모함이에요! 모함!"

그들도 직접 지켜봤던 종혁이다. 종혁이 그럴 리가 없었다.

그런 그들의 간절한 변호 사이로 거친 손들이 내밀어져 고정숙의 어깨를 붙잡는다.

망연히 돌려진 고정숙의 눈에 이젠 누가 봐도 한국인이라고 할 수 있는 젊은 여성들이 비친다.

"일단 올라가서 마음부터 다스리시죠, 사장님."
"……그래요. 고마워요. 나 잠깐 올라가서 쉴게."
"저흰 사장님을 부축하겠습니다."
"그래! 얼른 집으로 모셔다 드려!"
고개를 끄덕인 그녀들은 고정숙을 부축해 정혁뷔페를 빠져나갔고, 남겨진 종업원들은 TV를 보며 얼굴을 구겼다.
"저놈의 방송국을 폭파시켜 버리든가 해야지. 어딜 감히 모함을! 앞으로 저 채널 틀지 마!"
"네!"
그들은 허위 사실을 진실인 양 호도하는 채널을 보며 이를 갈았다.

한편 그로부터 약 5분 후, 정혁빌딩 앞.
부우우우웅! 끼이이익!
서울남부지방검찰청이라는 글자가 페인팅된 승합차와 승용차들이 정혁빌딩 앞에 멈춰 선다.
"도착했습니다, 차장검사님."
선두의 고급 세단에서 내려 뒷좌석 문을 열며 고개를 숙이는 검사. 열린 뒷좌석에서 오십대 후반의 차장검사가 내려 위를 올려다본다.
"번 돈에 비해 검소한 곳에서 사는구만. 꼭대기 층이라고?"
"예. 모친은 2층의 뷔페에서 장사를 한다고 합니다."

"서민 놀이를 거하게 하고 계시는구만. 뭐해. 얼른 올라가지 않고!"

타이밍이 어긋났다. 자신들이 급습을 하는 것보다 방송을 먼저 타 버렸다.

'타이밍 좀 맞추자니까!'

먼저 방송으로 종혁의 살인을 터트린 방송국.

그나마 다행이라면 아직 고정숙이 건물 안에 있다는 보고를 받았다는 것이다.

"예!"

그렇게 그들이 눈을 빛내며 정혁빌딩 안으로 들어서려는 순간이었다.

"잠까안-!"

부아아아앙! 끼이이익!

그들을 멈춰 세우는 외침과 함께 이쪽을 향해 달려오는 차량들과 인도를 내달려 달려오는 젊은 사람들, 아니 종혁의 동기들.

"헉! 헉헉! 에, 에헤이. 어딜 헉! 가시려고 그러시나."

"뭐야, 니놈들은? 비켜."

차장검사를 힐끔 본 검사가 동기들을 밀어내려고 하자 동기들이 콧방귀를 뀌며 몸에 힘을 준다.

"이놈의 자식들이! 안 비켜?!"

"어? 어? 검사가 경찰을 치시네? 여기 CCTV 다 있거든요, 영감님아?"

흠칫!

"……니들 뭐야?"

CCTV를 언급하고, 이쪽 사람들 아니면 쓰지 않는 영감님이란 단어를 쓰는 것을 보면 범상치 않은 놈들이다.

"아이고, 수고하십니다. 본청 형사수사국 특수범죄수사대 임세라 경정입니다. 이쪽들도 다 형사수사국 식구들이고요."

"……아, 최종혁 그 살인자 새끼의 동료란 뜻이군."

"어허이. 워딩이 좀 세시다. 무죄추정의 원칙은 어디 가셨을까?"

그 말에 검사가 코웃음을 친다.

"사건 현장에서 최종혁의 머리카락과 DNA, 지문이 발견됐어."

심지어 CCTV 영상도 있었다.

"이래도 무죄추정의 원칙을 지켜야 할까?"

움찔!

몸을 굳힌 동기들이 가소롭다는 미소를 짓는 검사와 수사관들을 보며 입술을 비튼다.

"아, 그러세요. 그러면 공항으로 가야지, 왜 여길 오셨을까? 우리 최종혁 국장님 지금 귀국 중이신데 모르고 계시나?"

"당연히 살인에 쓰인 흉기부터 찾기 위해서지! 비켜! 공무집행방해로 징계 먹이기 전에!"

"네. 엿이나 드세요."

"이 새끼들이!"

"김 프로, 뭐하는 거야. 그냥 밀어."
"죄송합니다! 수사관들 뭐해! 그냥 밀어!"
"예!"
"씨발! 밀리지 마! 밀리는 새끼들은 오늘 내 손에 뒤지는 거야!"

임세라의 외침에 동기들이 몸의 중심을 낮추고, 수사관들이 이를 드러내며 달려드는 순간이었다.

띠리링! 띠리링!

갑자기 울리는 임세라의 핸드폰.

"왜! 어? 그래? 진짜? ……알았어. 야, 다들 힘 풀어! 경찰이 검찰의 공무집행방해를 하면 안 되잖아!"

갑자기 태도를 바꾸는 임세라의 행동에 눈을 빛내며 슬그머니 길을 트는 그들.

그것도 모자라 어서 안으로 들어가라는 듯한 시늉까지 하자, 뭔가를 눈치챈 검사와 수사관들이 눈을 부릅뜬다.

"빌어먹을! 얼른 튀어 올라가!"
"예!"

우르르 정혁빌딩 위로 올라가는 검사들과 수사관들.

종혁의 동기는 남아 있는 차장검사에게 우스꽝스럽게 경례를 하며 돌아선다.

"그사이에 빼돌렸다는 거냐?"
"네? 뭘요? 그냥 상부에서 어서 돌아오라고 해서 가는 겁니다. 그럼 수고하십쇼!"

키득키득 웃은 그들은 왔던 길을 돌아갔고, 차장검사는

그걸 보며 이를 빠드득 갈다 정혁빌딩 안으로 들어간다.

"야, 어머님께서 정말 빠져나가신 거 맞아?"

"어. 종혁이가 알려 준 비밀번호로 문 열고 들어갔는데 안 계셨다는데? 뷔페에도 안 계셨대."

"……어떻게 빠져나가신 거야?"

"내가 아냐……."

그저 파도 파도 끝이 보이지 않는 동기, 종혁이가 최종 혁다운 짓을 했다고 생각될 뿐이다.

"아무튼 종혁이가 경고한 일이 벌어졌어."

빠드득!

지금부터 대한민국 전체가 종혁을 공격할 터.

"우리 역할이 중요한 거 알지?"

"응."

"일단 대기. 만약 저 검사 새끼들이 어머님 끌고 나오면 대가리를 깨서라도 구한다."

"오케이."

그들은 정혁빌딩의 입구를 죽일 듯 노려봤고, 이내 곧 정혁빌딩의 꼭대기 층에서 비명에 가까운 고함이 터져 나왔다.

"이런 개-!"

없다. 아무도 없다.

"분명히 있을 거라며!"

"그, 그랬는데……. 야! 어떻게 된 거야!"

"모, 모르겠습니다! 분명 뷔페에서 직원들에게 부축받

고 올라가는 걸 제가 똑똑히 봤습니다!"

"그럼 땅으로 꺼졌다는 거야, 하늘로 솟았다는 거야-!"

뚜벅뚜벅!

"놓친 거야?"

"죄, 죄송합니다, 차장검사님! 하, 하지만 분명 이 건물 안에…… 아!"

"뭔데?"

"바로 아래층이 리순철, 최종혁의 오른팔의 집입니다!"

"……."

"예, 예! 빠루 챙겨서 따라와! 그냥 문 따고 들어가게!"

"예!"

검사들과 수사관들은 다급히 아래층을 향해 달려갔다.

하지만 이번에도 들리는 비명에 가까운 고함.

-여긴 또 왜 비어 있는 거야-! 따라와! 이렇게 된 이상 여기 있는 집을 다 따 본다!

-예!

"……후우."

'이 병신 같은 방송국 새끼들!'

놈들 때문에 완전히 꼬여 버렸다.

이를 간 차장검사는 남아 있는 검사와 수사관들을 향해 일갈했다.

"일단 서류란 서류는 모두 챙겨. 혹시라도 단서가 있을 수 있으니까."

'약점이라도.'

살인자 최종혁 〈125〉

"예!"

흩어져 모든 방을 열어 보는 그들은 몰랐다.

이 시간 고정숙과 리순철의 가족뿐만 아니라 소영과 수호 등 종혁의 지인들도 모두 자취를 감췄다는 걸 말이다.

* * *

벌컥!

"부, 부장님!"

책상에 앉아 사건 서류를 살피던 강철선이 미간을 찌푸리며 고개를 든다.

"점심으로 반달곰 간댕이라도 삶아 뭇나. 어데 노크도 없이 부장실을 함부로 열어 싸는 기고."

"지, 지금 농담하실 때가 아닙니다!"

안으로 난입한 검사는 소파 테이블에 놓인 리모컨을 낚아채 TV를 켰다.

-이곳 살해 현장에서 최종혁 치안감의 지문과 DNA가 발견됐습니다.

쿵!

"……벌써 만우절이가? 아일 긴데?"

"그, 그게 아니라 진짜……."

"너 이 새끼들 뭐야!"

"막아! 부장님께 가지 못하게 해!"

강철선이 눈살을 찌푸리며 몸을 일으켜 밖으로 향한다.

"뭔데 이리 소란이고. 일들 안 하나!"

강철선의 일갈에 조용해진 복도.

강철선은 이쪽으로 오려는 웬 놈들과 그들을 막아선 특수부 검사들과 수사관들에 뭔가를 눈치채고 눈빛을 가라앉힌다.

"……비키 봐라. 아무래도 내를 찾아온 손님들 같은데 와 막아서고 지랄이고."

"안 됩니다, 부장님!"

"비키라고."

검사들을 헤치며 나아간 강철선이 선두에 선 검사를 삐딱하게 바라본다.

"어데 식구들이고?"

"대검에서 나왔습니다. 강철선 특수부장님 되시죠?"

"근데?"

"재산 형성 과정에 의문점들이 있더군요. 창원지청에 계실 때부터 이곳에서까지 해결한 사건들 가운데에도 여러 의문점들이 있으시고요. 그에 현 시간부로 이 의문이 풀릴 때까지 당신의 직무를 잠시 정지하도록 하겠습니다."

쿵!

"……이 빙시들이 뭐라는 기고? 말 똑바로 안 하나?!"

강철선의 얼굴이 흉악하게 일그러지자 검사가 그의 가슴팍을 쿡 찌른다.

"이해가 안 돼? 오늘부터 옷 벗으라고."

"이 개새끼들이! 야, 이 새끼야! 말 똑바로 안 해?!"
"우리 부장님처럼 청렴결백한 분이 어디 계시다고!"
"막아! 내쫓아!"
눈이 뒤집어진 검사들이 소매를 걷는 순간이었다.
"푸하핫!"
그들의 입을 다물게 만드는 강철선의 웃음.
"이야! 살다 보니 같은 검사 식구가 검사 등에 칼을 꽂는 걸 다 본다. 어이, 대검 감찰. 니 이거 감당할 수 있겠나?"
"걱정 마. 지금쯤 고검장 방에도 우리 부장님께서 도착했을 테니까."
쿵!
빠드득!
"지금 해 보자는 기제?"
"검찰총장도 나가리된 상황에서 당신들 한국대 라인이 뭘 할 수 있는데?"
현재 청문회와 검증에 시달리며 결국 자질 논란이 불거져 검찰총장에서 미끄러지고 만, 전 서울중앙지검장이자 전 서울고검장인 한국대 선배님.
강철선의 얼굴에서 표정이 사라진다.
"알았다. 어데 하고 싶은 대로 맘껏 해 봐라."
"부장님!"
강철선은 검사증을 벗어 그의 손에 올려놨고, 검사는 의기양양한 미소를 지으며 강철선을 옆으로 밀어내며 강철선의 사무실로 향했다.

"부장님!"

왜 순순히 물러난 거냐, 이건 분명 오해일 거라는 눈빛을 보내는 검사들의 모습에 피식 웃은 강철선이 특수부를 빠져나간다.

"어이, 내다. 시작된 것 같데이."

강철선의 눈빛이 차갑게 가라앉았다.

그 순간이었다.

팍!

뒤에서 강철선의 핸드폰을 낚아챈 방금 전의 검사.

"최종혁 씨? 지금 인천에 거의 도착했죠? 공항에 대검 차장검사님이 가 계시니까 딴 데로 새지 말고 인천에 내립시다. 아니면 당신 주변 사람들만 괴로워져요."

-Good luck.

뚝!

"뭐라는 거야, 이 미친 새끼가."

"통화 다 했나? 글믄 내 외투랑 지갑이랑 차키 좀 가져다주래이. 다시 돌아가기엔 좀 까리하데이. 그 폰은 그냥 주께. 포렌식 해야제? 아, 좀 따 내 집으로 오고. 내 취미가 다 쓴 핸드폰 보관하기다. 뭐하노? 춥다."

"……까드득!"

강철선은 이를 가는 검사를 보며 비실비실 웃었다.

두 눈에서 살의의 불꽃을 피어올리며 말이다.

＊　＊　＊

 몇 시간 후, 러시아 사할린에 위치한 해군 기지.

 기름 냄새가 가득한 그곳에서 하얀 코트로 무장을 한 종혁이 잔잔한 찬바람을 맞으며 누군가와 통화를 하고 있다.

 "예. 놈들이 발악을 시작한 것입니다. 전에 말씀드린 것처럼 순리대로 대처하시면 됩니다, 대통령님."

 ―미안합니다, 최 치안감.

 검찰총장까지 구설수에 휘말리게 한 것도 모자라, 엄한 사람을 검찰총장에 내정시켜야 할지 모른다.

 아마도 그 인물은 저쪽에서 내세운 인물일 터.

 "아닙니다. 대통령님께서 가만히 계셔야 반격의 기회를 얻을 수 있습니다. 이미 계획대로 진행되고 있으니 걱정하지 않으셔도 됩니다."

 그리고 비밀리에 김포공항을 이용하게 해 준 것만으로도 충분히 큰 몫을 해 주었다.

 ―……그래요. 믿겠습니다.

 "나중에 다시 연락드리겠습니다."

 구우우우웅! 끼이이익!

 때마침 저 멀리서 날아와 활주로에 착륙하는 한 대의 항공기.

 고약한 소리를 내며 착륙한 비행기가 이내 종혁이 서 있는 곳 근처에 멈춰 선다.

그리고 이윽고 항공기의 문이 열린다.

"어, 엄마."

종혁은 떨리는 눈으로 항공기에서 내리는 고정숙을 바라봤다.

"형!"

"오빠!"

다급히 계단을 내려온 순희와 현석의 동생들 현희, 현호가 종혁의 품에 안긴다.

사법연수도 끝마치고 이제 임용만 기다리는 현희와 얼마 전 군대를 제대한 현호.

오느라 수고했다며 안아 준 종혁이 어머니 고정숙을 본다.

"죄송해요."

걱정시켜 드려서 죄송하고, 이렇게 말없이 납치하듯 데려와서 죄송하다.

고정숙이 고개를 들지 못하는 종혁을 차갑게 응시한다.

"그 사람들 때문이니?"

움찔!

종혁의 눈이 부릅떠진다.

'어, 어떻게?'

경악하는 종혁의 모습에 고정숙이 피식 웃는다.

"세상에 제 자식에 대해 모르는 부모도 있니?"

너무도 갑자기, 마치 다른 사람이라도 된 듯 한순간에 바뀌었던 17살의 아들.

아마 그때부터였을 것이다.

살인자 최종혁 〈131〉

검찰 명예수사관으로 중앙지검에 다녀온 이후부터였을 거다.

종혁이 무언가를 쫓기 시작한 게.

언제나 마음 한구석이 날카롭게 서 있던 게.

"그랬…… 어요?"

"그랬어."

그런데도 단 한 번도 내색하지 않고, 단 한 마디도 하지 않으셨던 거다.

무려 십수 년을 말이다.

"……예. 그 사람들 때문이에요."

"이번에도 잡을 수는 있고?"

"예."

종혁의 눈이 묵직하게 가라앉자, 고개를 끄덕인 고정숙이 할 말 다했다는 듯 근처에 세워진 차량들로 향한다.

멍하니 고정숙의 뒷모습을 바라보던 종혁은 톡톡 자신을 건드리는 손길에, 현희의 손길에 아래를 내려다봤다.

"나중에 설명해 줄게."

"……꼭이에요."

"그럼."

"야, 이 가스나, 머스마야! 니들은 친오빠가 여 있는데 어데 안기는 기고! 퍼뜩 이리 안 오나!"

"아, 형은 좀…….."

"가족끼리 그러는 거 아니야, 오빠."

"와? 용돈 필요 읎다고?"

"……행님!"

"오빠야!"

냉큼 빠져나가 현석에게 달려가는 둘의 모습에 키득키득 웃은 종혁이 수호와 소영에게로 향한다.

"미안하다. 그리고 죄송합니다."

수호와 소영 뒤에 서 있는 두 사람의 부모님들.

그들뿐만 아니다. 오택수와 최재수, 김종두, 동기들의 가족들 등 수많은 사람이 계단을 내려올 차례를 기다리고 있다.

"아닙니다, 최 치안감. 그렇지 않아도 안식년을 가질까 했어. 우린 신경 쓰지 말고, 대한민국을 깨끗이 만들 생각만 해요."

처음엔 솔직히 당황스러웠다.

하지만 떠나오기 전 한국의 상황을 보니 자신들이 빠지는 게 좋을 것 같았다. 아니었다고 해도 종혁이 부탁을 했다면 들어줬을 테지만 말이다.

울컥!

"감사…… 합니다. 후. 일단 이동부터 하시죠. 날이 춥습니다."

종혁은 줄지어 서 있는 차량들을 가리켰고, 호기심 가득한 눈으로 기지를 두리번거리던 이들은 얼른 차량에 올라탔다.

그렇게 그들은 종혁의 별장으로 향했다.

부우우웅!

웅성웅성.

"와, 여기가 사할린이구나."

"헐. 바다에 얼음이 떠 있어."

'다행이네.'

양해는 구했더라도 거의 강제적으로 데려온 것인데도 아무런 구김 없이 순순히 풍경을 즐기는 사람들.

이런 순간마다 회귀 후 인생은 참 축복받았다는 생각이 든다.

스윽!

"응?"

종혁이 손을 잡는 여자친구 시연의 모습에 당황하며 그녀의 부모님을 찾아 시선을 돌린다.

옆에 앉아 이쪽을 보며 음흉한 미소를 짓는 그들.

"인사가 늦었습니다. 시연 씨와 좋은 감정을 가지고 관계를 맺고 있는 최종혁이라고 합니다."

처음 정식으로 뵙는 자리가 이런 거라서 고개를 들 수가 없다.

"호호. 아니에요. 고모님이 처음 봤을 때 합격이라고 했다고 해서 기대를 많이 했는데…… 나도 합격!"

"나도!"

"어, 엄마! 아빠!"

"어이쿠. 사부인, 처음 뵙겠습니다. 아드님과 연애 중인 시연이 아비 홍지태입니다. 모자란 딸이지만, 잘 부탁드리겠습니다."

"엄마 김희연이에요."

"모자란 아들 때문에 큰 결례를 끼쳤습니다. 고정숙입니다."

"사부인!"

갑자기 고정숙의 손을 잡는 시연의 모친.

눈을 초롱초롱 빛낸 그녀가 재빨리 입을 연다.

"나이가 어떻게 되세요? 피부가 이렇게 고우신 걸 보면 사십대? 설마 아드님을……."

"어휴. 전 오히려 사부인의 피부 관리 비결을 묻고 싶은데요? 어떻게 이런 피부를 가지실 수 있으세요? 전 일주일에 한 번 피부과를 가는데……."

"저도요!"

"어흠. 부동산을 그렇게 잘 보신다는 소릴 들었습니다. 혹시 다른 재테크는 어떻게 하시는지 여쭤봐도 실례가 안 되겠습니까?"

"첫 상견례에 그런 말을 하고 싶어요? 진짜 누가 남자 아니랄까 봐!"

"아니, 내가 뭘……."

"엄마…… 아빠……. 그만해, 제발."

"하핫."

놔두라는 듯 시연의 손을 잡은 종혁이 표정을 가라앉힌다.

"미안해요."

이런 사정을 말해 주지 않아서 미안하다.

"아니에요. 오히려 제가 더 미안하죠."

여자친구로서 남자친구에게 이런 사정이 있는지 몰라서 미안하다.

둘은 서로를 지그시 바라보다 슬그머니 모이는 주위의 음흉한 시선들에 얼른 고개를 돌린다.

얼굴이 발그레 달아오른 시연이 얼른 화제를 돌린다.

"그런데 이 많은 사람이 잘 곳은 있는 거예요?"

"음. 뭐 그건 직접 보는 게 빠르겠네요. 아, 다 도착했어요."

"네?"

종혁이 가리키는 곳을 본 시연과 사람들은 경악했다.

"구, 궁전?!"

대저택 수준을 넘어서 마치 유럽의 궁전을 보는 듯 거대한 저택.

치이익!

종혁은 멍하니 걸어 나오는 사람들을 보며 입을 열었다.

"아, 혹시나 따로 가족들끼리 지내고 싶은 분들은 이야기해 주세요. 오는 길에 보셨던 저 마을 모두 여러분들을 위해 만들어 놓은 거니까요."

쿵!

다급히 왔던 길을 바라본 사람들은 입을 떡 벌렸다.

백여 채가 넘는 대저택들이 세워진 마을이 그들의 눈

속으로 파고들었다.

* * *

"아무도…… 없다고?"
"예. 아무도 없었습니다."
종혁의 지인, 친구, 그 지인 친구들의 가족들까지 단 한 명도 찾아볼 수가 없다.
남은 건 강철선이나 오택수, 김종두, 리순철 등 제 한 몸 지킬 수 있는 이들뿐이었다.
"권회수와 김단향도 남아 있긴 합니다."
"곧 죽을 늙은이들이군."
"……사장님. 그렇게 폄훼할 만한 자들이 아닙니다."
한때 명동의 돈 귀신, 밤의 황제라 불리며 대기업 회장들도 굽실거렸던 권회수와 현재도 정치인들이 선거 때 가장 먼저 돈을 빌리러 간다는 압구정 김 여사, 김단향.
"그래서 놔둔 거겠지."
자신들이 건드릴 수 없는 인물들이라 생각해서 놔둔 것일 터.
'확실히 건드리기 껄끄러운 인물들이긴 하지. 삼전의 김 회장처럼.'
하지만 건드리기가 껄끄러울 뿐, 어찌하지 못한다는 건 아니다.
'그걸 최종혁이 모를 리 없을 텐데…….'

"그 둘은 함정이겠군."

"아…… CIA와 SVR이 주위에 있는지 살펴보겠습니다."

고개를 끄덕인 사장이 계속하라는 듯 눈짓을 준다.

"CCTV 추적 결과, 김포공항 방면으로 향한 정황이 발견됐는데……."

"하!"

사장이 웃음을 터트리자 고위 임원들도 헛웃음을 터트린다.

이로써 확실해졌다.

"최종혁 이놈, 이쪽의 사정을 알고 있었군."

세력이 약해진 자신들이 무리할 것이란 걸 예측한 거다. 그래서 약점을 모두 한국에서 치워 버린 것이다.

"그들을 이동시킨 장소로 러시아나 미국이 가장 유력하긴 한데……."

"러시아겠지."

작정하고 빼돌렸으니 작정하고 지킬 종혁. 그런 의미에선 미국보단 러시아가 더 낫다.

이쪽에서 무슨 수를 쓰더라도 NO라고 단호하게 외칠 수 있는 나라가 바로 러시아이기 때문이다.

"후. 아쉽게 됐군."

'그놈의 어미만 손에 쥐었어도 일을 쉽게 풀어 갈 수 있었을 텐데…….'

어쩌면 목숨마저 거뒀을지 모른다.

어차피 이판사판이다.

추후 종혁의 사망 후 눈이 뒤집혀 쫓아올 CIA나 SVR의 추격 따윈 자신들이 생존하고 난 이후에 생각할 일이었다.

"쯧. 그래도 러시아 내 최종혁의 별장들을 모두 뒤져 봐."

여차하면 데려와야 할 테니 말이다.

"그리고 러시아 쪽과 일본 쪽 밀항 루트와 미군 기지들 감시하고."

언제, 어떤 방식으로 한국에 들어올지 모르는 종혁이다. 감시할 수 있는 모든 곳을 감시해야 했다.

"예."

"그럼 다음으로 넘어가지. 공석이 된 형사수사국 국장 자리에 어르신이 천거한 인물이 앉게 될 거야."

고위 임원들은 사장의 이어지는 말을 들으며 눈을 빛냈다.

* * *

"와아악!"

"꺄아악!"

미쳤다. 넓은 온수 수영장에 영화관, PC방, 만화책방뿐만 아니라 편의점까지 있다.

배고프면 그냥 가서 가져오기만 하면 되는 지상낙원.

처음 이 추운 곳에 끌려오다시피 왔다는 것에 불만이 있었던 이들마저 눈이 돌아가 저택 이곳저곳을 탐방한다.

나이 든 남성들은 세계 각국의 술들이 쌓여 있는 술 창고와 마을 밖에 세워진 낚싯배들에 눈이 돌아갔고, 나이 든 여성들은 정중하게 대기하고 있는 마사지사들과 피부 관리사들에 행복해한다.

그 모습을 흐뭇하게 바라보던 종혁은 몸을 돌려 하나의 방으로 향했다.

-허허. 오셨는가.

벽면을 커다랗게 채우는 화면 속에서 한가롭게 차를 마시다 웃는 권회수의 모습에 종혁이 고개를 숙인다.

"모시지 못해서 죄송합니다."

-허허. 아닐세. 당장 내일 눈을 감아도 이상하지 않은 늙은이인데 무슨…….

그래서 권회수가 먼저 거부를 했다.

"하지만…… 후우."

푸근히 웃는 눈을 가득 채우는 단호함에 말하기를 관둔 종혁이 방 안에 있는 다른 이들을 소개한다.

"이쪽 둘은 잘 아실 겁니다."

-반갑네. 행복의 쉼터 이사장 권회수일세. 한때…… 돈 귀신이란 악명으로 불렸던 늙은이일세.

"만나 뵙게 되어 영광입니다! 국장님의 오른팔, 최재수입니다!"

"행님의 진짜 오른팔! 강현석임더! 말씀은 많이 들었심더!"

"리순영입네다. 잘 부탁드리겠습네다."

권회수는 당찬 인사들에 역시 젊음이 좋다며 허허 웃었고, 갑자기 울리기 시작한 핸드폰을 본 종혁이 눈을 빛낸다.

"다른 분들께서도 들어오신다고 하는군요."

그 말이 떨어지기 무섭게 권회수를 벽면 가득 투영시키던 화면이 분할되며 강철선과 오택수, 김종두, 리순철 등이 비추어지기 시작한다.

그리고 서로를 향해 인사를 한 그들이 종혁을 보며 오묘한 표정을 짓는다.

종혁이 알려 준 곳으로 가니 이렇게 따로 연락할 수 있는 장소로 안내됐기 때문이다.

'대체 언제부터 준비한 건지…….'

그들의 생각이 읽어져 헛기침을 한 종혁이 얼른 입을 연다.

"남부지검과 대검이 움직였다고요."

ㅡ……맞다. 알아보니까 최 치안감 영장을 대검 형사부에서 제출했다 카데? 사건 접수는 남부지검.

경찰이 아니라 곧바로 남부지검에 접수된 거다.

"영장을 통과시킨 판사까지 한통속이란 뜻이겠네요."

ㅡ어디 그뿐이겠노.

아무리 검찰총장이란 수장의 자리가 비어 있다지만, 대검찰청의 부장검사, 지방청 검사장급의 인사가 그 어떤 통보 없이 움직인 거다.

대검찰청의 서열 2위라 불리는 차장검사까지 놈들과

한패라고 봐야 했다.

그건 법원도 마찬가지다. 무려 현 대통령과 깊은 관계인 종혁의 체포 및 구속 영장을 함부로 승인했다.

얼마나 많은 윗선들이 얽혀 있는지 가늠조차 안 된다.

-그나마 다행은 한국대 라인이 이 일에서 빠진 것 같다는 기다.

"그쪽에서 다른 대학을 들먹였나 보군요."

-내 검사증 가져간 아가 연희대 출신이라 안카나.

법조계에서 유명한 대학 파벌 중 하나인 연희대 파벌.

고개를 끄덕인 종혁이 고검장을 바라본다.

"전에 이야기 나눴던 민정수석은 추적해 보셨습니까?"

-계속 파 보고는 있는데…….

별다른 소득은 없었다.

고검장의 낯빛이 흐려지자 권회수가 미간을 좁힌다.

-민정수석이 무슨 말인가?

"아."

'그러고 보니…….'

한때 온갖 이권에 얽혀 있었던 권회수다.

그라면 답을 알고 있을지 몰랐다.

"이사장님, 혹시 문민정부 때의 민정수석을 기억하십니까?"

-……아, 그 사람. 기억하네. 뻔뻔하게도 대선의 선거자금이 필요하다며 돈을 빌리러 왔었지.

그리고 금융실명제로 뒤통수를 친 거다.

그때만 생각하면 아직도 이가 갈리는 권회수는 입술을 이죽거리다 돌연 눈빛을 가라앉혔다.

-설마 그 이야기를 말하는 건가? 이 대한민국의 이면에서 대한민국을 조종하는 배후 세력이 있다는?

"놈들 회사와 한패로 예상됩니다. 혹시 아시는 게 있습니까?"

-……한번 조사해 보지. 당시 권력을 가진 놈들치고 나나 누이에게서 돈을 빌리지 않은 놈은 한 명도 없었으니까!

없는 자들의 등불이라 불렸던 구옥순 여사의 이름마저 튀어나오자 종혁은 고개를 끄덕였다.

김단향 여사가 구옥순 여사의 모든 걸 이어받았기에 분명 그때의 자료 역시 가지고 있을 거다.

"부탁드리겠습니다."

그동안 수없이 종혁 자신을 무너트리려 수작을 부려 왔지만 번번이 실패했던 놈들 회사. 이제 그들에게 남은 건 어르신이란 인물과 그 배후 세력뿐이다.

그들의 실체만 알아낼 수 있다면 이 지겨운 싸움도 끝이라고 봐야 했다.

"흠……."

-왜 그러나?

"지금 와서 다시 생각해 보니 그분께서 검찰총장이 되시지 못한 게 이놈들의 수작이 아닐까 싶어서 말입니다."

청와대에 현몽준이라는 새 주인이 생긴 지 벌써 한 달

이 훌쩍 넘게 지났는데도 검찰총장은 여전히 공석이다.

아무리 검찰총장이 중요 요직이라지만 솔직히 잘 이해가 되지 않는 일이었다.

-……맞네. 이제야 맞아떨어지네. 내가 함 알아보께. 사람 뒤 탈탈 터는 게 내 전문 아니겠노.

"부탁드리겠습니다."

강철선을 향해 고개를 숙인 종혁이 권회수를 본다.

"아마 놈들 회사는 이사장님이 함정이라는 걸 눈치챘을 겁니다."

-하지만 세상엔 함정임을 알아도 달려들 수밖에 없는 함정이 있는 법이지.

권회수의 입술이 비틀어지자 다른 사람들의 입술도 비틀어진다.

'함정으로 다가가지 않았는데도 함정이 먼저 공격을 한다면, 그걸 과연 함정이라고 부를 수 있을까?'

덤비지 않고는 버틸 수 없는 함정.

놈들 회사는 곧 생각을 고쳐먹을 수밖에 없을 거다.

"과장님. 오 대장님. 철아."

-어. 말해.

-예. 듣고 있습네다.

"곧 제가 아닌 다른, 저쪽에서 보낸 인물이 국장 자리를 꿰찰 겁니다."

어쩌면 조오현 경찰청장을 압박하며 그 권한을 축소시키려 들지도 모른다.

-그쪽은 우리가 담당하지.

이택문 전 경찰청장과 최기룡 전 경찰청장.

둘의 든든한 말에 종혁은 고개를 끄덕였고, 그들의 회의는 달이 높이 떠오를 때까지 계속되었다.

* * *

"후우."

모든 회의가 끝나자 종혁이 관자놀이를 꾹 누른다.

"국장님."

"편하게 말해. 어차피 곧 국장도 아닐 텐데."

"종혁아?"

"이게 뒤질라고……."

"아, 왜요! 내가 연상인데!"

"……그냥 국장님이라고 해."

생각해 보니 최재수가 연상이긴 했다.

연상이긴 하지만 사람답지 않아서, 경찰답지 않아서 반말을 쓰다 보니 어느새 그게 굳어 버린 것뿐이다.

"무슨 말을 하려고?"

"저희는 한국으로 가 있는 게 낫지 않을까 싶어서요."

"……아서라. 내 위치 불라고 고문당한다."

돈을 위해서도 사람을 아무렇지 않게 죽이던 놈들이다. 자신들이 살기 위해서라면 더한 짓도 할 터였다.

"너흰 따로 할 일이 있으니까 할머님부터 달래 드려.

현석이, 너는 어머님 달래 드리고."

검사 아내이자 마산 수산시장의 상인으로서 볼 꼴, 못 볼 꼴 다 봐 오셨을 테지만, 이번 일은 결이 다르다. 내색은 안 하셔도 많이 놀라셨을 거다.

최재수의 할머님도 마찬가지일 거다.

"······옙!"

환하게 밝아진 둘이 나가자 종혁이 순영을 본다.

"내가 할 일은 없겠습네까?"

"······후."

몸을 일으킨 종혁이 순영을 향해 허리를 숙인다.

"아무런 상의도 없이 이런 일에 휘말리게 해서 죄송합니다. 처음 이 말부터 했어야 했는데, 제가 경황이 없어 이제야 사과드립니다."

"······솔직히 많이 놀랐습네다."

종혁을 걱정하던 그녀의 눈 속 깊은 곳에서 미약한 한기가 사라진다. 종혁이 은인이긴 하지만, 이번 일은 경우가 좀 달랐다.

그녀는 싱긋 웃었다.

"하지만 이젠 한배를 탔지 않습네까."

그녀의 푸근한 미소에 숨을 깊게 들이마신 종혁이 고맙다는 듯 웃는다.

하지만 그것도 잠시. 이내 곧 종혁의 표정이 심각해진다.

"제 예상이 맞다면 곧 순영 씨가 해 줘야 할 일이 생길지도 모릅니다."

"……무슨 말인지 알갔시오. 내래 준비해 놓갔습네다. 기럼 가시디요."

"예?"

"종혁 동무는 할 일이 더 남아 있지 않습네까?"

움찔!

"……1시간 뒤에 출발하죠. 재수랑 현석이도 한번쯤은 겪어 봐야 할 일이니까요."

"일없겠습네까?"

"예. 괜찮을 겁니다."

"……기럼 저도 부모님께 잠시 다녀오갔습네다."

"저도 그래야겠네요."

해군 기지에서야 쿨한 모습을 보이셨다지만, 무슨 일인지 아들의 입으로 직접 듣고 싶을 것이다.

몸을 일으킨 종혁은 어머니 고정숙의 방으로 향했다.

"……시연 씨 부모님하고 있는 거 아니었어?"

혹시나 싶어 와 보긴 했지만, 정말 있어서 살짝 놀란 종혁.

그러다 침대에 앉은 어머니 고정숙이 만지작거리는 핸드폰을 보곤 낯빛을 굳힌다.

'아버지.'

방금 전까지 핸드폰을 세게 쥐고 계셨는지 손가락이 하얗게 변색되어 있다.

"술 마실래?"

"……가져올게요."

"됐어. 이미 가져다 놨어."

정말 아들을 잘 알아도 너무 잘 아는 어머니다.

종혁은 테라스 창문 앞에 놓인 테이블로 향했고, 고정숙은 먼저 가져와 테라스 밖에 내놨던 술들을 테이블 위에 올린다.

꼴꼴꼴!

두 개의 글라스 컵에 가득 따라지는 소주.

둘은 말없이 건배를 하고, 또 말없이 들이켠다.

한 잔, 두 잔, 술이 아니면 꺼낼 수 없는 이야기라는 걸 서로 안다는 듯 둘은 취기가 올라올 때까지 술만 연거푸 들이켰다.

"……엄마."

말하고 싶다. 가만히 자신이 말하길 기다려 주는 어머니를 마주하니 모든 걸 다 말하고 싶다.

자신이 어째서 돌아왔는지, 어째서 경찰이 됐는지.

하지만…….

"오직 사기 같은 범죄로 돈을 벌기 위해 수천 명이 모여 단체를 이뤘다는 걸 어떻게 생각해요?"

아직은 아니다.

지금 어리광을 부리면 지금까지 날카롭게 벼려 온 칼날이 무뎌질 것 같기에 아직은 아니다.

"미친 또라이? 사람 새끼들이니?"

"푸핫! 맞아요. 미친 또라이들이에요."

오직 돈을 위해 사람을 함부로 죽이는 놈들.

사람 목숨이 파리 목숨보다 가벼운 놈들.

정말 사람도 아닌, 짐승과 악마란 말조차 아까운 놈들이다.

빠드드드득!

"그때부터 이놈들을 쫓기 시작했어요."

참 길고 긴 싸움이었다.

곤두선 신경이 가라앉지 않았던, 놈들을 쫓는 종혁 자신에게도 너무도 힘들고 길었던 시간.

때론 포기하고 싶었던 순간도 있었던 기나긴 시간.

"그러다 결국 여기까지 오게 된 거예요. 드디어 여기까지……."

종혁의 숨결이 뜨거운 습기를 머금으며 흔들린다.

"힘들었겠네."

쿵!

툭 던지는 어머니의 위로에 가슴이 크게 울린다.

고정숙이 몸을 일으켜 종혁을 꼭 안는다.

"그동안 고생했어, 아들. 엄마가 함께해 주지 못해서 미안해."

"……에헤이. 징그럽게 왜 이러실까. 가족끼리 이러지 맙시다. 아들 나이가 벌써 서른셋이에요."

종혁이 애써 어머니를 떼어 낸다. 이대로 이 작은 품에 안겨 잠시라도 평안을 얻고 싶어 하는 욕망을 억지로 억누른다.

어쩔 수 없이 물러난 고정숙이 종혁의 얼굴을 본다.
'아직도 숨기는 게 많구나.'
그런 느낌이 든다.
하지만 재촉하진 않을 생각이다. 오늘처럼 언젠가 아들이 말해 줄 테니 말이다.
"그래. 이제 손자 손녀만 남았다. 아들 파이팅."
"……푸하하하핫!"
많이 웃긴 건지 배꼽을 잡고 웃는 아들의 모습에 고정숙도 피식 웃으며 자리에 앉는다.
"엄마는 언제까지 여기 있으면 될까?"
"걱정 마세요. 그리 오래 걸리진 않을 테니까요."
"그러니? 언제나처럼 믿으면 되는 거지?"
"……예. 이번에도 믿어 주세요."
주먹을 쥔 종혁은 몸을 일으켰다.
"그럼 쉬세요. 전 머리 좀 식혀야 할 것 같아요."
"그래. 너도 얼른 자."
그렇게 말한 그녀는 깨닫고 말았다. 아들 종혁은 몰라도 자신은 오늘 잠을 잘 이루지 못할 것임을 말이다.
"엄마."
"응?"
"……사랑해요."
"나도 언제나 사랑해, 아들."
울컥!
다시 차오르는 격정을 애써 누른 종혁은 어머니를 끌어

안고픈 충동을 누르며 몸을 돌렸다.
 '죄송합니다. 미안합니다.'
 이런 상황에서도 진실을 말하지 못해서 죄송하다.
 '하지만 언젠가…… 정말 언젠가…….'
 이 모든 것이 끝나면 다 말씀드리리.
 종혁은 이를 악물며 고정숙의 방을 빠져나갔다.

* * *

 부우우웅!
 별이 가득 뜬 밤하늘을 내달린 차량이 해군 기지 안으로, 더 안으로 들어가 어느 건물 앞에 멈춰 선다.
 "하아."
 어두운 새벽인데도 하얗게 번지는 입김.
 "국장님, 여긴 왜 다시 온 겁니까?"
 "……따라와 보면 알아. 가시죠, 순영 씨."
 척!
 "오셨습니까."
 소총을 든 채 건물 입구를 지키고 있다가 종혁을 발견하곤 경례를 하는 러시아 군인들.
 고개를 끄덕이며 그들을 지나친 종혁이 건물의 지하로 향한다.
 그런 그들을 막아서는 두꺼운 철문과 또 다른 군인들.
 종혁이 고개를 끄덕이자 그들이 문을 연다.

끼기긱!
기괴한 소리를 내며 열리는 문.
그러자…….
"끄아아아아악!"
"으아아아악!"
"헉!"
지옥에 떨어진 악인들의 비명이 이러할까.
끔찍하기 그지없는 비명에 최재수와 현석이 반사적으로 몸을 움츠린다.
종혁은 그런 그들을 일견하며 안으로 향하고, 재빨리 뒤따른 최재수와 현석이 안에 펼쳐진 끔찍한 광경에 하얗게 질려 버린다.
긴 복도의 창문이 달린 문들 안, 새하얗게 물든 방에 앉혀진 고깃덩이들.
"최, 왔나요?"
나탈리아의 시선이 현석과 최재수를 향했다가 걱정으로 물들어 종혁을 본다.
괜찮다는 듯 고개를 끄덕인 종혁이 입을 연다.
"이젠 쟤들도 알아야 하니까요."
자신이 어떻게 저놈들을 잡아 왔는지.
어떻게 정보를 얻어 왔는지.
"건진 건 있습니까?"
"……마침 한 놈이 입을 열었어요. 따라오세요."
나탈리아의 뒤를 따른 종혁은 곧 고개를 숙인 채 뭔가

를 웅얼거리는 핏덩이 하나를 마주할 수 있었다.

종혁은 그의 찢긴 어깨를 잡으며 손가락을 쑤셔 넣었다.

콱!

"끄아아아아악……!"

"직급과 이름."

"과, 과장. 소, 송재필!"

"네가 있던 곳은?"

"부, 부산광역시 연제구…….."

"부산 지부인가 보군. 진행하고 있는 프로젝트의 종류는?"

"다, 다단계 판매, 출판 사기…….."

콰아악!

"아아악! 아아아아악! 제발! 제발-!"

"피해자의 숫자와 피해 총액은?"

"다, 다단계 40억! 출판 사기 10억! 피, 피해자는 120명-!"

무심하게 묻는 종혁의 온몸에서 시뻘건 살의가 흘러내렸고, 종혁의 선을 넘은 잔인한 모습에 깜짝 놀랐던 현석과 최재수는 그가 말하는 피해액에 눈을 부릅뜨며 이를 갈기 시작했다.

"이런 개새끼들이……!"

그들의 몸에서도 살기가 뿜어지기 시작했다.

* * *

영웅 경찰, 최종혁 치안감의 두 얼굴!
그동안 정의로웠던 모습은 가식이었나!
낮에는 범인을 때려잡고, 밤에는 무고한 시민을 죽인다!
피해자 23살의 여대생! 혹시 강간살인?
아직도 묵묵부답인 조오현 경찰청장! 입장 표명해야!
경찰은 왜 최종혁을 수사 착수를 하지 않은 것인가!

뚜벅뚜벅!
이른 아침, 본청의 로비.
양어깨에 태극무궁화가 3개씩 달린 치안정감들이 들어서자, 피로에 절은 얼굴로 돌아다니던 경찰들이 다급히 몸을 세우며 경례를 한다.
그런 그들의 인사가 당연하다는 듯 무시하며 엘리베이터에 올라 경찰청장실로 향하는 그들.
벌컥!
노크도 없이 문을 열고 들어오는 무례한 이들에 하품을 하다 얼굴을 구기며 일어서던 조오현 경찰청장의 보좌가 하얗게 질린다.
"추, 충성!"
쾅!
그 순간 안쪽에 난 문에서 터져 나오는 굉음.

손을 저은 치안정감들이 안으로 들어가자, 소파에 앉아 신문을 죽일 듯 노려보는 조오현과 대변인의 모습이 보인다.

 치안정감들의 시선이 신문으로 향했다가 피식 웃는다.

범죄자 최종혁이 선도한 경찰 개혁! 과연 정상인가!

"이 개 같은 놈들이 감히……."
 이 개 같은 놈들이, 그동안 경찰에 당한 놈들이 이번 기회를 빌어 애써 힘들게 쌓아 온 경찰 개혁마저 무너트리려 하고 있다.
"범죄자의 흔적은 지워야지 않겠습니까."
 움찔!
 고개를 든 조오현이 미간을 좁힌다.
"부산청장?"
 부산지방경찰청의 청장뿐만 아니다. 인천청장에 경기청장, 그리고 경북청장까지 있다.
"이 시간에 연락도 없이 무슨 일이지?"
"무슨 일이겠습니까."
'이 미친……!'
 저들의 눈에 서린 탐욕을 보니 굳이 더 묻지 않아도 알 것 같다.
"자네들도 그 누명을 믿는 거야?! 최 치안감이 그럴 사람이 아니란 건 자네들이 더 잘 알잖아!"

살인자 최종혁 〈155〉

"이미 증거가 명명백백합니다."

"경북청장!"

"더 버텼다간 우리 경찰이 식구를, 그것도 범죄자를 감싼다는 이미지만 줄 수 있습니다. 정의로운 경찰, 범죄자라면 그 누구도 때려잡는 경찰, 공정한 경찰. 이 이미지들을 포기할 생각입니까?"

종혁이 선두에 서서 이끌어 만들어 낸 경찰의 이미지. 그리고 그건 곧 경찰 개혁의 일부분이기도 했다.

이 이미지가 무너진다는 건 결국 경찰 개혁이 잘못됐다 시인하는 꼴밖에 안 된다.

"경기청장!"

"최종혁 쳐내시죠."

단순히 직위 해제를 시키는 것이 아니라, 해임이나 파면을 해서 강제 퇴직을 시켜 버리는 거다.

경찰공무원법상 고위 공무원에 해당하는 경무관 이상의 징계는 대통령의 재가를 받아야만 하지만, 아무리 종혁과 친분이 있는 대통령이라고 한들 경찰 내부와 국민들이 원한다면 별수 있을까.

"그리고 명예롭게 책임지시죠."

쿵!

조오현이 이를 악문다.

'이걸 노린 것이었나!'

여론을 명분으로 세웠지만, 결국 이들이 원하는 건 찬탈이었다.

치안정감들은 죽일 듯 노려보는 조오현을 보며 입술을 비틀었다.

'어떡할 거냐, 조오현.'

비굴하게 바닥을 길 것인지, 아니면 명예롭게 퇴직할 것인지.

둘 중 뭘 선택하더라도 그들에겐 나쁘지 않았다.

"받아먹을 거 많이 받아 드셨잖습니까. 임기 시작부터 연예계 마약 사건에 최근의 간첩 게이트와 선우연 게이트까지…… 어휴."

이 정도면 이득 볼 만큼 이득을 봤다. 말년을 여의도 도전에 걸어 보는 것도 나쁘지 않을 거다.

"청장님, 청장님이 책임지셔야 저희 경찰이 삽니다."

"네, 네놈들이……."

"내 이럴 줄 알았지."

"누가 방해를…… 헉!"

조오현이 벼랑 끝에 몰렸다. 가만히 기다려도 알아서 떨어지는 중요한 상황을 방해하는 이들을 향해 분노를 쏟아 내려던 치안정감들이 하얗게 질린다.

반면 조오현의 얼굴은 확 밝아진다.

경찰개혁의 첫발을 떼며 지반을 다진 최기룡 전 경찰청장과 경찰 개혁이란 거대한 성을 쌓아 올린 이택문 전 경찰청장.

그들뿐만이 아니다. 경찰대학장, 서울청장, 전남청장, 경남청장 등 일명 최기룡 일파의 고위 간부들이 그들의 뒤에 서 있다.

아직도 경찰 내 최대 계파인 최기룡 일파가 등장한 것이다.

'그동안 두문불출하기에 이빨이 빠진 줄 알았더니!'

구심점이었던 최기룡과 이택문이 야인이 되면서 결속력이 약해졌다 여긴 최기룡 일파.

아니었다. 최기룡 일파의 결속력은 아직도 건재했다.

"자네들은 옛 상사에게 인사도 안 하나?"

치안정감들의 얼굴이 똥을 씹은 것처럼 구겨진다.

"……충성."

"그래. 충성. 그러면 인사도 나눴으니…… 치안정감씩이나 되는 양반들이 이 아침 댓바람부터 여기까지 몰려와 무슨 개소리를 하는지 우리도 함께 들어 볼 수 있겠나?"

"……당연히 책임론에 대해 말하러 왔습니다."

종혁은 형사수사국장이다. 위로는 경찰청장밖에 없는 국장.

거기다…….

"아, 이득. 그래. 조오현 청장이 종혁이 때문에 이득을 보긴 봤지. 그런데 그건 자네들도 마찬가지잖나."

움찔!

"그, 그게 무슨……!"

"종혁이가 자네들 관할에 가서 해결한 사건이 한두 개야? 거기다 경찰 개혁 덕분에 자네들도 다 이득 봤잖아. 경찰 연봉 올라간 게 누구 덕분이고, 예산 늘어난 게 누구 덕분이야? 연금과 보험은? 검거율 높아진 건!"

모두 종혁 덕분이다.

"그래 놓고 뭐? 책임?! 책임을 질 거라면 경찰 상부가 다 책임져야지, 왜 조 청장만 대표로 책임을 져!"

"최 청장님!"

"그러니까!"

쿵!

"개소리 지껄이지 말고 원하는 걸 말해."

최기룡과 이택문, 함경필 전남청장의 눈이 살벌하게 빛나기 시작했다.

쾅!

경찰청장실의 문을 거칠게 닫은 치안정감들이 이를 간다.

'이 타이밍에 저들이 나타나다니!'

얻어 낸 거라곤 겨우 형사수사국장의 자리뿐.

"후. 일단 형사수사국장 자리를 얻어 낸 걸로 만족해야겠군."

"……그렇습니다. 어차피 김종두와 오택수, 최종혁 그놈의 동기들 등 최종혁 그놈의 손발이야 형사수사국장이 되면 얼마든지 쳐낼 수 있으니 말입니다."

그래도 가장 중요한 걸 얻기는 했다.

최종혁의 손과 발을 자르고, 인식프로그램 시리즈를 운용하지 못하게 하는 것. 이 정도만 해도 절반 이상의 성과를 거뒀다고 봐야 했다.

일단은 이걸로 만족할 수밖에 없었다.

본청 건물을 빠져나와 도로에 올라선 그들은 누군가에게로 전화를 걸었다.

"예, 어르신. 죄송합니다. 하지만 꼭 얻어야 할 건 얻어냈습니다."

눈에 두려움이 맺힌 그들은 사정을 설명했고, 잠시 수화기 너머의 상대가 침묵한다.

-……그래, 수고했네. 다시 연락하지. 이쪽은 됐다는구만. 국정원보고 시작하라고 해.

'국정원? 시작?'

통화가 끊기기 전 들린 이상한 말. 그들은 자신들이 모르는 뭔가가 있나 하며 미간을 좁혔다.

* * *

"후우우."

해가 저문 밤의 국정원. 눈과 눈 사이를 누르던 국내 파트 차장이 시계를 보곤 담배를 챙겨 들며 몸을 일으킨다.

똑똑!

"……들어와."

"응? 아직 퇴근 안 하셨습니까?"

"아직 할 일이 많아서. 최 치안감 일도 있고."

"아."

배에 칼날이 파고들자마자 국내 파트 차장이 반사적으로 노인을 후려쳐 떨어트린다.

하지만 팔뚝으로 막으며 다시 달려드는 노인.

푹푹푹!

콰악!

절로 다리가 풀리고 아득해지는 정신 속, 노인의 양손을 꽉 잡은 차장의 얼굴이 흉신악살처럼 일그러진다.

"이런 개……."

피가 흘러나오는 입술을 꽉 악물며 고개를 뒤로 젖힌 그가 놀란 노인의 얼굴을 향해 머리를 내려찍는다.

찌어억!

"큽?!"

"죽어! 죽어! 죽어-!"

쩍쩍쩍!

푸우욱!

"큭?!"

연속으로 머리를 찍던 차장이 옆구리로 파고든 칼날에 상대를 돌아볼 생각도 하지 않고 몸을 날린다.

몇 바퀴 구른 뒤에야 몸을 일으켜 급습한 또 다른 상대를 찾던 차장은 눈을 부릅떴다.

"와. 다 늙은 놈이 왜 이렇게 빨라?"

"영감님, 괜찮아요? 살아 계세요?"

쓰러진 노인을 부축하는 사내와 대검 손잡이로 머리를 긁는 사내, 그리고 근처 차 뒤에서 모습을 드러내고, 옆

집의 담벼락 위에 쪼그려 앉아 있는 사내들에 골목 입구를 막은 사내들까지.

'이런 미친…….'

놈들 회사다.

아무래도 오늘이 제삿날일 것 같다.

"나 하나 죽이려고 참 많이 몰려왔구만. 영광이라고 해야 하나?"

이럴 줄 알았으면 무기를 챙겨 올 걸 그랬다.

"후우우."

벨트를 풀러 한 손에 감은 차장이 버클을 늘어트리며 반대편의 건물 벽에 등을 기대 손을 까딱인다.

"쿨룩! 들어와."

"휘유. 역시 국정원이라서 그런지 깡이 좋네."

"어이, 김 대리. 괜히 들어가서 피 볼 필요 있어? 저거 잘못 맞으면 그대로 즉사다? 어차피 저놈 20분 안에 과다출혈로 사망이니까 기다리자."

"에이. 그래도 사람이 언제 올지 모르고."

"쭙. 그건 그렇지. 에휴."

한숨을 내쉰 그들이 칼을 빼 들며 다가오는 순간이었다.

삥!

"아악?!"

귀를 찢는 날카로운 소음.

반사적으로 고개를 돌린 그들은 골목 입구를 막고 있다

가 무너지는 사내 한 명과 소음기 달린 권총을 늘어트린 채 골목으로 들어오는 외국인에 이를 악물었다.

'저 미친 새끼!'

"죽어—!"

골목 입구를 막던 남은 두 사람이 달려든다.

하지만 당황하는 것 없이 외국인은 무심히 권총을 들어 올린다.

뻐버뻥! 뻐버뻥!

'모, 모잠비크 드릴!'

적을 확실하게 사살하기 위한 사격술.

외국인인 걸 보면 CIA나 SVR 요원인 것 같다.

"빌어먹을! 퇴각! 퇴각!"

후다닥!

회사의 처리조들은 뒤도 돌아보지 않고 몸을 내뺐고, 그런 그들을 향해 탄알이 다 떨어질 때까지 사격했던 외국인은 혀를 차며 권총을 내린다.

그리고 재빨리 차장에게 다가간다.

"괜찮습니까? 그러니까 조심하라고 했잖습니까."

"이래야 쥐새끼를…… 쿨럭! 곧 국정원에 숨어 있는……."

"쯧. 말을 아끼십시오. 여긴 알파 줄루. 차장이 다운됐다. 다시 한번 말한다. 차장이 다운됐다."

차장은 왜인지 멀어지는 것 같은 외국인의 목소리를 들으며 눈을 감았다.

'여보한테 꽃을 줘야 하는데…… 나 같은 놈과 살아 줘

서 고맙다고 말해야 하는데…….'
 그는 까무룩 정신을 잃었다.

* * *

 ─죄송합니다. CIA인지 SVR인지 모를 놈이 개입하는 바람에 확인 사살엔 실패했습니다. 하지만 비장을 찔리고 장이 가닥가닥 끊겼을 테니 살아날 가능성은 거의 없습니다.
 "알았어. 수고했어."
 회사 본사의 지원부.
 처리조와의 통화를 종료한 지원부장이 전화기를 든다.
 "지원부장입니다. CIA와 SVR으로 추정되는 외국인의 개입으로 확인 사살엔 실패했습니다."
 그뿐만 아니라 도심에서 총성이 울렸다. 수습을 하려면 꽤 골치 아플 거다.
 "하지만 만약 살아난다고 해도 최소 넉 달은 복귀하지 못할 겁니다."
 ─흠. 총성이라……. 그렇게 엮으면 되겠군. 알았어. 박 전무? 그분께 연락드려서 다음 단계로 진행하시면 된다고…… 끙. 이건 내가 전해야지, 참. 아, 지원부장.
 '정신이 없으시구만.'
 최종혁 때문에 심적 타격을 크게 입은 것 같다.
 "예, 사장님."

―혹시 모르니까 차장 와이프 감시해. 만약 장례 치르면 바로 연락하고.

"예, 알겠습니다."

통화가 종료된 전화기를 빤히 바라보던 지원부장은 이내 혀를 차며 담배를 문다.

'국정원이라······.'

"그쪽 라인 다 날아간 거 아니었나? 굳이 차장을 없애 봤자······ 아."

아무래도 어르신이 따로 만들어 둔 라인이 있는 것 같다. 그래야 지금 상황이 말이 된다.

고개를 끄덕이던 지원부장이 이내 다시 혀를 찬다.

"그나저나 이렇게 폭주하면 안 좋은데······."

은밀함이라는 회사의 기조가 무너지고 있다.

지원부장의 눈에 걱정이 서리기 시작했다.

* * *

다음 날, 국정원의 국정원장실.

"박 차장이······ 출근을 안 했다고?"

본디 정권이 바뀌면 제일 먼저 바뀌는 게 바로 국정원장. 현몽준 정부가 출범하며 새로이 국정원장으로 취임한 노인이 눈살을 찌푸린다.

그는 이런 것까지 보고하냐는 듯 질책 어린 시선을 보낸다.

"어제 결혼기념일이었다면서요. 술을 많이 마셨겠죠. 집에는 확인해 본 겁니까?"

"……어젯밤 콜이 울렸습니다."

"콜? 설마 그 콜?"

요원들이 위급한 상황에 처했을 시 누르는 콜.

"그래서 급하게 달려갔는데……."

확인한 거라곤 차장의 혈흔뿐이었다.

"뭐, 뭐라고요? 누가요! 누가 이 대한민국에서 국정원 요원을 공격한단 말입니까!"

보고를 하러 온 요원이 고개를 젓는다.

주변 CCTV를 모두 뒤져 본 결과, 그 시간대 인근 CCTV 모두가 먹통이었다.

거기다 총성이 들렸다는 목격담도 들었다.

"초, 총? 설마 다른 나라 정보국에서?"

"그건 아직 확신할 순 없습니다. 다만 치명상을 입고 몸을 피하신 건 확실합니다."

"빌어먹을!"

쾅!

"왜 어제 보고하지 않은 겁니까! 이런 큰 사건이 일어났는데 왜 해가 뜨고 나서야 보고하는 겁니까! 지금 내가 새로 취임했다고 무시하는 겁니까!"

'당신이 어제 일찍 퇴근해서 그런 거잖아.'

게다가 한 번 퇴근을 하면 도통 연락이 안 되는 국정원장. 정말 국정원장에 어울리는 인물인지 의문이 들 정도다.

"……죄송합니다."

"찾아요. 안가와 병원을 모두 뒤져서라도 박 차장을 찾으란 말입니다. 알겠습니까?!"

"……예."

"나가요!"

"충성."

국정원장은 국장실을 빠져나가는 요원을 보며 눈빛을 가라앉혔다.

그때였다.

똑똑똑!

"……들어와요."

허락이 떨어지자 문이 열리며 두 명의 남성이 들어온다.

"해외 1차장과 3차장이군요. 무슨 일입니까?"

"박 차장이 어젯밤 습격을 당했단 소릴 들었습니다. 정말입니까?"

"……그런 것 같더군요. 안가와 병원을 뒤져 보라고 했으니 곧 찾아낼 겁니다."

국정원과 연계된 병원들. 생명에 위협이 될 중상을 입었다면, 분명 안가와 병원들 중 한 곳에서 몸을 숨긴 채 치료를 받고 있을 거다.

"박 차장이 쏟아 낸 피가 엄청났다고 하던데……."

"……하고 싶은 말이 있으면 에두르지 말고 그냥 하면 됩니다."

"얼마 전 MSS 요원들과 정찰총국 요원들이 국내에 들어온 것을 확인했습니다."

쿵!

한국의 국정원 같은 정보기관인 중국의 국가안전부 MSS와 북한의 정찰총국.

국정원장이 경악한다.

"그들이 언제요?! 왜 그걸 이제야 보고하는 겁니까!"

심지어 대북 파트 차장도 아무런 언질이 없었다.

"확신이 서지 않아 보고를 미뤘던 것인데……."

"자, 잠깐. 지금 그 말은 그들이 박 차장을 노렸다는 겁니까?"

"아무래도 그런 것 같습니다."

"……왜? 아."

알 것 같다.

종혁에 의해 국내에서 활동하던 북한 간첩들 대다수가 검거됐고, 중국 측 요원들도 모조리 검거됐다. 그때의 복수를 하러 온 것 같다.

"이런 개……."

지이잉! 지이잉!

"……받으세요."

"죄송합니다. 그래, 나야. 내가 원장님께 갈 테니 중요한 일이 있지 않으면 보고하지 말…… 뭣?!"

해외 1차장이 멍하니 국정원장을 바라보자 국정원장의 가슴에서 불길함이 피어난다.

"뭡니까!"

"어, 어젯밤 구, 국내에 들어온 저희 해외 1파트 요원이 당했다고 합니다. 그, 그런데 그 습격자가…… 러시아어를 썼다고 합니다."

쿵!

"무, 무슨!"

벌떡 일어난 국정원장이 해외 1파트 차장을 노려본다.

"화, 확실합니까?"

"겨우 목숨을 건진 요원의 증언입니다."

"그들이 왜!"

"저……."

국정원장과 1차장이 3차장을 바라본다.

"아무래도 이 새끼들이 CIA와 SVR도 공격한 것 같습니다만……."

"잠깐. 지금 3차장의 말은 간첩 게이트 사건 때 CIA와 SVR도 도움을 준 것 같으니 이놈들이 공격을 했고, 그에 눈이 돌아 버린 두 기관이 동양인 요원들을 보복하고 다닌다는 거야? 동양인 얼굴이 비슷하니 헷갈려서?"

"그게 아니면 설명이 안 되잖습니까."

쿠웅!

"이런 미친……."

상사 앞에서 쌍욕을 입에 담은 1차장이 국정원장을 본다.

"막아야 합니다, 원장님."

요원들의 희생을 막아야 한다.
"이 대한민국이 전쟁터가 되는 걸 막아야 합니다!"
"어, 어떻게 말입니까!"
패닉에 빠진 국정원장의 모습에 1차장과 3차장이 속으로 한심해한다.
'역시 감을 못 잡는군.'
언론엔 결코 알릴 수 없는 물밑의 전쟁, 그것도 다섯 개의 나라 요원들이 서로를 죽이는 소리 없는 전쟁이다.
국정원장이 된 지 이제 겨우 두 달밖에 안 된 그로서는 어디서부터 풀어 나가야 할지 감조차 잡을 수 없는 게 당연했다.
그리고 이것이 그들의 노림수이기도 했다.
"일단 CIA와 SVR, MSS와 정찰총국에 연락해 항의를 하십시오."
"……그리고요?"
"그러면 나머지는 제가 해결해 보겠습니다."
"1차장이 말입니까?"
"제가 임시적으로 박 차장 업무를 이어받아 중재를 해 보겠습니다."
"안 된다면요?"
"내쫓아야죠."
이 나라에서 영원히.
쿵!
"하, 하지만 그건……."

"원장님, 여긴 대한민국입니다. 저희 국정원의 영역입니다."

저 무도한 놈들이 일반 시민들에게 피해를 끼치기 전에 쫓아내야 된다.

"예, 맞습니다. 원장님, 대한민국의 수호자 국정원으로서의 위엄을 지켜야 합니다."

1차장과 3차장의 뜨거운 눈빛에 국정원장이 입을 다문다.

"……후. 알겠습니다. 부탁드리겠습니다."

'됐어!'

"단 강경한 방법은 최대한 피하고, 박 차장이 돌아오면 자리로 돌아가야 합니다. 아시겠습니까?"

"그럼요. 당연합니다. 저도 저희 파트의 업무 때문에 죽을 맛입니다. 그러면 빨리 움직여야 하니…… 충성."

"추, 충성."

뚜벅뚜벅 탁!

"하아."

닫힌 문을 일견하며 한숨을 크게 내뱉은 국정원장이 몸을 일으켜 책상으로 걸어간다.

그런 그의 표정이 차갑게 가라앉는다.

'이것이었군.'

저들의 노림수가 말이다.

그는 전화기를 들었다.

"잠시 쉴 겁니다. 당분간 누구도 들이지 마세요."

-예.

 밖의 보좌관과의 통화를 종료한 국정원장이 책상 아래 달린 버튼 중 하나를 누른다.

 달칵!

 철컥! 철컥! 철컥!

 스산한 소리를 내며 잠기는 문.

 국정원장은 방금 누른 버튼 옆의 버튼을 누르곤 책장으로 걸어가 한 책을 잡아당긴다.

 그러자…….

 크르릉!

 거친 소리를 내며 안쪽으로 돌아가는 책장.

 그 안에는 한 대의 컴퓨터와 낡은 전화기가 놓여 있었다.

 오직 국정원장에게서 국정원장에게로, 입에서 입으로만 전해지는 국정원장만의 비밀 공간.

 국정원장이 안으로 들어오니 책장은 다시 닫혔고, 국정원장은 전화기 옆에 놓인 수첩이 아니라 자신의 핸드폰을 열어 어떤 전화번호를 찾아내 낡은 전화기로 전화를 걸었다.

 "CIA 부국장 헨리입니까? 나 국정원장입니다. 놈들이 노리는 게 뭔지 알아냈습니다."

 국정원 국내 파트의 장악.

 그리고…….

 "아무래도 최 치안감이 인식프로그램 시리즈를 이용하

지 못하게 하려는 것 같습니다. 당신네들 것까지."
쿵!
헨리는 잠시 말을 잃었다.

* * *

―국정원장이 그렇게 전해 왔습니다, 최.
"하…… 혹시나 했는데……."
놈들이 형사수사국장직을 노릴 거라는, 회사를 쫓는 데 가장 큰 무기인 인식프로그램부터 어찌할 거라는 예상을 할 때부터 생각은 했지만, 역시나 아직도 국정원에는 놈들의 끄나풀이 남아 있는 것 같다.
'그것도 그때 그 칼바람들을 피해 갔다는 건 회사와 전혀 상관없는, 어르신이란 놈이 따로 만들어 놓은 라인이겠지.'
본사 습격 때 정보가 새어 나가면서 절반의 성공만 거뒀던 그때의 작전.
그리고 애써 잡아 국정원에 잠시 인계했던 놈들 회사의 사원들이 몰살됐던 그 이전의 사건.
국정원에선 두 번의 칼바람이 불었다.
그걸 피해 간 놈들이 있었던 것이다.
"쯧!"
전국 경찰서와 경찰청에 퍼져 있는 인식프로그램 시리즈.

그러나 그곳에서 접속하는 ID와 검색 기록은 모두 서버에 남으며, 그 모든 기록은 본청에서 살펴볼 수 있다.

즉, 종혁 자신이 누군가에게 부탁해 다른 경찰서나 경찰청에서 인식프로그램 시리즈에 접속하는 순간 본청에서 알아차린다는 것이다.

그러니 몰래 입국한 종혁이 인식프로그램 시리즈를 이용할 수 있는 곳은 세 곳뿐. 국정원과 CIA, SVR 지부뿐인데, 놈들은 그것마저 치워 버릴 생각인 거다.

"진짜 막장으로 가자는 거구만?"

-하지만 예상 범주 내에 있던 일이죠.

"......그렇죠."

씨익!

입술을 비트는 종혁과 헨리, 그리고 나탈리아.

종혁이 눈빛을 가라앉힌다.

"일이 이렇게 됐으니 이탈리아 지부장도 마음 놓고 입국을 할 겁니다."

CIA와 SVR이 철수하게 되면 그렇게 될 거다.

-CIA 지부를 철수시키겠습니다.

"SVR도 요원들을 뺄게요."

이탈리아 지부장이 마음 놓고 입국할 환경을 만드는 거다.

"좋습니다. 그럼 우리도 다음 단계를 준비하죠. 최재수, 강현석."

"예, 국장님!"

"예, 행님!"

"너희들이 해 줘야 할 일이 생겼다."

주먹을 꽉 쥔 둘이 종혁을 노려보고, 종혁이 나른하게 웃는다.

"보스, 아니 FBI LA 지국의 캘리 그레이스 지국장에게 가. 그리고 FBI를 끌고 한국으로 들어가."

쿵!

'CIA와 SVR을 치운다고? 그래서 뭐?'

누구 패가 더 많냐 싸우자는데 싸워 줘야 했다.

그래야 놈들의 밑바닥까지 끄집어낼 수 있을 테니 말이다.

종혁은 끅끅 웃었다.

3장. 종장을 향해서

종장을 향해서

"아니, 사건 서류를 왜 열람할 수 없단 말입니까!"
-최종혁의 관계자잖습니까. 당신이 뭔 짓을 할 줄 알고?
"이런 개……."
-뭐요?
"뭐 씨발! 공 계장이라고 했지? 밖에서 만나면 뒈질 줄 알아, 이 개새끼야!"
-뭐, 뭐라고? 야! 야-!
쾅!
거칠게 전화기를 내려놓은 김종두 과장이 씩씩거리고, 오택수들이 그를 보며 얼굴을 구긴다.
"검찰에서는 해당 사건에 저희 경찰이 관여하지 못하도록 할 셈인 것 같습니다."
"뭐라고요?"

"이런 씨발!"

경찰 개혁에 앞장서며 경찰의 삶이 크게 개선될 수 있도록 만들어 준 종혁이다.

종혁을 시기하고 질투하는 이들도 많았지만, 그보다 그를 지지하고 응원하는 경찰이 훨씬 많은 건 당연한 일.

그렇다 보니 검찰에서는 수사에 사적인 감정이 섞일 것을 우려하여 수사 자료를 공유하지 않겠다 하고 있는 것이었다.

김종두와 오택수는 발을 동동 구르는 이들을 일견하며 밖으로 나와 복도 끝의 흡연실로 향했다.

찰칵! 치이익!

"스읍! 후우우. 빌어먹을. 파 보려고 해도 어딜 파야 하는지 알 수가 없으니 참."

지금까지 드러난 정보라고는 피해자가 23살의 여대생이라는 것뿐. 이름이 뭔지, 대학이 어딘지, 사건 현장이 어디인지도 보도되지 않았다.

박영일 등 언론사들이 검찰에 정보를 요청했지만, 검찰은 아직 수사 초기 단계라 구체적인 내용은 확인해 줄 수 없다며 대답을 회피했다.

길게 담배 연기를 뿜은 김종두가 눈빛을 가라앉힌다.

"진짜 좆같네."

종혁이 십수년간 이룩해 놓은 게 이렇게 허무하게 무너지나 싶을 정도다.

―그만큼 놈들이 대단하다는 거겠죠.

혹시나 도청을 당하고 있을까, 핸드폰에 써서 보여 주는 오택수의 행동에 김종두가 고개를 끄덕인다.

"새 국장으로 누가 온다고요?"

"인천청 김석필 경무관. 아니, 이젠 치안감이라고 해야겠네."

"누굽니까?"

"인천청장의 사냥개. 인성에 문제가 많은 놈인데, 그걸 상쇄할 만큼 실력 하나는 끝장나는 놈이지."

김종두가 한창 현역에서 뛰던 당시, 서울에 미친개 김종두가 있다면 경기도엔 불개가 있다는 말이 나올 정도로 실력 하난 대단한 놈이었다.

"불개요? 그 태양을 먹었다는?"

"아니. 성격이 불같아서 불개. 한번 눈깔이 뒤집어졌다 하면 주위 모든 걸 태워 버리기 전까진 진정을 하지 않는 놈이거든. 그러면서도 개는 개라는 듯 주인에게는 어찌나 충성을 잘 바치는지……."

"빌어먹을. 그놈의 인천청은 수맥이 흐르나."

종혁이 경찰 이미지 마케팅과를 만들며 경찰의 이미지를 대폭 향상시켰을 때 과장으로 왔던 당시 인천청장의 프락치.

범죄에 연루되어 목이 날아가면서 당시 인천청장 역시 큰 타격을 입고 얼마 지나지 않아 옷을 벗어야 했다.

그런 사건사고를 겪었으면 주요 인사에서 배제될 법도 하건만, 배제는커녕 형사수사국장이 나온 것이다. 정말 대단하다 할 수 있었다.

똑똑똑!

"충성."

"무슨 일이야, 임 팀장."

경정이 되면서 하나의 수사팀을 맡게 된 임세라. 그녀가 딱딱하게 굳은 얼굴로 들어온다.

"새 국장이 왔습니다. 팀장급 이상은 모두 제1회의실로 모이랍니다."

"……쯧."

그들은 담배를 끄며 걸음을 옮기려 하자 임세라가 이를 악물며 막아선다.

"그런데…… 이 개새끼가 감찰을 끌고 왔습니다."

"이런 개……!"

그들은 다급히 제1회의실로, 형사수사국의 대회의실로 뛰었다.

새 형사수사국장 김석필은 호리호리한 체구에, 안경을 쓴 반듯해 보이는 이미지의 사내였다. 바깥에서 모른 채로 만난다면 법조인을 떠올릴 듯한 외모.

"오랜만이네, 김 반장? 아차차. 아니지. 이젠 김 과장이라고 해야지? 그런데…… 상사를 보고도 인사 안 해?"

"……충성."

"옳지. 이젠 인사 잘하네. 나도 충성? 자, 그럼 올 사람들도 다 왔으니 시작해 볼까?"

짝!

박수를 친 김석필이 과장과 팀장들을 바라보며 눈빛을 가라앉힌다.

"반갑습니다. 살해 피의자 최종혁 대신 형사수사국장이 된 김석필 치안감입니다. ……박수 안 쳐?"

……짝! 짝! 짝!

"그래요. 돈으로 환심을 산 상사를 밀어내고 웬 개새끼가 왔으니 기분들이 좋지 않겠죠. 그럼 나도 마음 놓고 본론으로 들어가겠습니다. 지금부터 호명하는 사람은 앞으로 나오도록 해. 특수범죄수사과 김종두 과장과 이철우 팀장. 특수범죄수사대 오택수 대장과 리순철 팀장, 임세라 팀장. 광수대 박영호 대장. 마약대 김정철 대장……."

김석필의 입에서 한 명, 한 명 호명이 되자 그들의 이가 악물어진다. 호명되는 이들에게 공통점이 있기 때문이다.

김석필은 그런 그들을 보며 히죽 웃었다.

"호명된 사람들은 지금 즉시 공무원증 반납하고 여기 감찰과 식구들과 미팅하도록 해."

"……이유가 뭡니까?"

김종두가 말을 씹어먹듯 내뱉자 김석필이 히죽 웃는다.

"알잖아. 선수끼리 왜 이래?"

빠드득!

"왜? 치게?"

"인사과에서 이걸 용인할 거라고 생각합니까?"

"내놔. 나 바빠."

이를 악문 김종두는 어쩔 수 없다는 듯 경찰공무원증을 벗어 그가 내미는 바구니 위에 올려놓았고, 그걸 시작으로 다른 이들도 공무원증을 벗어 바구니에 집어넣는다.

"그럼 부탁하겠습니다."

"후……. 예. 다들 따라오시죠."

누가 봐도 숙청인 광경.

같은 식구의 등에 칼을 꽂는 개새끼라는 말을 수없이 들으며 손가락질을 당하지만, 그래도 경찰 조직에서 가장 중립적 기관이라는 자부심으로 버티는 감찰과.

그렇기에 감찰과의 대원들은 자신들조차 불합리하다 생각되는 지시를 내린 상사와 경찰 조직에 대한 회의를 느끼며 그들을 데리고 회의실을 벗어났다.

그 모습을 흐뭇하게 바라보던 김석필은 남아 있는, 얼굴이 딱딱하게 굳어 있는 사람들의 모습에 핸드폰을 들었다.

"들어와."

뜬금없는 말.

그런데 이내 곧 제1회의실의 문이 활짝 열리며 수십 명의 사람이 우르르 들어온다.

방금 전 나간 이들을 대체할 인력들이자, 아직 끝나지 않은 피바람에 희생될 이들을 대체할 인력들이었다.

"현 시간부로 형사수사국을 개편하도록 하겠습니다. 불만 있으신 분들은 지금 말하세요. 내가 손수 옷을 벗겨 드릴 테니까."

남은 이들은 주먹을 꽉 쥐었다.

상상을 초월하는 개새끼가 상사로 왔다.

* * *

서울의 어느 일식집.

"이렇게 쉬운 것을. 그동안 이걸 못해 가지고…… 쯧쯧쯧."

감히 자신들까지 움직이게 했다.

질책을 하는 노인을 향해 사장이 고개를 숙인다.

"죄송합니다. 뭐라 드릴 말씀이 없습니다."

'빌어먹을. 누군 못해서 안 한 줄 아나!'

숨겨진 패를 쓰는 거야 쉽다.

하지만 숨겨진 패는 숨겨져 있을 때 무서운 법. 이렇게 패들이 드러났으니 종혁의 살생부도 더 두꺼워졌을 거다.

"왜? 우리가 최종혁 그놈을 무시한다고 생각해?"

"아, 아닙니다."

"쯧쯧. 김 사장, 지금 드러낸 패들이 전부일 거라 생각하나?"

움찔!

정답이다. 그렇게 생각했다.

그런데 아닌 것 같다.

"아이고, 형님. 아무래도 우리 김 사장이 너무 오래 주인처럼 살았나 봅니다."

―큼.

상석에 펼쳐져 있는 노트북 안, 어르신이 불쾌함을 드러내자 사장의 고개가 더 숙여진다.

"김 사장."

"예."

"어차피 그 하찮은 목숨, 이번 일이 끝나면 사라질 테지만 개면 개답게 살아. 사람처럼 살려고 하지 말고. 혹시 알아? 목숨이 조금이라도 연장될지?"

'빠득!'

"명심하겠습니다."

사장의 이마가 방바닥에 닿자 그제야 만족스런 표정을 지은 그가 눈빛을 가라앉힌다.

"이번에 쳐낸 놈들이 우리를 쫓으려 들 게야. 아니 이미 쫓고 있겠지."

이미 거대한 악의를 느꼈을 종혁의 동료들.

어차피 그런다 한들 자신들에게 도달할 일은 없을 테지만, 그래도 대비는 해 둬야 한다.

"그런 일 없도록 단속하겠습니다."

"그래. 이 쉬운 것도 못해 낸다면 김 사장을 계속 살려둬야 할 이유가 없겠지. 가 봐."

고개를 더 깊이 숙인 사장이 다시 한번 인사를 하고 나가자, 이 방에 유일하게 앉아 있던 노인이 혀를 찬다.

하지만 그것도 잠시. 그의 눈에서 감정이 사라진다.

"형님, 아무래도 장사꾼을 새로 구해야 할 것 같습니다."

회사를 아예 정리하고, 새로운 회사를 세우자는 말.

그 말에 노트북 속 어르신의 낯빛이 굳는다. 분할된 화면 속에 있는 다른 이들도 눈빛을 가라앉힌다.

—……검찰의 일 처리에는 문제없겠지?

'쯧. 하여튼 형님은 정이 많아서 탈이라니까.'

"없는 간첩도 만들었던 친구입니다. 걱정하지 않으셔도 됩니다."

—분명 어떻게든 반격할 준비를 하고 있을 테니 방심해선 안 될 거야.

현재 러시아에 몸을 숨겼을 거라 추측되는 종혁. 그곳에서 반격을 준비하고 있을 것이 분명했다.

CIA와 SVR이 국내에서 철수하고, 국정원 국내 파트는 자신들 손아귀에 들어왔다지만 결코 방심해서는 안 됐다.

그동안 종혁이 자신들의 프로젝트를 무너뜨린 것이 몇 번이던가.

종혁은 절대 방심해선 안 될 존재였다.

"걱정 마십시오. 그 친구는 제 얼굴을 모르니까요."

이번에 종혁의 사건을 조작한 검찰 쪽 인사들도 언제든 잘라 낼 수 있는 꼬리에 불과했다.

종장을 향해서 〈189〉

그들의 뒤를 아무리 판들 자신에겐 결코 도달할 수 없었다.
 -그렇게 자신하다가 김 사장이 당했어. 아니, 매번 돌다리를 두들겨 보고 건넜는데도 당했지.
 "태생이 종놈인 놈입니다. 어디 저런 무식한 놈과 저를……."
 불쾌함 가득한 얼굴로 술을 들이켜는 그의 모습에 어르신은 고개를 저었고, 노인은 몸을 일으켰다.
 "에잇! 기분 나빠서 안 되겠습니다. 술 한잔 사십시오, 형님!"
 -거, 사람 참. 나이가 들었으면 좀 묵직해질 줄 알아야지.
 "모르겠습니다. 지금 댁에 가겠습니다."
 -어허.
 "갑니다!"
 노트북을 닫은 그는 몸을 일으켜 일식집을 빠져나갔다.

 * * *

 "이제 가면 되는 겁니까?"
 "아직 감찰이 끝나지 않았으니까 서울을 벗어나지 마! 알았어?!"
 "예, 예. 그럽시다."

저녁 11시, 버스마저 끊길 시간이 돼서야 풀려나게 된 김종두가 본청 본관 건물을 나와 담배를 문다.

찰칵! 치이익!

갑자기 끼어들어 그의 담배에 불을 붙이는 라이터 하나.

김종두가 고개를 돌려 오택수를 본다.

오택수뿐만이 아니다. 광수대 대장부터 종혁의 동기들까지 이쪽으로 모여들고 있다.

"왜 아직도 안 갔어?"

"김 과장 너 나오는 거 보고 가려고 있었다. 왜?"

"진짜 시발 작정했네."

"경찰청장실까지 쳐들어간 새끼들인데 이런 게 대수겠냐."

언론에 찔러 넣는다면 좋다고 지금 타오르는 불길의 장작으로 쓸 거다. 범죄자의 잔재를 치우는 경찰이라고 말이다.

어쩌면 오늘 내사를 받은 이들을 물고 뜯을지도 모른다.

"미안하다."

"김 과장이 미안하긴 뭐가 미안해. 미안은 좆같은 상부가 미안해야지. 씨발, 존나게 오랜만이네."

이렇게 서로가 서로를 잡아먹으려 들며 이합집산을 이루는 모습. 십수만 경찰을 그저 숫자로만 보는 모습.

최기룡 전 청장이 칼춤을 추기 전 경찰의 모습이었다.

"후. 그래도······."
"됐어. 이번 기회에 긴 휴가나 간다는 셈 치지, 뭐."
"어흐, 춥다. 김 과장 얼굴도 봤으니 우린 이만 간다."
이번 일의 내막을 모르는 광수대와 마약대의 대장들은 몸을 돌리며 눈빛을 가라앉혔다.
'검찰, 언론, 경찰까지 한 번에 움직였어.'
그것도 너무 빨리, 합이 딱딱 맞게 움직였다.
분명 무언가 있는 것이다.
'그럼에도 김 과장 저놈은 아무 어필도 안 했단 말이지?'
너무 쉽게 포기했다. 서울의 미친개라 불렸던 김종두가 말이다.
심지어 지금도 아무 말도 안 하고 있다. 말이 새어 나가는 걸 걱정하는 거다.
'어떤 놈들일까.'
'일단 무뎌진 몸부터 되돌려 놔야겠네.'
그들이 아는 최종혁이란 인물은 결코 이대로 물러날 놈이 아니다. 분명 곧 상황을 반전시킬 어떤 짓을 저지를 터.
그들은 주먹을 꽉 쥐며 본청을 빠져나갔고, 남겨진 김종두는 다른 이들을 보며 눈빛을 가라앉혔다.
"이 시간에 이 많은 사람들이 어디 식당을 가기엔 무리고······ 근처 종혁이 오피스텔에 갈 생각인데, 갈 사람 손?"

스스슥!

전원이 손을 들자 고개를 끄덕인 김종두는 그들을 데리고 인근 종혁의 오피스텔로 향했다.

달칵!

문이 닫히자 일부러 소란을 내며 오피스텔 전체로 흩어지는 그들.

김종두와 오택수, 임세라, 리순철이 오래된 구축에나 있을 법한 창문조차 없는 작은 방으로 들어간다.

가구 하나 없는 텅 빈 방.

방에 들어선 임세라는 문고리와 문틈을 살피고는 고개를 끄덕인다.

"아무런 흔적도 없습니다."

누군가 침입한 흔적은.

위아래, 옆집까지도 흩어져 확인을 하고 있으니 도청은 걱정하지 않아도 됐다.

"푸후우. 지랄이네, 진짜. 오 대장, 감찰 애들이 뭐래?"

"뭐라긴요. 재산을 어떻게 형성했냐, 서에 있을 때 무슨 사고를 쳤냐, 최 국장과는 어떻게 만났냐 그딴 걸 물어봤죠."

그래서 성실히 답해 줬다.

종혁이 알려 준 권&박 홀딩스를 통해 지금의 재산을 만들었고, 어떤 사고를 쳐서 파출소로 갔으며, 거기서 종혁과 어떻게 인연을 맺었는지 등 하나도 남김없이 말해 줬다.

"아내와 자식들은 어디로 갔냐도요."
"뭐라고 했는데?"
"난 모른다고 했죠. 퇴근하고 보니 이혼 서류랑 장미를 데려간다는 쪽지만 있었다고만 했습니다. 과장님은요?"
"나도 마찬가지지."
"저도 마찬가지예요."
"전 그냥 실종 신고를 했습네다."

어차피 부모님과 누나 순영은 드러나지 않은 존재다. 순희에 대한 실종 신고만 하면 됐다.

고개를 끄덕인 김종두가 손뼉을 쳐서 시선을 모은다.

"자, 이제 그 뒤졌다는 여대생에 관해서 이야기해 보자."

종혁이 한국에 들어오지 못하도록 만든 사건.

이것이 조작된 사건임을 증명해야 종혁이 한국에 들어올 수 있다.

이건 자신들이 아니면 해낼 수 없는 일이었다.

"그날 종혁이는 그곳에, 그 근처에도 없었어."

그 시각 집에 있었다는 종혁. 하지만 목격자는 고정숙뿐이기에 알리바이는 성립되지 않는다.

종혁이 집에 있었다는 알리바이가 성립될 복도의 CCTV도 모두 검찰이 수거해 간 상황.

"결국 우리들이 매달릴 수 있는 단서는……."
"뉴스에 보도된 사건 현장뿐이죠."

문제는 그걸 아는 사람이 검찰과 기자뿐이라는 것이다.

"기자는 이미 감시역이 붙어 있겠지."

"그럼 남은 건 검찰인데……. 임 팀장, 검찰에 있는 동기들 움직일 수 있겠어?"

경찰대에 입학했지만 검사로 노선을 튼 동기들.

"걔들을 움직이면 저쪽에서도 바로 알아차릴 겁니다."

담당 검사 사무실 근처만 기웃거려도 바로 알아차릴 거다.

"하지만 걱정 마세요. 종혁이가 이런 상황이 되면 연락하라던 사람이 있으니까요."

"흠?"

임세라는 의아해하는 사람들을 보며 흉흉한 미소를 지었다.

* * *

부우웅!

서울 시내를 달리는 차 안.

"쭙!"

'역시 복지리는 거기가 최고야.'

이에 낀 음식물을 빼낸 서울 남부지검의 사십대 검사가 입을 연다.

"그래서, 아직 최종혁의 동료들은 아무런 움직임이 없단 말이죠?"

-예, 그렇습니다. 방금 전 철가방 다섯이 양손 가득 음

식이랑 술을 들고 간 것 외에는 별다른 움직임이 없습니다. 혹시 몰라 철가방에게도 수사관 붙여 놨습니다.

"하, 새끼들. 아주 팔자가 늘어졌네……. 도청은 아직도 안 되고?"

―예. 이미 윗집이고, 아랫집이고 경찰들이 차지하고 있습니다.

"쯧. 쉽게쉽게 가면 좋으련만."

알아보니 오피스텔 건물 전체가 종혁의 소유였고, 건물의 출입을 까다롭게 관리하는 탓에 몰래 들어가서 도청기를 설치하는 것도 어려웠다.

"어차피 지들이 생각할 수 있는 수준이야 뻔하지만 뭐. 아무튼 고생했어요. 조금만 더 수고해요, 공 계장."

―옙!

통화를 종료한 그는 다른 곳에 전화를 걸었다.

"예, 차장님. 오 부장입니다."

방금 종혁의 동료들을 감시하는 수사관에게 들은 보고를 그대로 되풀이하는 그.

"아, 그리고 아마 검찰에 들어온 경찰대 동기들을 움직이지 않을까 싶습니다."

―그건 나한테 맡기고, 언제 그치들이 용의자와 접촉할지 모르니 계속 잘 감시하고 있어.

"예, 충성!"

통화를 종료한 그가 창문을 열며 담배를 문다.

"용의자라…… 아직도 내가 모른다고 생각하시나?"

무슨 이유인지는 몰라도 최종혁을 묻어 버리기 위해 조작된 여대생 살인 사건.

차장검사는 부장검사인 그에게도 아무런 말도 해 주지 않았지만, 부장검사까지 오르며 그가 겪어 온 사건이 몇 개던가.

척하면 착이었다.

지금 그로선 감히 쳐다볼 수도 없는 윗선, 대검의 차장검사, 연희대 라인의 현 수장께서 종혁을 묻어 버리려 하고 있었다.

'아니, 그보다 윗선에서 움직인 게 분명해.'

대통령의 검찰총장 임명에 딴지를 거는 것을 신호탄으로 시작된 이번 일.

무려 대통령을 적으로 돌리는 일이다. 차장검사가 아니라 검찰총장이라 해도 단독으로 벌일 수 있는 싸움이 결코 아니었다.

'위에 있는 게 누군지는 모르겠지만……'

굉장한 거물임은 분명했다.

제아무리 엄청난 재력을 지닌 종혁이라 할지라도, 조작된 사건으로 인해 여론마저 등을 돌린 상황에서는 손쓸 방법이 없을 터였다.

"푸후우. 아, 거 더럽게 느리게 가네! 도로 전세 냈나!"

빵! 빠아앙!

만족스럽게 웃던 그가 거북이처럼 느리게 가는 앞차를 보며 경적을 누르는 순간이었다.

끽!

'어?'

"씨발!"

쾅!

"……아오, 씨발."

운전대에 얼굴을 기댄 부장검사가 얼굴을 구기며 차에서 내려 앞차와 부딪친 범퍼를 본다.

"하…… 씨발."

뽑은 지 이제 겨우 일주일도 안 된 벤츠다. 그것도 종혁의 사건을 잘 부탁한다는 의미로 차장검사가 선물로 주신 벤츠.

뒷골이 확 땅겨 오자 그가 다급히 앞차로 걸어간다.

똑똑똑!

"이봐! 운전을 어떻게 하는 거야! 어쭈? 안 내려? 야! 야…….''

짜증을 내던 부장검사가 운전대에 얼굴을 숨긴 채 바들바들 떠는 여성 운전자의 모습에 입을 다물고, 이내 보조석의 문이 열리며 오십대 남성이 뒷목을 잡고 내린다.

"아이고, 죄송합니다! 아내 운전 연습을 시키려다 그만! 어디 다치신 곳은 없으십니까?"

"운전 연습을 왜 이런 도로에서 시켜! 어?!"

"죄송합니다! 죄송합니다! 여보, 마누라! 뭐해! 얼른 내려서 사과드리지 않고!"

남편의 재촉이 있고 나서야 운전석 문이 슬그머니 열리

며 눈물, 콧물 가득한 오십대 여성이 내린다.

"죄, 죄송합니다. 정말 죄송합니다. 정말 죽을죄를 졌습니다, 선생님!"

웅성웅성.

"아니, 죽을죄까지는 아니고……."

차장검사가 준 선물이라 죽을죄가 맞긴 하지만, 주변에서 들이밀어지는 카메라에 그가 속으로 얼굴을 구긴다.

"죄송합니다!"

"어허이! 괜찮다니까 그러네요. 어디 다치신 곳은 없습니까?"

끝내 여성이 무릎을 꿇자 기겁해 일으켜 세우며 다정히 묻는 그.

그에 남편이 얼른 달려와 입을 연다.

"일단 보험 접수를 하시고, 제 공업사로 가시죠. 수리비와 렌트비는 제가 책임지겠습니다."

"……어흠. 그럼 그럴까요?"

눈을 빛낸 부장검사는 핸드폰을 들었다.

"거 앞으로 운전 연습은 외곽에서 합시다."

"감사합니다! 조심히 들어가십시오!"

동급의 외제차를 끌고 멀어지는 부장검사를 향해 허리를 깊이 숙인 남성이 부장검사가 완전히 사라지자 핸드폰을 든다.

"처남, 차량 확보했어. GPS랑 내비게이션? 알았어. 저녁 먹기 전까지 와. 자네 누나?"

슬쩍 사무실 안쪽을 본 남성은 피식 웃는다.

빨갛게 달아오른 얼굴로 발을 동동 구르는 아내.

"오랜만에 연기했다고 아주 신났지, 뭐. 의심? 당연히 안 했지. 그래도 대학로랑 충무로에서 구른 가락이 있는데…… 그래, 그래. 그런데 수고비는…… 어이쿠, 그렇게나?"

흥신소를 운영하며 아내의 속을 참 많이 썩였던 처남. 그랬던 처남이 엄청난 수고비를 선뜻 부르자 남성의 눈이 반짝였다.

* * *

-나 없다고 해도 굶지 말고, 꼭 약 챙겨 먹고. 산책도 자주 가고. ……내 엄마가 돼 줘서 고마웠어요. 사랑해요.

귓가에서 울리는 음성에 오십대 여성의 눈이 다시금 습기를 머금으며 흔들린다.

MP3를 부서져라 꽉 쥔다.

"……님? 사장님?"

"아, 예! 몇 분이세요?"

"계산이요."

"예, 예."

허둥지둥 계산을 마친 여성이 손님들이 있는 식당 안을

둘러보다가 한숨을 내쉰다.

"나 잠깐 나갔다 올게."

"……정말 무슨 일 있으신 거 아니시죠?"

"그냥 컨디션이 좀 나쁜 것뿐이야."

손을 저은 그녀는 다시 식당 안을 둘러보곤 절뚝이는 다리를 끌고 밖으로 나선다.

찰칵! 치이익!

공허하게 흩어지는 담배 연기.

"내가 해 준 게 얼마나 있다고……. 뭘 얼마나 해 줬다고……."

15년 전, 부부로 위장하기 위해 파트너로 붙은 사원의 손을 잡고 왔던 8살의 어린 소녀.

부모에게 버려지고 앵벌이 조직을 전전하던 것을 구한 것이라고 했다.

사원으로 키우기 위해.

참 잔인했지만, 사원으로서는 당연한 결정이었다.

그래도 옛날 자신의 모습이 떠올라, 더 오래 살아남을 수 있게끔 하나라도 더 챙겨 주려 했다.

그렇게 생각하며 키워 왔는데…… 그게 아니었던 것 같다.

어느새 자신은 소녀를 딸로 생각하고 있었다.

"나도 참…… 박복한 년이네."

위장을 위한 관계로 시작했지만 어느새 진짜 부부가 되었던 남편도 수년 전 잃고, 자식마저 잃었다.

그것도 둘 다 최종혁이란 놈에게 얽혀서.

그러나 회사에게 사원은 언제든 갈아 치울 수 있는 부품에 불과했으니 복수는 꿈조차 꿀 수 없었다.

아버지란 이름의 개새끼를 죽이며 회사에 들어온 것이 실수였을까.

그냥 참고 견뎌야 했던 것일까.

전생에 대체 무슨 죄를 지어서 이렇게 고통을 당해야 하는 걸까.

가슴속에서 천불이 끓는데도 어디선가 지켜보고 있을 사원 때문에 표출을 할 수가 없다.

남편과 자식을 둘 다 잃었음에도 이 죄 많은 목숨을 이어 가고자 눈치만 보는 자신의 모습에 환멸마저 느낀다.

"후우."

한숨을 길게 내쉰 그녀는 다 피운 담배를 끄며 다시 식당 안으로 들어갔다.

"응? 선영아! 이거 뭐니?"

"아, 손님이 두고 가셨어요!

"그래?"

흔히 있는 일이라 핸드폰을 옆으로 치운 그녀가 다시 MP3의 이어폰을 귀에 가져가려다 멈춘다. 더 이상 딸의 마지막 목소리를 들으면 견딜 수 없을 것 같기에.

그녀는 애써 다른 일을 찾아 움직이려 한다.

그때였다.

지이잉! 지이잉!

"아."

방금 손님이 두고 간 핸드폰이 울리자 그녀가 냉큼 전화를 받는다.

"여보세요? 여기 식당인데요……. 여보세요? 잘 안 들리……."

-여, 여보. 나야.

쿵!

그녀의 낯빛이 딱딱하게 굳었다.

"……선영아, 미안한데 가게 좀 잠깐 봐줄 수 있어? 아무래도 병원 좀 다녀와 봐야 할 것 같아서."

"네! 얼른 가 보세요!"

무슨 일이 생긴 것인지 며칠 전부터 넋이 나가 있다 슬퍼하길 반복하던 사장님.

종업원은 얼른 그녀의 등을 떠밀었고, 핸드백을 챙겨 든 식당을 나선 그녀는 근처에 있는 집으로 향한다.

그렇게 집에 다 왔을 때 핸드폰이 울린다.

지이잉! 지이잉!

회사의 전화다.

낯빛이 굳은 그녀가 얼른 집 안으로 들어가 전화를 받는다.

-현정 씨, 몸은 좀 괜찮아요?

"……날 감시하고 있었어요?"

-감시가 아니고, 보호예요.

"이봐요."

-오해하지 마세요. 최종혁의 동료들이 현정 씨를 찾아 갈지 몰라서 보호하고 있었던 것뿐이니까.

개소리다. 자신이 허튼짓을 할까 감시하고 있었던 게 분명했다.

"후우…… 됐고, 이번 일 끝나면 해외 안가 관리원으로 갈게요. 어디든 이 지긋지긋한 한국만 아니면 돼요."

-……알았어요. 실장님께 말씀드릴게요. 쉬세요.

통화가 끊긴 핸드폰을 바라보던 그녀가 이를 악물며 안방으로 향해 그 안을 둘러본다.

'도청을 하고 있겠지.'

아마 초소형 감시카메라도 설치해 놨을 거다. 회사가 감시하기로 마음먹은 이상 이 집도 안전한 곳은 아니었다.

장롱을 열어젖힌 그녀가 옷을 갈아입는 척을 하며 안쪽에 있는 보석함을 열어, 뚜껑 안쪽에 달린 거울을 비튼다.

그러자 보석함 내에 이중으로 만들어진 공간이 모습을 드러내고, 그 안에 있는 낡은 핸드폰을 꺼내 든 그녀가 갈아입을 옷으로 싸서 화장실로 향한다.

쏴아아아아아!

아까 손님, 아니 손님으로 위장한 누군가가 놔두고 간 유심칩을 연결한 그녀.

그와 동시에 핸드폰이 다시 울린다.

"여보?"

-최종혁이다.

쿵!

"……말해."

그녀의 작지만 살기 가득한 목소리가 샤워기 물줄기 소리에 묻혔다.

* * *

통화를 종료한 종혁이 앞에 무릎을 꿇고 앉은 사내를, 예전에 생포해 러시아 교도소에 처박아 놓았던 회사의 사원을 응시한다.

이따금씩 도움이 필요할 때마다 이용했던 흥신소를 통해 알아낸, 자신을 모함한 사건의 담당 검사의 내비게이션 기록을 모두 뒤져 겨우 찾아낸 조작된 사건 현장 위치.

흥신소 직원은 재빠르게 그곳에 살고 있던 여성, 조작된 살인 사건의 피해자로 추정되는 여성의 사진까지 확보해 주었다.

그에 종혁은 혹시나 싶어, 혹시나 그녀를 아는 놈이 있을까 싶어 생포한 놈들에게 그녀의 사진을 보여 주었는데, 이놈만이 반응을 보였다.

그래서 입을 열게 해 봤는데, 대답이 가관이었다.

종혁이 얼마나 고초를 겪은 건지 노숙자 꼴이 따로 없는 그의 입에 담배를 물려 주고, 본인도 문다.

찰칵! 치이익!

"후우."

차가운 방 안에서 흩어지는 담배 연기.

"뭐 하나만 물어보자."

"……."

"뭐가 좋아서, 대체 뭐가 얼마나 좋기에 자식새끼마저 죽여 버리는 놈들에게 그렇게 충성을 하는 거냐?"

입을 함부로 놀리거나 프로젝트에 실패해 은퇴를 당한 것이라면 또 모른다.

아니, 그렇다고 한들 이해할 수 없지만, 대체 회사가 뭘 해 줬기에 이렇게 충성을 하는 걸까.

"널 살려 줘서? 돈을 많이 벌게 해 줘서? 가족을 만들어 줘서?"

"……."

종혁이 침묵하는 그를 보며 이를 악문다.

"야, 나 때문에 죽은 거라며."

회사에 피해를 입혀서 죽은 게 아니라 고작 종혁 자신에게 살인죄를 뒤집어씌우기 위해 은퇴를 당한 23살의, 너무도 어린 나이의 여성.

"암습이든 뭐든 정정당당하게 나 하나 죽일 자신이 없어서! 함정으로 이용당한 거잖아! 십수 년 동안 키운 네 새끼가! 마음으로 낳고 키운 네 새끼가-!"

결국 화가 폭발한 종혁이 그의 멱살을 잡아 올린다.

"뭐라고 말 좀 해……."

"……흑. 흐윽. 크흐윽."

못난 아비의 일그러진 얼굴에서 굵은 슬픔이 쏟아져 내린다.

"아오, 진짜―!"

집어 던지듯 놈을 의자에 앉힌 종혁이 머리를 벅벅 긁고, 무너진 사내는 머리를 땅에 박은 채 오열한다.

'미안해. 아빠가…… 지켜 주지 못해서 미안해…….'

이 지독한 감금 생활을 버틸 수 있었던 원동력이었던 딸.

그런 딸이 죽었다.

잘못한 거 하나 없는데도 죽어 버리고 말았다.

"끄윽! 끅!"

딸의 죽음이 자신 탓인 것만 같아서 그는 그렇게 울고 또 울었다.

"후, 우우."

진이 모두 빠져 힘겹게 의자에 앉은 남성이 종혁을 노려본다.

그 눈빛에선 종혁을 재로 만들어 버릴 듯 지독한 한과 분노가 타오른다.

"다, 다시 한번 말해 줘. 내, 내 딸 선미가 왜 죽었다고?"

"날 함정에 빠트리려고, 아니 고작 날 입국하지 못하게 하려고."

그것도 저들이 주장하는 석 달 전이 아니라, 자신이 이탈리아 지부를 소탕한 날 죽이고 모든 걸 조작한 거다.

아마 지금쯤 그녀의 시체는 저들의 하수인인 국과수의 누군가가 3달 전 사망한 시신으로, 잔뜩 부패해 부모조차 알아볼 수 없는 상태로 만들고 있을 거다.

"아니, 어쩌면 그것도 귀찮아 살은 다 녹여 버리고 뼈만 남았을 수도 있지."

망자에게 안식은 주지 못할망정 저들 입맛대로 능욕하고 있을 거다.

"잘 알잖아. 너희 회사 새끼들이 그러고도 남을 놈들인거."

아마 희생양 선택은 랜덤으로 됐을 거다.

"끄으윽!"

쿵! 쿵쿵!

남성이 심장을 치며 다시 눈물이 쏟아 낸다. 꽉 쥔 주먹의 손톱이 손바닥의 살을 파고들고, 악문 입술이 피를 쏟아 낸다.

지독히도 한을 쏟아 내던 그가 고개를 들어 종혁을 본다.

"······어떻게 해 주면 될까."

어차피 대리급이라 별로 아는 정보도 없지만, 자신이 알고 있는 정보는 이미 예전에 다 말했다.

그런 자신에게 무슨 쓸모가 있을까.

어떤 쓸모가 있다고 어필을 해야 회사에 복수를 할 수

있을까.

그는 제발 알려 달라며 애원했다.

종혁은 피투성이 가득한 손으로 자신의 바짓가랑이를 잡는 그를 차갑게 노려봤다.

"한국으로 들어가. 그리고 네 딸의 죽음에 대한 진실을 밝혀. 그러면……."

살려는 준다.

"너희 두 부부 배곯지는 않게 해 줄게."

"필요 없어."

그딴 건 필요 없다.

"딱 하나만 약속해 줘. 내가 이딴 걸 요구할 자격이 없는 건 알지만-!"

"……어르신이란 새끼의 목까지 날려 주지."

쿵!

빠드득!

"2주만 기다려. 최소한 뛸 순 있어야 하니까!"

그는 대답조차 듣지 않고 방을 빠져나갔고, 종혁은 안으로 들어오는 나탈리아를 바라봤다.

"이태홍 회장과 접촉 가능한가요?"

"완전히 철수한 게 아니니까 가능해요."

철수하는 척만 했을 뿐 제법 많은 요원을 한국에 남겨 두었다.

"러시아발 선박이나 항공은 모조리 검사할 테니까 이 회장보고 밀항 루트 하나만 개척하라고 해 줘요."

"저자를 보호하라는 말도 덧붙일까요?"
"일단은."
나중에 함정으로 쓸 때까지만 보호해 주면 된다.
"그리고 김종두 과장님들과 접촉해서 검사들에게 붙으라고도 해 줘요."
일종의 연막 작전처럼.
"그러다 진실이 밝혀지면 곧바로 압박할 수 있도록요."
"알았어요."
고개를 끄덕인 나탈리아가 입술을 모은다.
"그런데…… 신기하네요."
"뭐가요?"
"최가 이용했던 흥신소, 분명 감시가 붙어 있었는데……."
그런데 놀랍게도 정보를 전해 온 거다.
"보통 흥신소가 아니거든요. 그동안 제 의뢰들을 해결하면서 얼마나 많은 노하우가 쌓였겠어요."
"아하."
나탈리아는 피식 웃었고, 종혁은 몸을 일으켰다.
"그럼 다음 단계로 넘어가죠."
방을 나서는 종혁의 눈빛이 차갑게 가라앉았다.

* * *

기이잉!
비행기가 뜨고 내리는 인천공항.

해외에서 한국으로 들어오는 이들의 심사 관문인 입국심사대의 직원이 근처에 서 있는 인천경찰청의 형사들을 힐끗거리며 옆 동료에게 S-톡을 보낸다.

-대체 뭔 일로 형사들이 여기까지 들어온 거야?

종혁이 본청의 외사과에서 근무한 이후부터 꽤 빠릿해져 공항 이곳저곳을 누비기 시작한 경찰이지만, 그래도 여기까지 들어오진 않았다.
입국심사대에서 범죄자가 적발된 후에 출동을 해도 늦지 않는다는 이유도 있지만, 사건사고가 많은 드넓은 공항에서 한곳에 죽치고 있는 것 자체가 인력 낭비이기 때문이다.

-모르지. 갑자기 뭔 바람이 불었는지······.

종혁이 형사수사국의 국장이 된 이후 다시 예전으로 돌아간 인천청의 경찰들.

-혹시 종혁 씨 들어오는 거 아니야?
-에이. 종혁 씨라면 여기가 아니라 VIP 통로로 들어오겠지.
-왜. 위장을 하고 들어올 수도 있잖아.

인천공항에서 근무할 시절의 종혁을 알고 있기에, 그가 얼마나 정의롭고 좋은 사람인지 알고 있기에 여대생을 살해했단 말을 믿지 않는 그들.

 ―쯥. 그러면 우리가 몸으로 막아야 하나?
 ―일단 공항서비스팀 팀장이 도킹 게이트 쪽에 가 있다고는 하는데…….

 웅성웅성.
 저 멀리서 들리는 소음에 혀를 찬 그들이 고개를 든다.
 그러자 점점 모습을 드러내기 시작한 입국자들.
 그런 그들을 보며, 그들 중 한 명을 보며 눈을 빛낸 형사들이 입국자들을 향해 걸음을 옮겨 둥글게 둘러싼다.
 "뭐, 뭡니까?"
 "우리가 왜 왔는지 알잖아요. 같이 갑시다."
 순간 양팔을 파고드는 형사들의 팔뚝에 눈빛이 서늘해졌던 회사의 이탈리아 지부장이 뭔가를 깨닫곤 혀를 찬다.
 "빌어먹을. 갑시다."
 "그래요. 쉽게 가니까 얼마나 좋아. 따라와요."
 "어, 어? 거, 검사는 하셔야……."
 "쯥! 그럼 수고해요."
 입국 심사조차 하지 않는 그들의 모습에 당황했던 입국 심사대 직원들은 종혁이 아닌 것 같아 안심하면서도 몸을 움츠렸고, 지부장을 인천공항 주차장으로 끌고 간 형사들이 지부장의 손목에 채운 수갑을 풀어 준다.

"저흰 여기까지입니다. 그런데 청장님하곤 대체 무슨 사이신지……."

"아하하. 이거 민폐를 끼쳤습니다."

대답 대신 지갑에 있는 돈들을 모두 꺼내 그들의 주머니에 넣는 지부장.

"어흠. 그럼 이만. 충성."

머쓱히 웃은 그들이 사라지자 지부장이 담배를 물며 근처의 차로 걸어가 운전석 창문을 두드린다.

똑똑! 덜컹!

운전석의 문을 열고 내려 지부장을 향해 허리를 깊이 숙이는 중년인과 다른 문들을 열고 내려 허리를 숙이는 사람들.

"수고하셨습니다, 지부장님."

"일단 불 좀."

"여기 있습니다."

찰칵! 치이익!

"후우우. 하, 이제야 좀 살겠군."

중국에서 인천으로 넘어오는 몇 시간 동안 담배를 피우지 못한 지부장의 얼굴이 느슨하게 풀리자, 그를 마중 나온 사원들이 긴장의 끈을 당긴다.

저 나이까지 살아남았다는 건, 지부장이 됐다는 건 그만큼 실력도 대단하다는 뜻.

자칫 놓칠 수 있기에 그들은 슬그머니 몸에 숨긴 무기를 잡아간다.

"사장님은?"

"저흰 목적지까지 지부장님을 이동시키라는 명령만 전달받았습니다."

그렇게 말한 보조석의 사내가 보온통에서 커피를 따라 지부장에게 내민다.

"졸피뎀? 근육이완제? 마약? 아, 긴장하지 말고. 이 나이에 그런 거 함부로 먹으면 몸이 망가져서 그래."

"거부하신다면 저희도 강경책을 쓸 수밖에 없습니다."

"……하여튼 지원부 사원들 딱딱한 건 알아줘야 한다니까. 그러다 진짜 부러진다."

"지부장님."

"뭐해? 안 줘?"

커피를 낚아챈 그는 단숨에 들이켰고, 담배를 깊게 빨았다.

"후우우. 가자. 무슨 약인지는 모르겠지만 2시간 후엔 무조건 깨워 주고. 비행 후 바로 끌려와서 오줌을 못 쌌어."

제발 부탁한다며 사원의 어깨를 두드린 지부장은 꽁초를 던지며 뒷좌석에 탔고, 사원들도 차에 올랐다.

하지만 그들은 긴장의 끈을 놓지 않았다.

지부장이 완전히 혼절할 때까지 말이다.

* * *

툭툭!

몸을 흔드는 손길에 눈을 뜬 지부장이 피식 웃는다.

의자에 알몸으로 결박된 몸과 발치에 보이는 구두.

"깨우라니까……."

막판에 못 볼 꼴을 보이고 만 것에 작은 수치심을 느낀 지부장이 고개를 든다.

"응? 조 전무? 향수 바꿨네?"

조현상 전무가 천연덕스럽게 답하는 지부장의 입에 담배를 물린다.

찰칵! 치이익!

"바꾼 지 꽤 됐지."

"후우우. 쿨릭! 나 물 좀."

물까지 먹인 조현상이 그 앞에 앉는다.

"휴우. 사장님은?"

"바쁘셔서 내가 왔어."

"최종혁 때문에? 살해 혐의가 씌워졌다며? 우리 쪽 검찰 라인 선우연 때 거의 날아간 거 아니었어?"

마지막까지 숨기고 있었던 검찰 쪽 라인.

"어르신이 움직이셨어."

쿵!

"……그랬구만."

그렇다면 말이 된다.

"그 바쁜 와중에도 기사 체크는 했나 보네."
"잘하면 내가 살 수도 있는데, 당연히 체크해야지."
종혁이 무사히 한국으로 들어와 뒤집었다면 열렸을 살 길.

그러나 종혁에게 살해 혐의가 씌워졌다는 뉴스를 본 이후 그는 잠깐 스쳐 지나갔던 희망이란 바람을 떠나보내며 한국으로 들어왔다.

"가족은 살려야 하니까."
"……어떻게 된 거야?"
"어디 보자……. 어디서부터 설명을 해야 하려나……."

그는 이탈리아 프로젝트가 어긋나기 시작한, 1차 정제가 된 마약 원료를 실은 운송 트럭이 습격당했을 때부터의 일을 설명하기 시작했다.

"그렇게 된 거야."
"……최종혁은 정말 우연이었군."
"그렇지."
"그렇다고 합니다, 사장님."

움찔!

조현상이 몸을 굳혔다가 씁쓸히 웃는 지부장을 향해 스피커폰 모드로 바꾼 핸드폰을 내민다.

-그동안 수고했어. 어르신께서도 슬퍼하실 거야.
"……수고하셨습니다, 사장님. 그럼 이만 은퇴하겠습니다."

뚝!

매정히 통화가 끊긴 핸드폰을 수습한 조현상이 이젠 모든 걸 내려놓은 지부장을 보며 칼을 빼 든다.

"먹고 싶은 건?"

"됐어. 몸 무거워지면 가는 길 힘들어."

"제수씨와 조카들에게 남기고 싶은 말은?"

"사랑했다고, 미안하다고 전해 줘. 아, 내 통장 비밀번호는 우리 둘이 처음 맞선 본 날이라고 전해 주고."

"그래."

든든한 대답에 푸근히 웃은 지부장은 눈을 감으며 천장을 봤다.

"아, 진짜 좆같은 인생……."

서걱! 푸우우우우!

"컥! 컥컥!"

잘린 경동맥을 통해 분수처럼 뿜어지는 피와 그럴수록 점점 하얗게 탈색되어 가는 지부장.

꼿꼿이 선 목에서 힘이 빠지고, 숨결마저 흩어지는 걸 끝까지 지켜보던 조현상이 한숨을 내쉬며 몸을 돌린다.

덜컹! 끼이익!

"수고하셨습니다."

"잘 썼어요. 화장실은 어딥니까?"

"저쪽입니다."

피범벅이 된 칼을 직원에게 넘긴 조현상이 화장실로 가 손을 씻는다.

쏴아아아! 끼릭!

"예, 사장님. 방금 은퇴식을 마쳤습니다."

-거기 직원들에게 맡기지 그랬어.

"그래도 함께 일해 온 세월이 있고, 그 친구가 회사에 기여한 게 있는데 어떻게 아랫사람들 손에 맡기겠습니까."

-……보고서는 모레 받도록 하지. 오늘은 거기서 퇴근하고, 내일은 쉬어.

"예. 모레 뵙겠습니다."

탁!

찰칵! 치이익!

"후우우."

'……좆같네.'

이럴 때마다 회사 생활이 참 좆같다.

그는 물기가 흥건한 손으로 머리를 넘기며 건물을 빠져나갔다.

"밥 한 끼도 안 먹고 가는 거야?"

"뭐가 넘어갈 느낌이 아니네. 그럼 다음에 봅시다, 원장님."

"……시체는 모레 화장해서 뿌릴 건데, 그때 올래?"

손을 저은 조현상이 연수원의 원장을 뒤로하며 차로 향한다. 그러다 잠시 멈춰 서서 연수원과 다가온 봄의 푸른 하늘을 둘러본 그.

'예전엔 언제 와도 참 북적북적했는데 말이야.'

이젠 인기척조차 별로 없다.

"……술이나 마셔야겠네."

단골집에서 조용히 술을 한잔 마시고 싶다.
차에 오른 조현상은 서울을 향해 차를 출발시켰다.

한편 그런 조현상 전무의 차를 멀리서 따르는 한 대의 차 안.
"예, 회장님. 방금 막 양화대교를 지났습니다. 에이, 그래도 옛날에 고객 뒤쫓던 가락이 있는데 들킬 리가……."
-헛소리하지 말고, 인마! 그놈 놓치면 너나 나나 다 죽는 거야!
"……대체 저놈이 누군데 그러십니까?"
-그것까진 알 필요 없고. 아무튼 잘 해내기만 하면 호텔 하나 준다는 것만 기억해! 알았어?!
"옙!"
통화를 종료한 중년인이 툴툴거린다.
"아오, 자기가 아직까지 그때의 종배수인 줄 아나. 진짜 그놈의 M 호텔만 아니었어도……."
한때는 자신들 뻑치기와 삐끼들의 우상이자 신이었지만, 지금은 번듯한 대한민국의 호텔왕이라 불릴 만큼 거물 사업가가 된 종배수.
'내가 M 호텔 때문에 참는다, 참아!'
그는 얼굴을 구기며 무전기를 들었다.
"목표가 방금 막 양화대교를 넘었다. 대기하고 있던 애들 달라붙고, 다른 대교들 쪽에 있던 애들도 얼른 이리로 넘어오라고 해. 그리고 목표가 뭔 지랄을 하든 절대 경거

망동…… 이런 씨발!"

부아아앙!

저 멀리서 갑자기 속력을 높이는 조현상의 차량.

'대체 어떻게 알아차리고?!'

이를 악문 그는 다시 무전기를 들었다.

"모두 아무것도 하지 마-!"

저쪽에서 속도를 높였다고, 놓칠 것 같다고 다급히 따라붙는 건 하수나 하는 짓이다.

-노, 놓쳤습니다……. 어떡할까요, 형님?

"……오늘 미행은 여기서 포기. 말단 애들한테까지 차량 사진 돌리고, 이 잡듯 돌아다니라고 해."

그 옛날 자신들의 먹잇감이 될 취객을 찾을 때처럼 서울 전체를 뒤지는 거다.

"오랜만에 발품 좀 팔겠네. 씨벌꺼."

겨울이 아닌 게 다행이었다.

그는 이를 갈며 차를 돌렸고, 그들을 따돌린 조현상은 백미러와 사이드미러를 힐끔 보곤 눈빛을 가라앉혔다.

'움직였군.'

경기도에 들어서자마자 느껴졌던 시선들.

최종혁이 또 한 번 기상천외한 방법으로, 회사의 감시망을 벗어난 누군가를 움직여 자신들을 쫓고 있는 것 같다.

일단 확실한 건 신안의 연수원은 이미 들통났다는 점이다.

'종배수 아니면 이태흥이겠지.'

M-컴퍼니의 회장인 종배수와 태흥그룹의 회장인 이태흥.

M-컴퍼니와 태흥그룹은 표면적으로는 투명한 회사지만, 그들의 밑에는 여전히 더러운 일을 처리해 주는 이들이 다수 있었다.

그들의 직원 명부에도 올라와 있지 않은 이들.

그런 이들은 사실상 감시가 불가능하다고 봐야 했다.

'진짜 그놈의 패는 뭐 이리 많은지……'

입술이 씁쓸하게 비틀린 그는 신호등 위의 CCTV를 응시하며 속도를 더 높였다.

* * *

회사 본사의 회의실.

"부산 지부, 문제없이 프로젝트를 진행하고 있다고 합니다."

"대구 지부에서 인력 충원을 해 달라고 합니다."

"광주 지부에서 다음 달에 프로젝트를 마무리할 예정이라는 보고가 올라왔습니다."

"영국 지부에서……"

기획실장들의 정기 보고에 사장과 고위 임원들의 얼굴에 흐뭇한 미소가 어린다.

"광주 지부는 프로젝트 마무리한 직원들 얼굴 갈아엎고 바로 대구 지부로 출근시키도록 하겠습니다."

"그래. 다들 수고했어. 계속 이대로 진행하라고 해."
"수고하셨습니다!"
기획실장들이 빠져나가자 사장을 비롯한 임원들이 담배를 문다.
찰칵! 치이익!
"하아아."
그들의 얼굴에 번지는 나른한 미소.
"이렇게 잡음 없는 회의를 한 것도 정말 오랜만인 것 같습니다."
"그러게 말입니다. 전과 달라진 건 딱 하나밖에 없는데 말입니다."
최종혁. 종혁만 치워졌을 뿐인데, 모든 게 시계 속 톱니바퀴처럼 딱딱 맞물려 돌아가고 있다.
저 화창하고 따뜻한 봄날의 하늘처럼 모든 게 술술 풀리고 있다.
"역시 최종혁 그놈이 액이었습니다, 액!"
고개를 끄덕인 그들의 몸이 더 늘어진다.
"그런데……."
사장과 임원들이 조현상 전무를 본다.
"FBI 쪽이 부산스럽다던데, 이거 체크를 해 봐야 하는 거 아닙니까?"
"……그건 그렇지."
종혁의 지인 중 한 명이 FBI LA 지국의 지국장이자 FBI의 암사자, 혹은 마더라 불리는 캘리 그레이스, 차기

FBI 국장으로 꼽히는 여걸이다.

 마침 보고가 올라온 것도 미 LA 지부.

 'FBI SWAT가 모이고 있다고 했지.'

 LA 지국 소속뿐만 아니라 미 전역의 SWAT가 모이고 있다고 했다.

 물론 마피아나 갱들이 넘쳐 나는 동네가 LA라 그와 관련된 일일 테지만, 그래도 팩트 체크는 해 봐야 할 것 같다.

 "충원시킬 인력은 없으니 예산만 좀 더 보내는 걸로 하지."

 조현상은 만족했다는 듯 입을 다물곤 담배를 깊게 들이마셨고, 사장은 나른해하는 그들을 보며 눈을 데구루루 굴렸다.

 "그러고 보니 어느새 봄이군."

 "……허헛. 저도 오는 길에 보니 벚꽃이 화려하게 폈더군요. 이럴 때 산으로 들로 나들이를 가야 콧바람 좀 쐴 텐데 말입니다."

 "어허이. 일이 이렇게 바쁜데 어딜 간단 말입니까. 내년이라면 또 몰라도. 흠…… 사장님, 곧 점심시간이기도 하니 잠시 내년 사원 단합회를 위한 장소 물색을 해 보시는 게 어떻습니까?"

 "그렇습니다. 사원들은 일 때문에 비명을 지르고 있으니 이 정도는 저희가 해 주는 게 좋지 않겠습니까?"

 "어흠. 그럼 그럴까?"

사장은 임원들의 부추김에 못 이기는 척 슬그머니 일어났다.

'이렇게 화창한 날에는 알싸한 냉이파전에 막걸리가 최곤데……'

막걸리 맛집을 생각하던 순간이었다.

지이잉! 지이잉!

"응? 지원부장? 그래, 무슨 일…… 뭐?!"

사장은 눈을 부릅떴고, 임원들은 의아해했다.

하지만 조현상은 무슨 일인지 단숨에 눈치챘다.

'시작됐군.'

종혁의 반격이.

조현상은 담배를 끄며 몸을 일으켰다.

* * *

"잘 먹었습니다!"

마지막 점심 손님이 떠나며 다시 조용해지는 골목.

안가 관리인 현정의 식당 근처 건물 3층에서 커튼 사이로 식당을 살피던 삼십대 사내가 외투를 챙겨 들며 나갈 준비를 한다.

"지금 나 나간다. 현정 나오면 따라붙어. 몇 번이나 말했지만, 한때 선배였던 분이다."

프로젝트 중 다리를 다쳐 어쩔 수 없이 안가 관리인으로 좌천을 당한 현정.

그렇게 좌천을 당하기 전 그녀의 직책은 대리, 그것도 과장으로의 진급이 유력시되던 인물이었다.

"어설프게 따라붙어서 들켰다간 나한테 죽는다."

-예. 아, 가게를 벗어나 큰길 쪽으로 가고 있습니다.

"……이번에도 마트를 가려는 건가?"

거의 2주 전부터 매일 점심시간이 끝나고 퇴근해 술을 사 간 그녀.

점점 폐인이 되어 가는 그녀의 모습에 그는 오늘도 씁쓸해한다. 훗날 자신도 저렇게 될까 두려웠기 때문이다.

'쓸데없는 생각.'

고개를 저은 그가 건물을 나서는 순간이었다.

오싹!

갑자기 온몸을 엄습하는 한기.

본능적으로, 배운 대로 뒷걸음질 치려고 할 때 사각에서 날아온 시퍼런 칼날이 배를 꿰뚫는다.

'큽!?'

눈을 부릅뜬 사내가 배를 헤집고 빠져나가려는 칼을, 그 칼을 잡은 주인의 손목을 잡으며 오히려 발을 앞으로 내디딘다.

그러며 품속에 숨겨 둔 칼을 꺼내 든다.

아니, 꺼내 들려 했다.

푹!

아래에서 위로 찌르는, 잡히지 않은 손이 꺼내 든 다른 칼.

창자와 위가 찢기는 아득한 고통에 사내는 전신에 가득했던 힘이 풀려 버렸고, 암습자는 사내의 배에 꽂아 넣었던 칼을 빼 들며 사내의 목을 그어 버린다.

털썩!

"크륵! 크르륵!"

"……헉! 허억! 허어억!"

이런 기습이 아니었다면 어찌 될지 몰랐던 상황.

암습자, 아니 밀항을 통해 한국으로 은밀히 들어온 현정의 남편은 참았던 숨을 몰아쉬며 죽어 가는 옛 동료를 바라보았다.

그때였다.

-치익! 대, 대리님! 지, 지금 현정이 웬 차를 타고 도주했습니다-!

'도망쳤군.'

아내가 무사히 도망을 친 것 같다.

그는 핸드폰을 들었다.

"접니다. 이제 오시면 됩니다."

그렇게 통화가 끝나자마자 건물 앞에 서는 승합차 한 대.

부르릉!

"휘유유."

차에서 내린 문신의 사내가 피바다가 된 참혹한 현장을 보며 혀를 내두른다.

'비명 소리 하나 안 들렸는데 말이야.'

칼이 들어간 부위도 모두 치명적인 부위뿐이다. 이 정도로 무서운 칼잡이는 청소부 인생 20년 만에 거의 처음.

눈앞에서 아직도 숨을 몰아쉬는 현정의 남편의 과거가 궁금해졌던 문신의 사내는 이내 호기심을 흩어 버리며 손을 휘저었다.

보지도 듣지도 궁금해하지도 않는 게 청소부의 룰.

드르륵!

능숙히 시체를 승합차에 싣고, 피를 닦기 시작하는 마스크 쓴 덩치들을 바라보던 문신의 사내가 현정의 남편을 바라본다.

"타쇼. 3분이면 끝나니까."

현정의 남편은 고개를 끄덕이며 승합차에 올랐고, 잠시 후 현장을 정리한 그들은 마치 원래부터 없었던 것처럼 조용히 골목을 빠져나갔다.

그리고 골목은 언제나처럼 조용해졌다.

* * *

서울의 어느 빌라.

문 앞에 선 현정의 남편이 초인종에 손을 가져가다 멈칫한다.

무섭다. 두렵다.

아내가 무슨 말을 할까 무섭고, 아내에게 무슨 말을 해야 될까 두렵다.

하지만 들어가야 했다.

"후우우······."

띵동! 덜컹!

마치 문 앞에서 대기하고 있었다는 듯 바로 열리는 문.

열린 문 안쪽에서 자신을 바라보는 아내를 발견한 그는 아무 말도 못한 채 아내를 마주 봤다.

습기가 가득한 아내의 커지는 눈.

초조함으로 떨리는 아내의 몸.

비틀거리며 발을 내딛는 아내의 모습에 그의 눈앞이 뿌옇게 흐려진다.

"저, 정말 당신이야? 정말 당신 맞아?"

"······응."

짜아악!

화끈해진 볼에 그가 이를 악문다.

뒤이어 가슴을 후려치는 아내의 주먹에 눈을 질끈 감는다.

"왜 이제 왔어! 왜! 왜-!"

그녀의 입에서 터져 나오는 지독한 슬픔과 한.

그는 아내를 끌어안는다.

"미안해. 내가 늦어서 미안해······."

조심하지 못해서 미안해.

"우리 선미가! 선미가-!"

"그래. 내가 다 잘못했어. 다 내 탓이야."

"으아아아아앙!"

그는 무너지는 아내와 함께 무너지며 굵은 슬픔을 흘렸다.

-해우가 끝났으면 이제 슬슬 시작하지?

거실 컴퓨터의 커다란 모니터 안, 종혁이 무심한 얼굴로 공기를 환기시키자 현정과 현정의 남편이 이를 악문다.

하지만 그것도 잠시다. 그들은 긴장을 하는지 연신 입술을 혀로 훔치는 이십대 사내를, 핸드폰을 꽉 쥐고 있는 기자를 본다.

-호영아.

"예, 아버지."

-씁.

"……예, 편집장님."

모니터 속의 아버지, 박영일 편집장을 일견한 사내가 두 사람에게 다가간다.

"후우. 반갑습니다. 박호영 기자입니다. 제보하실 게 있으시다고요."

이쪽을 향한 카메라를 본 그들이 고개를 끄덕인다.

"반갑습니다. 이번에 최종혁 치안감에 의해 살해를 당했다는 23살의 여대생 이선미의 아비 이정대입니다."

"선미의 엄마 김현정이에요."

"아, 삼가 고인의 명복을 빕니다."

"……감사합니다."

지그시 이를 악무는 그들의 모습에 박영일의 아들이 얼른 입을 연다.

"저희에게 제보하실 일이 무엇인가요? 설마……."

"예. 저희 선미의 죽음, 그 사건은 완전히 조작된 것입니다."

쿵!

"그, 그럼?"

"네. 최종혁 씨는 범인이 아니에요. 절대!"

그토록 기다렸던 진실.

박영일과 그 아들은 주먹을 불끈 쥐었다.

* * *

-일을 어떻게 처리하는 거야-!

현정의 도주 사실이 전달되자마자 뒤집어진 회의실.

사장이 전화기를 붙들고 쩔쩔맨다.

'빌어먹을! 그게 연막이었다니!'

종혁의 동료들이 검사들 주위를 얼씬거린다기에 완전히 방심하고 있었다.

"죄, 죄송합니다. 하지만 일단 막아야 합니다."

막아야 한다. 어떻게든 막아야 한다.

"분명 최종혁은 언론을 통해 먼저 터트리려 할 겁니다."

이쪽이 경찰과 검찰을 꽉 쥐고 있다는 것을 알고 있을 종혁.

남은 건 언론뿐이다.

언론을 통해 의혹이 제기된 순간 검사들 주위를 맴돌던 종혁의 동료들이 득달같이 달려들 것이고, 그동안 벼르고 있던 대통령은 사건의 재수사를 명령할 거다.

그럼 끝이다.

시간문제일 뿐, 증거가 조작됐다는 사실은 언젠가 들통날 것이고, 종혁은 국내로 들어오게 될 거다.

"박영일 등 최종혁과 연관이 깊은 기자들을 막아야 합니다."

그 숫자가 수십 명이다.

그동안 수많은 언론인과 관계를 맺어 온 종혁. 또한 종혁은 에이버와 넥스트 등 국내 최대 포털사이트의 대주주이기도 하다.

그들의 입을 모두 막으려면 숨겨 뒀던 패들까지 꺼내야 할 거다.

-부하들 관리를 어떻게 했으면 배신을 해!

"죄송합니다. 뭐라 드릴 말씀이 없습니다."

-후, 알았어. 검찰과 국세청을 움직이지.

뚜뚜뚜!

통화가 종료된 전화기를 노려보던 사장은 책상을 내려쳤다.

쾅!

"빌어먹을! 얼른 그년부터 찾고, 혹시 모르니까 에이버와 넥스트도 공격해!"

해킹을 해서라도 양대 포털사이트에 기사가 올라오는 걸 막아야 한다.

"예!"

방금까지 화창하고 맑았던 하늘에 구름이 끼기 시작했다.

* * *

한편 그로부터 두 시간 후 사할린의 별장.

종혁이 미간을 좁힌다.

"그런데 정말 기사를 올릴 수 있는 건 맞습니까?"

놈들이 현정과 현정의 남편 이정대를 추적하지 못하도록 빙빙 돌리느라 시간을 많이 지체했다.

분명 지금쯤 놈들이 움직이고 있을 거다. 그들도 머저리가 아니기에 언론부터 막으려고 할 터.

"검찰을 움직일 겁니다."

명분이야 아무거나 가져다 붙이면 그만이다.

그렇게 언론사를 시작으로 에이버와 넥스트 등 포털사이트도 압수 수색을 할 거다.

이럼에도 언론을 이용하려고 한 건 박영일이 너무 자신만만해했기 때문이다.

-아, 괜찮아. 기사는 아무 곳에서나 올릴 수 있으니까.

그게 편집장의 권한이다. 여차하면 지금 현정, 이정대와 함께 있는 아들이 박영일 자신의 아이디로 기사를 올려도 된다.

―그리고 에이버와 넥스트가 네 거라는 걸 다 알고 있는데, 무슨…….

혹여 저들이 해킹으로 막으려 한다고 해도 이 짧은 시간에 언론사들과 에이버, 넥스트 전체를 다운시킬 수 없다.

―전 세계 해커들이 달려든다면 또 모르겠지만.

"아, 그건 걱정 마세요."

방화벽도 방화벽이지만, 이미 세기의 천재 순영과 순철, 러시아 해커 조직들이 대기 중이다. 전 세계 해커들이 달려든다고 해도 최소 반나절은 막을 수 있었다.

―미친놈…….

"아하하."

―포털 메인에 노출만 시켜 놔!

"옙!"

웃음을 흘린 종혁이 이내 곧 낯빛을 굳힌다.

"놈들이 찾아갈 겁니다. 그땐 숨기지 말고 모두 다 부세요."

―오, 그래도 돼? 그럼 나야 땡큐지! 오케이! 아, 왔나 보다. 그럼 바이.

손을 흔든 박영일을 시작으로 채팅방에 있던 기자 지인들이 하나둘씩 퇴장하자 종혁이 주먹을 쥔다.

잠시 후부터 현몽준 대통령이 나설 때까지 모진 고초를 겪을 박영일들.

이를 간 종혁은 핸드폰을 들었다.

"최재수, 보스는? 바꿔."

-이제 내가 나설 시간인가 보군.

"예, 보스. 이제 FBI를 움직이면 될 것 같습니다."

-흠. 오케이. 그럼 서울에서 봐.

'음?'

뭔가 이상한 그녀의 반응에 의아해한 종혁은 미간을 좁히다 이내 혀를 차며 헨리에게 전화를 걸었다.

"오늘 안으로 FBI가 움직일 겁니다, 헨리."

-무슨 말인지 알겠습니다. 서울에서 보죠.

"후우."

종혁은 통화가 종료된 핸드폰을 늘어트리며 천장을 응시했다.

"예, 대통령님."

그는 현몽준에게 전화를 걸었다.

그가 나서야 할 시기가 다가오고 있었다.

* * *

검찰과 국세청, 언론사들 급습! 무슨 일인가?

국세청, 언론사들의 탈세 및 대가성 기사 조작 정황 포착!

검찰, 에이버와 넥스트 압수 수색! 언론사들과의 유착 정황 발견!

검찰 특수본 조직! 전국의 검사들을 불러 모으다!

검찰의 언론 탄압? NO! 정부의 언론 탄압!

사냥은 끝났다, 숨을 건 정부!

현몽준 대통령, 지시 내린 적 없어! 대검찰청 차장검사 소환!

"어휴. 씨발. 이제야 기레기 새끼들을 쓸어버리려나 보네. 잘됐다, 잘됐어!"

서울의 길거리. 사람들이 핸드폰으로 뉴스를 확인하며 혀를 찬다.

"에이, 그래도 다 기레기는 아니지. 간첩 소탕 때 기억 안 나?"

"그때 절반은 간첩 옹호했다. 선우연 때도 봐 봐."

"끙. 그렇긴 하지만……어?"

"왜?"

"아니…….."

친구와 이야기를 나누던 사내가 방금 막 에이버 메인에 뜬 뉴스를 멍하니 바라본다.

"야."

"아, 왜! 말을 해, 이 자식아!"

"여대생 살인 사건, 조작이라는데?"

"……뭐?"

의아해하면서 핸드폰을 본 사람들은 눈을 동그랗게 떴다.

* * *

"박 차장."

청와대의 대통령 집무실.

분노로 가득한 현몽준의 목소리가 울리자 대검찰청의 차장검사가 눈을 느릿하게 껌뻑이며 현몽준을 본다.

마치 자신은 아무런 잘못이 없다는 듯 당당한 모습.

현몽준의 이가 악물어진다.

"예, 대통령님."

"지금 뭐하자는 겁니까?"

"주어를 똑바로 말씀해 주시면 감사하겠습니다, 대통령님."

쾅!

"나랑 장난하자는 겁니까! 왜 가만히 있는 언론사들을 건드린 겁니까! 왜!"

"음…… 그렇게 말씀하시니 당황스럽군요. 저희 검찰은 그저 검찰로서 할 일을 했을 뿐입니다만……."

"이봐요, 박 차장!"

"설마 수사를 그만두시라 협박하시는 겁니까?"

아닐 거라고 믿는다.

대한민국을 보다 나은 길로 이끌어야 할 대통령이 대한민국의 법을 수호하는 사법부의 일에 제동을 건다는 건 있을 수조차 없는 일.

탄핵을 당한다고 해도 아무 말 못하는 행위였다.

빠드득!

"……후우. 좋습니다. 증거는 있습니까?"

"저희 검찰은 증거도 없이 수사를 하지 않습니다."

"하! 그래요? 그럼 그 증거 나도 볼 수 있겠습니까?"

"죄송합니다. 수사상 기밀입니다. 그리고 저희의 수사 대상 중엔 대통령님의 선거를 도운 언론사들도……."

쾅!

"말 가려서 안 합니까?"

"죄송합니다. 실언을 했습니다."

입으론 죄송하다 하지만, 결코 죄송하지 않아 하는 모습에 현몽준이 다시 이를 악문다.

'정말 대단하구나.'

그동안 검찰이 정부에, 대통령에게 이렇게 대든 적이 있었던가. 현몽준이 기억하기로 단 한 번도 없었다.

'믿는 뒷배의 힘이 그만큼 크다는 거겠지.'

대체 힘이 얼마나 크기에 이렇게 대통령까지 무시하는 걸까.

"큼. 더 하실 말씀이 없으시다면 전 이만 돌아가 보겠습니다. 할 일이 많아서……."

똑똑똑!

갑자기 문이 두들겨지며 비서실장이 안으로 들어와 현몽준에게 귓속말을 하며 핸드폰을 보여 준다.

그에 입술을 비틀며 차장검사를 응시하는 현몽준.

움찔!

차장검사의 얼굴이 떨떠름해진다.

"박 차장."

"……왜 그러십니까?"

"분명 방금 박 차장의 입으로 검찰은 뚜렷한 증거가 없으면 움직이지 않는다고 했습니다. 맞습니까?"

"그렇습니다."

"정말 그렇다고 자신할 수 있습니까? 책임질 수 있습니까?"

"……그렇습니다."

언론사들은 다 틀어막았고, 에이버와 넥스트도 업무를 하지 못하도록 흔들어 놓고 있다.

종혁의 일이 현몽준에게 알려질 일 따윈 없었다.

'최종혁이 직접 알리지 않는 이상!'

"하! 그래요?"

입술을 비틀다 못해 얼굴까지 뒤튼 현몽준이 그에게 핸드폰을 던진다.

"그럼 이것에 대해 해명해 보세요."

여대생 이 모 양의 부모! 딸 3주 전까지 생존했다 확인!

이 모 양의 유언 공개! 전혀 급박하지 않았던 그날의 통화!

이 모 양의 사망 후 부모에게 이체된 정체불명의 거액!

쿵!

"분명 검찰 측에선 최 치안감이 세 달 전에 이씨 성의 여대생을 죽였다고 주장하지 않았던가요?"

"그, 그게……!"

'이게 어떻게!'

기사가 올라온 곳들 모두 검찰과 국세청이 압수 수색을 진행하고 있는 곳들이다.

에이버와 넥스트는 해킹으로도 공격할 테니 걱정 말고 움직이라고 했던 그분.

그런데 어찌 된 일인지 기사가 올라온 것이다.

"해명해 보세요."

"이, 이건 분명 저희 검찰을 음해하기 위한 찌라시……."

"들어오시라고 해."

"예."

밖으로 나간 비서실장이 곧 두 사람을 데리고 들어온다.

"요! 오랜만입니데이?"

쿵!

해맑게 손을 들며 인사하는 강철선과 묵직하게 쳐다보는 고검장.

"가, 강 부장……! 고검장……!"

당했다. 이미 대통령은 모든 걸 알고 있었던 것이다.

현몽준은 죽일 듯 노려보는 차장검사를 향해 입을 열었다.

"대통령 직권으로 여대생 살인 사건에 대한 재조사를

명합니다. 아, 그리고 이 두 사람이 말하길 박 차장이 향응을 제공받았다고 하더군요. 진실이 밝혀질 때까지 검사 배지 내려놓고 자숙하세요."

"대, 대통령님!"

현몽준과 강철선, 고검장은 파랗게 질리는 그를 보며 코웃음을 쳤다.

판이 뒤집히는 순간이었다.

* * *

청와대 다녀온 대검의 차장검사, 직무 정지?!
법무부 장관, 분노하다! 검찰 내사 지시! 무슨 일?
부정 청탁 의혹으로 대기 발령된 강철선 부장검사 일선 복귀!
청와대, 검찰이 연 언론 게이트 특수본 본부장 교체! 본부장으로 서울고등검찰청의 검사장 천거!
정말 검찰과 정부의 뜻은 달랐던가!

-지금 거신 전화번호는······.
"왜 전화를 안 받는 거야-!"

전화를 안 받는 게 아니다. 도마뱀이 꼬리를 끊듯 자신들을 쳐낸 것이다.

"차, 차장님!"
"이게 어떻게 된 일입니까, 차장님!"

"저, 저흰 어떻게 되는 겁니까!"

청와대가 나섰다는 말에 하던 일도 멈추고 다급히 달려온 검사들. 차장검사의 핸드폰 역시 불이 나고 있었다.

"닥쳐 봐, 좀-! 생각 중이잖아-!"

'어떡하지? 어떻게 이 일을 헤쳐 나가야 하지?'

믿고 있던 뒷배에게 팽을 당하기까지 한 상황이다. 어떻게든 자신들끼리 헤쳐 나가야 한다.

그런데 아무리 생각해도 방법이 떠오르지 않는다.

"이, 일단 다들 각자 비리에 대한 증거부터······."

"아이고, 여 다 모여 계셨네예!"

움찔!

깜짝 놀란 돌아선 검사들이 경악을 한다.

"강 부장!"

"가, 강 부장, 네가 여길 어떻게?!"

대검찰청으로 가면 그대로 강철선에게 잡힐까 은밀한 곳에 모인 그들.

강철선은 기절초풍하는 그들의 모습에 어이없다는 듯 웃는다.

"왐마야, 이 선배님들 이래 기본도 모린다. 대체 얼마나 필드에 안 나갔던 기고?"

범죄자를 마킹하는 건 기본 중 기본. 차장검사가 청와대를 나서는 순간부터 마킹을 붙여 놓았다.

거기다 어깨 뒤에서 짓궂게 손을 흔들고 있는, 이미 검사들의 주위를 맴돌던 종혁의 동료들까지 도움을 줬다.

종장을 향해서 〈241〉

"아셨으면 검사증이랑 배지 이리 주이소."
"……즈, 증거 있어?!"
"영장 가져와, 씨발!"
"증거? 하이고야. 그럼 슨배님들은 증거가 있어가 내캉 고검장님캉 땄던 겁니꺼? 그래도 슨배님들이라 좋게 갈라 캤던만은…… 아야."
"예! 부장님-!"
그들이 있는 룸 바깥에서 들리는 우렁찬 소리들.
"여기 슨배님, 후배님들 모시라. ……일단 살리만 도."
"예!"
"그럼 바이? 이따 봅시데이."
손을 흔든 강철선은 문에서 비켜났고, 그 틈 사이로 중앙지검 특수부 검사들이, 수장을 누명으로 잃고 울분을 삼키던 검사들과 수사관들, 그리고 종혁의 동료들이 우르르 밀려 들어간다.
"가, 강철선! 너 이 새끼-!"
"아악! 악!"
룸에 비명과 피가 튀기 시작했다.

* * *

청와대에서 출발해 떨어진 폭탄에 쑥대밭이 된 대검찰청.
뚜벅뚜벅!

"아, 안녕하십니까!"

"안녕하십니까!"

다급히 사무실을 뛰쳐나오는 검사들을 싸늘한 눈으로 일견한 고검장이 중앙수사부로 향한다.

그에 다급히 뛰어나와 허리를 깊이 숙이는 오십대 남성.

"중수부장은?"

"도망쳤습니다."

고검장을 비롯한 한국대 라인 모두 대기 발령이 되자마자 중수부를 차지했던 차장검사의 심복.

눈앞에 있는 오십대 남성은 그렇게 차장검사의 심복에게서 쫓겨난, 고검장이 중앙지검장으로 인사 발령을 받을 때 직접 중수부장으로 천거했던 인물이자 전 중수부장이었다.

"그 자료들은 멀쩡하지?"

"예. 무사히 잘 있습니다. 안내하겠습니다."

대검찰청의 한 층 전체를 차지하는 중수부.

그리고 설사 중수부 소속 검사라고 할지라도 중수부장의 허락이 없는 한 절대 접근조차 할 수 없는, 중수부의 절반을 차지하는 중수부의 사건 창고.

그곳에서도 더 깊숙한 곳으로 안내된 고검장이 퀴퀴한 먼지 냄새를 풀풀 풍기는 박스들을 보며 혀를 찬다.

"결국 이걸 쓰게 되는군."

"애초부터 이럴 목적으로 만드신 것 아니십니까."

검찰이 더 이상 검찰로서 존재하지 못할 때를 대비해,

여차하면 검찰을 정화하기 위해 초대 중수부장이 만든 검찰의 비리 창고.

이것의 존재는 오직 중수부장의 입에서 입으로 전해질 뿐.

이름뿐인 중수부장이었던 차장검사의 심복은 알지 못하는 장소였다.

"다 꺼내. 이번 기회에 썩어 빠진 놈들을 모두 날려 버린다."

연희대, 호경대뿐만 아니라 한국대 등 모든 파벌, 아니 대한민국 모든 부패한 검사들을.

지금이 아니면 앞으로 기회가 없을지도 모른다.

"예!"

우렁차게 외친 검사들이 우르르 박스들에 달라붙는 순간이었다.

와르르!

"조심히 옮겨!"

"죄, 죄송합니다!"

붙어 있었던 것인지 철제 선반에서 꺼내지는 박스를 따라 나와 바닥에 엎어진 작은 박스 하나.

고검장은 자신의 발치 아래까지 널브러진 서류를 줍기 위해 허리를 숙이다 헛숨을 삼킨다.

웬 사진 한 장에 시선을 고정시킨다.

"……하!"

돌연 웃음을 터트리는 그.

그들이 쫓고 있는 문민정부의 민정수석이다. 그 사람이 누군가와 어깨동무를 한 채 활짝 웃고 있다.

단서.

그들이 그토록 바라던 단서다.

그런데…….

"이게 왜 여기에 있는 거지?"

고검장의 낯빛이 딱딱하게 굳었다.

* * *

"하."

일식집에서 회사의 사장과 만났던 노인이 헛웃음을 터트린다.

"이거…… 너무 쉽게 생각했군."

아주 약간 틈을 드러냈을 뿐인데 단숨에 물어뜯겼다.

아랫놈들의 불찰로 벌어진 일이라지만, 자신 또한 같은 상황에서 회사의 사장을 질책했던 일이 떠올라 얼굴이 빨개진 그.

그의 앞에 앉은 또 다른 백발의 노인이 킬킬거리며 웃는다.

"승패는 병가지상사라고 했지. 털어 버려."

"이봐, 영수."

"마시기나 해."

문민정부 초대 민정수석이던 민영수가 내민 술병에 노

인은 혀를 차며 술잔을 들었다.
"최종혁, 그 되바라진 놈도 곧 들어오겠지?"
"들어오면?"
 사건을 조작하는 데 관여했던 이들만 잘라 낸다면 자신들을 쫓을 방법은 없었다.
 검찰 쪽 인사들을 비롯해 꽤 쓸모 있던 이들을 잃는 건 아쉽지만, 돈과 권력만 있다면 그런 이들이야 언제든 다시 만들 수 있었다.
 형사수사국장 자리 또한 다시 뺏기게 될 테지만, 그저 원점으로 돌아간 것뿐이라고 생각하면 그리 타격받은 건 없다고 봐야 했다.
"거기다 김 사장도 지금쯤 본사를 옮기고 있을 테고……."
 종혁이 잡아간 사원들이 소속된 지부와 프로젝트 역시 폐기하고 있을 거다.
 종혁이 한국에 들어온다고 해도 달라질 건 없었다.
"앞으로도 놈은 쥐새끼처럼 어둠 속에서 은밀히 우리의 뒤를 쫓을 뿐이겠지."
 그것이 거슬렸기에 제거하려고 한 것이었지만, 언제든 다시 적당한 때가 올 터였다.
"배후에서 이 대한민국을 조종하는 세력이 있다? 푸흐. 소설 쓰지 말라고 욕만 들을 뿐이지."
 돌아가는 꼴을 보니 본인의 지인들에겐 회사의 존재를 알린 것 같지만, 딱 거기까지.
"현몽준도 모르는 눈치였지."

만약 알았다면 이미 예전에, 종혁에게 여대생 살인 사건에 대한 누명이 씌워졌을 때 엎어 버렸을 터.

"CIA와 SVR이 움직일지도 모르지만……."

종혁과 대부분의 정보를 공유하고, 서로 도움을 주는 것으로 확인된 CIA와 SVR.

이들이 움직인다면 그들로서도 성가실 수밖에 없었다.

그것도 종혁이 무사히 한국에 들어온 이후의 이야기.

"하지만 김 사장이 가만있겠어?"

국내로 들어올 수 있는 루트를 전부 감시하며, 공항으로든 항구로든 종혁이 나타나기만 하면 전력을 다해 죽이려 들 것이었다.

"그래야 자기들이 살 거라고 생각할 테니까."

이미 폐기가 결정된 그들.

하지만, 그걸 모르는 사장과 회사는 본인들이 살기 위해서라도 전력을 다해 종혁을 제거할 수밖에 없었다.

"그렇게 최종혁이란 젊은 친구를 죽임으로써 마지막 자기 할 일은 끝내겠지."

"……에잉. 괜히 이쪽의 패만 드러냈구만."

"그러게 적당히 하지 그랬어. 그 나이에 뭘 그렇게 열을 올려."

"끄응."

앓는 소리를 내던 노인이 이내 눈을 빛내며 민영수를 본다.

"그런데 감시하고 있는 놈들이 있다 하지 않았어?"

"어디 한두 번인가."

국민의 정부에 정권을 이양한 이후 꾸준히 따라붙은 감시자들.

혹시나 자신이 문민정부 시절 비리를 저질렀나, 대통령이 자신을 통해 뭔 비리를 저질렀나 하고 쫓아다니는 하이에나들.

매년 나타났다 떠나가길 반복하는, 거의 연례 행사나 다름없다 보니 떼어 내는 건 식은 죽 먹기보다 쉬웠다.

"방금 전에도 떼어 놓고 왔지."

"흠. 그렇다면 다행인데……."

지이잉! 지이잉!

"이놈도 양반은 아니구만."

"김 사장?"

민영수는 받으라고 손짓했고, 노인은 혀를 차며 전화를 받았다.

그리고…….

"뭐? 누, 누가 들어와?!"

노인은 자리를 박차고 일어났다.

* * *

웅성웅성.

"하, 씨발! 지금이 군사 정권 시대야 뭐야!"

"이 개 같은 새끼들! 내가 가만있을 줄 알아?!"

"펜이 칼보다 무서운 거 모르지? 내가 이번에 알게 해줄게! 각오해, 이 새끼들아!"

서울중앙지검의 로비.

얼굴 여기저기가 찢기고 멍든 기자들이 분노를 드러내자, 그들을 배웅 나온 검사들과 수사관들이 안절부절못한다.

"자, 자 이러지 마시고……."

"놔, 이 씨발!"

뚜벅뚜벅!

로비를 울리는 묵직한 발걸음 소리.

절로 귀를 붙드는 소리에 고개를 돌린 그들이 눈을 빛낸다.

누가 봐도 이쪽을 향해 다가오는 중앙수사부와 감찰과 검사들.

"고, 고검장님!"

그 선두엔 서울고등검찰청 검사장이 있었다.

뚝!

그들의 앞에 멈춰 선 고검장이 곧바로 허리를 깊이 숙인다.

그에 따라 허리를 숙이는 검사들.

"검사도 아닌 놈들에게 모진 고초를 당하셨습니다. 이런 사과로 위안이 될지 모르겠지만, 부디 이번 일이 검찰 전체의 뜻은 아니라는 것을 알아주시길 부탁드립니다. 죄송합니다."

"죄송합니다-!"

무려 고검장, 대검 차장검사와 더불어 검찰총장 다음가는 서열에 해당하는 인물의 사과에 기자들의 표정이 약간 풀어진다.

"……저흴 폭행한 검사들은 어떻게 되는 겁니까."

"이번 사주 폭행 및 강압 수사를 비롯해 그동안 그들이 저지른 심각한 비리 사실들이 드러나, 이번 일에 가담한 검사 전원 그에 합당한 징계 및 형사 고발을 진행할 예정입니다."

쿵!

'혀, 형사 고발?'

세다. 그간 검찰에서 이런 징계가 있었나 할 정도로 세다.

더욱이 고검장은 유명한 한국대 라인. 드디어 한국대가 이번 일을 명분 삼아 칼을 뽑아 든 것 같다.

'이거 검찰에도 피바람이…… 잠깐, 사주 폭행?'

기자들의 눈이 빛나자 고검장과 박영일 등 종혁과 친분이 깊은 기자들이 시선을 교환한다.

"허흠. 그렇게 말씀하시니 이번에도 믿어 보겠습니다."

"그 믿음, 결코 배신치 않겠습니다."

"자, 자! 고검장님께서 이렇게 말씀하시니 우린 이만 일터로 돌아가 봅시다!"

"예!"

우렁차게 대답한 그들은 누가 먼저라고 할 것도 없이

동시에 핸드폰을 꺼내어 고검장에게 들이민다.
"고검장님! 합당한 징계 및 형사 고발이라고 하셨는데, 그 수위가 어떻게 되는 겁니까!"
"대검의 차장검사가 청와대에 불려 갔다는데, 이것과 연관이 있는 일입니까?!"
갑작스럽게 돌변한 그들의 모습에 잠시 넋을 놨던 검사와 수사관들이 거의 반사적으로 기자들을 막아선다.
"자, 잠시만! 잠시만 지나가겠습니다!"
"비켜나세요! 다치십니다!"
"어허! 지금 국민의 알 권리를 무시하는 겁니까!"
고검장은 싸우기 시작한 두 무리의 모습에 피식 웃으며 중앙지검 안으로 들어갔고, 중수부와 감찰과 검사들이 다급히 뒤따랐다.
그렇게 도착한 중앙지검의 대회의실.
벌컥 문이 열리며 고검장이 들어오자 강철선을 비롯한 특수부 검사들이 몸을 일으킨다.
"오셨습니꺼."
"그놈들은?"
"입 맞추지 못하게 쪼개 놨지예. 저겁니꺼?"
고검장과 함께 들어온 검사들이 들고 있는 박스들.
고개를 끄덕인 고검장이 단상으로 다가가 단상을 내려친다.
텅!
모두가 그를 집중한다.

"저것들이 뭔지 궁금하겠지. 저것들은 이번 일에 가담한 연희대, 호경대 라인 검사들을 비롯해 지난 5년 동안 은퇴한 선배 검사님들부터 이번에 막 임관한 검사들, 대한민국 모든 검사들의 비리가 적혀 있는 폭탄이다."

쿠웅!

경악한 검사들이 벌떡 일어난다.

하지만 고검장의 눈빛은 변하지 않는다.

"한국대, 경찰대, 그리고…… 아니지. 진짜 검사들."

"……예!"

"이번 기회에 우리 검찰의 썩은 부위들을 도려낸다."

찌리릿 온몸의 솜털이 곤두서는 전율.

그들이 할 수 있는 대답은 하나뿐이었다.

"충성-!"

우렁차게 대답한 검사들이 박스들에 달려들자 고검장이 강철선을 부른다.

"와예?"

"이것 좀 봐."

"이기 뭔……?!"

놀라 쳐다보는 강철선을 향해 고개를 끄덕이는 그.

"아직 시간이 부족해 중수부 창고를 모두 뒤지진 못했지만, 현재까진 이게 전부야."

"……알겠심더. 이리 주이소."

사진과 사건 파일을 넘겨받은 강철선이 몸을 돌리며 핸드폰을 든다.

"예, 권 이사장님. 강 검삽니더. 지금 잠시 봬야 할 것 같습니더."

눈을 차갑게 가라앉힌 그는 중앙지검 인근의 어느 카페로 향했다.

* * *

권회수의 한옥 저택.

권회수와 김단향이 컴퓨터 앞에 나란히 앉아 있다.

"거 젊은 사람이 왜 이렇게 느려?"

"……아, 이제 다 됐습니다."

"수고했네. 물러나시게."

고개를 깊이 숙인 중년인들이 창문조차 없는, 방음 시설이 완벽히 시공된 방을 빠져나가자 권회수가 모니터를 바라보며 입을 연다.

"아, 아. 들리나?"

-김 여사님도 거 계셨습니꺼. 둘이 합치시려고예?

"허튼소리 하는 것 보니 강 검사가 맞구만. 그래, 갑자기 무슨 일이신가?"

-아, 고검장님이 단서 하나를 발견하셨심더. 혹시 이 사진 속 인물에 대해 아시는 거 있습니꺼? 지금 메일로 보내졌을 거라예.

"메일? 잠시만."

카메라 가까이 사진을 비췄다지만, 워낙 옛날 사진이라

종장을 향해서 〈253〉

흐릿해 잘 보이지 않아 미간을 찌푸렸던 권회수는 이내 메일을 열어 보곤 눈을 부릅떴다.

쿠우웅!

뒤통수를 후려치는 막대한 충격.

'이, 이 사람은?'

그는 민정수석이 아니라 민정수석과 어깨동무를 하고 있는 사람에게 시선을 고정시켰다.

"……그래. 이래야 말이 되지. 그렇게 된 거였어. 이 빌어먹을 놈들이었던 게야. 허허허."

순간 심각해졌다가 이내 고개를 주억이며 허탈해하는 웃음을 터트리는 권회수.

김단향과 강철선의 엉덩이가 들썩인다.

단서가 단서를 불러왔다.

강철선은 마른침을 삼켰고, 김단향이 다급히 권회수의 옷자락을 잡는다.

"뭐야. 아는 놈이야? 누군데? 아, 왜 혼자 아는 거야!"

"……강 검사. 마지막으로 묻지. 이 사진이 확실하나? 정말 아무런 조작 없이 둘이 찍은 게 확실해?"

-……예, 그렇심더.

"누구냐고! 사람 숨넘어가는 꼴 보고 싶어서 그래?!"

"단향이, 너도 아는 놈이야. 아니, 아는 놈들이지."

"나도 아는 놈들이라고? 흠. 그렇게 말하니 어디서 본 것 같기도 하고……."

"있어 봐."

낯빛이 딱딱하게 굳은 권회수가 방을 나가더니 한참의 시간이 흐른 후 낡은 사진 한 장을 들고 온다.

그걸 먼저 본 김단향이 입을 쩍 벌린다.

"이, 이놈들은?"

기절초풍하는 김단향을 일견한 권회수는 궁금해 미쳐 하는 강철선이 볼 수 있도록 카메라에 사진을 가까이 가져갔다.

"보이나?"

―……이런 미친.

"보이나 보군. 그럼 최 치안감에게 연결하게. 이제 놈들의 정체가 누군지 알겠노라고!"

권회수는 주먹을 꽉 쥐었다.

* * *

기이잉!

인천공항의 입국 게이트.

인천경찰청과 본청 외사국에서 파견된 경찰들이 게이트를 보며 입술을 깨문다.

"이게 뭔 아닌 밤중에 홍두깨야."

무려 FDI SWAT가 입국 신청을 했다.

"아니, FBI면 지들 나라나 지키지, 왜 이 먼 한국까지 들어오는 거야?"

"거기 본청 외사국. 예전에도 이런 일이 있었어? 왜 들어오는 건지 이야기 들은 것도 없고?"

"인터폴이 입국한 적은 많은데……."

FBI가 국내에 들어온 적은 단연코 없다. 이유 역시 듣지 못했다.

그래서 당황스럽다.

"FBI가 타국에 들어올 만한 경우는 몇 가지 없을 텐데……."

"뭔데?"

"그 국가에 있는 미국 대사관이 공격받을 때요."

쿵!

"뭐, 뭣?!"

"그리고 미국 국적기가 공격받았을 때랑 미국인이 중범죄의 피해를 입었을 때 정도……?"

"이런 미친……."

"나, 나온다!"

기이잉!

문이 열리며 커다란 케이스를 든 백여 명의 덩치 큰 외국인들이 걸어 나오자 그들이 다급히 앞으로 나선다.

"크흠. 반갑습니다. 대한민국 경찰청 외사국의 이창식 경무관입니다."

"아, 반가워요. FBI LA 지국의 지국장 캘리 그레이스입니다. 그리고 이쪽은……."

"NSA의 에릭 중령입니다."

"CIA의 린치입니다."

쿵!

미합중국 국가안보국, NSA(National Security Agency). 미 국방부 산하의 정보기관이다.

'F, FBI뿐만 아니라 CIA, NSA까지 왔다고?!'

형사들이 패닉에 빠지는 순간이었다.

"다들 잠깐 비켜 봐요."

인간 장벽들 가운데서 울리는 당당한 여성의 목소리.

"Yes, Ma'am."

외사국 경찰들은 장벽들을 가르고 모습을 드러낸 작은 키의 여성을 발견하곤 경악했다.

"히이익?!"

"쉿."

검지로 입술을 가리며 짓궂게 웃는 선글라스를 낀, 육십대의 여성.

'스, 스태파니 퀸스 클린턴!'

테러가 아니다.

미국의 국무장관이 대통령을 만나러 온 거다.

'그, 그것도 비밀리에-!'

외사국 형사들이 상황을 파악한 것 같자 다시 인의 장벽이 쳐졌고, 차갑게 노려보는 캘리 그레이스의 눈빛에 정신을 차린 외사국 형사는 다급히 외쳤다.

"외사국!"

"예, 예!"

"이분을, 아니 이분들을 호위한다!"

"……예, 예?"
"뭐해! 움직여!"
"추, 충성!"
"가시죠. 밖에 차량을 준비해 뒀습니다."
그들은 다급히 인천공항을 빠져나갔고, 스태파니 퀸스 클린턴은 눈을 빛냈다.
'이래도 도망칠 수 있을까?'
종혁을 떠올린 그녀의 선글라스 속 두 눈이 장난기로 반짝이기 시작했고, 한참의 시간이 흐른 후 그녀가 타고 온 비행기에서 빠져나온 최재수와 현석을 포함한 백여 명의 무리가 인천공항을 은밀히 빠져나갔다.

* * *

툭!
스태파니 퀸스 클린턴이 방한을 한 그 시각, 사할린의 저택.
샌드위치를 떨어트린 종혁이 멍하니 화면 속 헨리를 바라본다. 그건 나탈리아도 마찬가지다.
"누, 누가 한국에 와요? 아니, 그분이 왜……."
-끙. 미안합니다.
"미안하다고요? 아, 설마?"
-……대통령님께서는 클린턴 장관을 앞으로도 함께할 파트너로 생각하고 계십니다.

스태파니 퀸스 클린턴을 자신의 다음 대통령으로 생각하고 있는 버락 루터 던햄 대통령.

그는 자신이 그러했듯, 그녀에게도 종혁의 도움을 얻을 수 있는 기회를 주고자 한 것이다. 이번 일을 도움으로써 말이다.

이 말은 즉, 종혁과 회사의 일이 그녀에게도 보고됐다는 뜻이었다.

회사의 사정까지도 말이다.

"이거 CIA의 보안이……."

-변명을 하고 싶은데 할 수가 없군요. 다만 이해를 바라는 건 CIA도 사람이 사는 곳이라는 겁니다.

"하아. 그래도 언질이라도 좀 해 주지……."

-대통령과 퀸스께서 서프라이즈 선물이라고 하셔서…….

난처해하는 헨리의 얼굴을 보니 두 정치 거물들의 짓궂은 웃음이 가득한 얼굴이 절로 떠오른다.

스태파니 퀸스 클린턴의 합류를 미리 알았던 캘리 그레이스의 미소도 말이다.

"끄응. 이미 벌어진 일이니 어쩔 수 없군요."

아니, 그녀의 도움을 얻을 수 있다면 종혁으로서도 나쁠 건 없었다.

아무리 회사라도 그녀의 방한까지 예상하고 대비할 수는 없었을 터.

이를 이용한다면 쓸 만한 계획이 나올지도 몰랐다.

아마 버락 루터 던햄 대통령과 스태파니 퀸스 클린턴도

이런 걸 생각한 것인지도 모른다.

자세한 건 만나 봐야 알게 될 거다.

'그렇지 않아도 놈들의 검찰 쪽 라인이 너무 쉽게 무너져서 계획을 수정하던 참이긴 했는데…….'

조금 더 버텨 주면서 감추고 있던 패를 더 드러냈어야 할 그들. 그런데 너무 쉽게 잘려 나갔다.

그래서 어이없기까지 하다.

'대체 뭘 얼마나 감추고 있기에 수십 명의 검사를 이렇게 쉽게 버리는지…….'

그렇게 혀를 차며 생각에 빠져드는 순간이었다.

"최, 한국에서 연락이 왔어요."

"한국이요?"

눈을 빛낸 종혁이 고개를 끄덕이자 권회수와 강철선, 김단향이 화면에 나타난다.

그리고 그들의 눈빛에 뭔가를 느낀 종혁이 몸을 일으킨다.

"성과가 있습니까?"

-어디 성과뿐일까…… 허, 참.

"이사장님?"

-알아냈네. 그 어르신이란 사람이 누군지.

그리고 그 어르신이라는 놈 곁에 있는 이들이 누군지까지.

쿠웅!

'아?'

순간 종혁의 머릿속이 하얗게 물든다.
갑작스럽게 심장을 타격하는 공격에 숨마저 멎는다.
'알았…… 다고? 드디어? 어떻게?'
엉클어지는 머리.
종혁의 눈이 뒤집혔다.
"누, 누굽니까! 그 자식이 누굽니까-!"
나탈리아와 헨리도 기겁하며 권회수를 본다.
-이 사람일세.
툭!
권회수를 대신해 화면을 채운 사진.
순간 종혁의 시간이 멈춘다.
사진 속 인물은 종혁뿐만 아니라 나탈리와 헨리도 아는 얼굴이었다.
알 수밖에 없는 얼굴이었다.
"푸핫!"
입 밖으로 웃음이 삐져나온다.
"푸하하하하핫! 그래! 그래애-!"
이마를 잡으며 천장을 향해 웃음을 터트리던 종혁이 폭발한다.
"이래야 말이 되지! 이 새끼 말곤 말이 안 됐던 건데-! 왜! 왜! 왜-!"
왜 그동안 의심 한 번을 안 해 봤을까.
왜 외면했던 것일까.
왜 회사의 뒤만 쫓았던 것일까.

아니다. 이제라도 알았으니 된 거다.

"큭큭. 그래, 너였어. 너였던 거야."

어머니를 죽이고, 자신마저 죽인, 그리고 수없이 많은 사람을 손가락 하나로 죽여 버린 개새끼가.

지옥에 처박아도 시원치 않을 개새끼가…….

"끅끅끅!"

"……최."

"아, 괜찮아요."

회귀 후 그 어느 때보다 머릿속이 개운하다.

'이러면 스태파니 씨가 방한을 한 게 더없이 좋은 기회네.'

그녀와 버락 대통령의 앙큼한 욕심이 둘도 없는 기회를 만들어 냈다.

그동안 종혁 자신이 수많은 사람들과 쌓아 온 결과가 그녀를 불러와 완전한 말살의 기회를 만들어 냈다.

"이사장님."

―……말하시게.

"저놈의 손과 발을 쳐낼 수 있습니까?"

―후훗.

입술을 비튼 권회수가 굽었던 어깨를 편다.

종혁을 걱정하던 얼굴이 옛날로, 명동의 돈 귀신이라 불렸던 그때로 돌아간다.

지독히도 오만하고, 지독히도 잔인했던 그때로.

―내가 전에 말한 거 기억하시는가?

"……기억합니다. 이사장님의 입이 열리는 걸 두려워하기에 이사장님을 가만둘 거라고 하셨죠."

-금융실명제를 기습 통과시킨 전 대통령도 내 입이 열리는 걸 두려워했네.

그래서 마지막 숨통을 끊지 않은 것이다.

궁지에 몰린 쥐는, 아니 호랑이는 모든 걸 찢어발기기에.

대한민국이 무정부 상태가 되는 걸 두려워, 다시 군부독재 시절로 회귀하는 게 두려워 마지막 일격을 가하지 않았던 것이다.

-그건 여기 김 여사도 마찬가지일세.

구옥순의 모든 걸 물려받은 김단향이 계속 사채업을 할 수 있었던 이유가 바로 그것이다.

이 대한민국에 존재하는 모든 가진 자들의 숨통을 끊어 버릴 수 있는 비밀들을 손에 쥐고 있기에 살아남을 수 있었던 것이다.

-이 정도면 답이 되겠는가?

쿵! 쿵! 쿵!

지독히도 오만하고 위험한 말에 종혁의 심장이 거세게 뛴다.

"괘, 괜찮으시겠습니까?"

마지막으로 묻는다.

입이 여는 순간 놈들 회사와 어르신뿐만 아니라 대한민국 모든 가진 자들이 둘을 죽이기 위해 달려들 것이기에 둘의 각오를 묻는다.

-내 나이가 벌써 졸수(卒壽)를 넘겼어. 이 정도면 오래 산 게야.

-똘똘한 놈 하나만 소개해. 아님 네가 내 업을 이어받든가.

"후우우."

초탈한 그들의 모습에 종혁이 깊이 허리를 숙인다.

희생을 각오한 그들을 향해 혹시 모를 마지막 인사를 한다.

"부탁드리겠습니다."

-흘흘. 한국에서 보세나.

툭!

권회수와 김단향이 화면에서 사라지자 종혁이 나탈리아와 헨리를 본다.

"최."

"돌아갑시다."

한국으로.

이 지독한 악연의 종지부를 찍기 위해.

방을 빠져나가는 종혁의 두 눈이 지독히도 시리게 빛나기 시작했다.

* * *

타닥, 타다닥!

쓸쓸하고 삭막한 폐건물 앞의 공터.

불길이 타오르는 드럼통에 빨간 지전을 태우던, 이탈리아에서 사망한 동료들을 오늘도 추모하던 최성현이 눈을 껌뻑이며 김경후를 바라본다.

"누가 방한을 해요?"

"스태파니 퀸스 클린턴이라고 합니다."

그녀가 FBI와 NSA, 그리고 놈들의 수작에 의해 한국에서 철수했던 CIA를 끌고 비밀리에 방한을 했다.

그녀가 인천공항에 모습을 드러낸 순간 더 이상 비밀 방한은 아니게 됐지만, 어찌 됐든 갑자기 변수가 생긴 것이다.

"설마…… 최종혁?"

"엥? 그, 그게 무슨 말이야, 대장. 최종혁이 여왕을 움직였다니?"

"아니, CIA라고 하잖아."

분명 조희구 사건 때 한 번 날아가고, 간첩 게이트 및 선우연 게이트 때 다 날아갔을 회사의 검찰 라인.

그런데 뜬금없이 국정원 국내 파트의 주인이 바뀌고, 난데없이 검찰의 연희대와 호경대 라인이 종혁을 쳤다.

그러며 CIA와 SVR도 일시에 철수했다.

한 달도 안 되는 시간 동안 굉장히 많은 일이 일어난 한국.

회사가 숨기고 숨겨 놓은 인맥들이 아니다. 어르신이란 존재가 보다 못해 나선 거다.

그래야 말이 된다.

"뭐 그래 놓고도 최종혁에게 당하긴 했지만……."

아무튼 그렇게 물러난 CIA가 다시 한국으로 들어올 명분으로, 은밀히 스며드는 걸 국정원이 모르게 할 요량으로 스태파니 퀸스 클린턴을 불러들인 것 같다.

"거기다 FBI 인솔자가 LA 지국장 캘리 그레이스라잖아."

종혁과 깊은 관계를 맺고 있는 범죄학계의 거물이자, 차기 FBI 국장으로 꼽히는 캘리 그레이스.

종혁이 끝을 보기 위해 모든 수단을 동원한 게 분명했다.

"잠깐, 그럼?"

"응. 끝낼 때가 됐나 보다."

쿵!

드럼통 주변에 모여 귀를 기울이던 최성현의 동료들이 몸을 일으키고, 최성현도 남은 지전을 모두 드럼통에 던지며 일어선다.

"우리도 들어가자."

한국으로.

끝을 보기 위해.

"늦었다간 한 놈도 죽이지 못할 테니까."

"……오케이."

"아! 드디어 끝이구만?!"

"끄으으. 다 끝나면 동남아나 가야겠다. 같이 갈 사람?"

뚜둑, 뚜둑!
몸을 풀며 차로 향하는 그들.
"아! 잠깐."
갑자기 멈춰 선 최성현이 김경후의 가슴을 툭 민다.
"경후 씨는 여기까지."
"……분명 의심할 만한 일은 하지 않았을 텐데요."
"안 하기는……. 최종혁에게 안부나 전해 줘요. 그리고 한국에서 만나면 적이란 거 알아 두고."
김경후의 어깨를 두드린 최성현은 차에 올랐고, 김경후는 폐건물을 빠져나가는 이들을 바라보다 한숨을 내쉬었다.
"예, 접니다. 들켰습니다."
'빌어먹을. 여기다 두고 가면 나보고 어쩌라고.'
그는 다급히 폐건물 밖으로 뛰어나갔다.

* * *

어두운 밤, 사할린의 저택이 부산스러워지자 홍시연과 고정숙을 비롯한 몇몇 이들이 다급히 뛰어나온다.
그러다 저택 앞에서 나탈리아와 이야기를 나누는 종혁을 보곤 헛숨을 삼킨다.
그들로선 단 한 번도 본 적 없는 무심한, 토악질이 솟을 정도로 인형 같은 얼굴.
"조, 종혁 씨!"

"아들!"

"아……."

'끄응.'

혹여 걱정을 끼칠까 모두가 잠든 사이에 떠나려 했는데, 결국 들켜 버리고 말았다.

종혁은 애써 웃으며 그들에게 다가갔고, 그들은 억지로나마 감정이 서리는 그의 얼굴에 작게 안도한다.

"……가는 건가요?"

"예."

끝을 보러 간다.

여러 말 대신 홍시연을 품에 안은 종혁이 고정숙을 본다.

양손을 모은 채 손이 하얗게 변색되도록 꽉 쥔 그녀. 어머니.

"다녀올게요."

"……그래. 다녀와."

하고 싶은 말이 참 많다. 하지만 그 말은 곧 아들의 족쇄가 될 것이기에 고정숙은 애써 담담히 종혁의 팔을 두드릴 뿐이다.

부디 살아 돌아오길 간절히 기도하면서.

그 떨리는 손끝에, 품에서 떨리는 여자친구의 몸에 이를 악문 종혁이 다시 웃으며 수호와 소영을 본다.

"수호야, 엄마랑 시연 씨 좀 부탁할게."

"응! 걱정 마!"

'이번엔 내가 지킬게!'

학창 시절 자신을 구원해 준 종혁. 이제야 그때의 은혜를 갚을 순간이 온 거다.

표정이 다부져지는 수호의 어깨를 두드린 종혁은 홍시연의 이마에 입술을 맞추곤 매정히 돌아섰다.

"아!"

"갈게요. 가시죠."

"예. 전원 승차한다."

"러시아에 영광이 있으리."

짧게 중얼거린 백발의 노인들, 옛 KGB 요원들과 SVR 요원들 수십여 명이 차에 오르자, 종혁도 뒤를 돌아보지 않고 차에 오른다.

뒤를 돌아보면 더 망설일 것 같기에.

등 뒤에서 애타게 손을 흔드는 가족들을 보지 않으려 애쓴다.

부르릉!

결국 매정히 출발해 버리는 차량.

"최……."

"괜찮습니다. 말하세요."

"이태홍 회장이 애써 뚫어 놨던 밀항 루트가 막혔어요."

멈칫!

종혁이 그게 무슨 말이냐는 듯 나탈리아를 본다.

"해양경찰청이 움직였어요."

"와, 정말 지긋지긋하네."

해양경찰청에도 놈들의 프락치가 있었던 거다.

물론, 신안에서 근무할 시절 목포해양경찰서에 놈들의 사원이 있기에 다른 해양경찰서들에도 놈들의 사원이 침투해 있을지 모른다고 생각은 했다.

하지만 설마 이렇게 해양경찰청 전체가 움직일 수준이라곤 생각도 못했다.

"이것도 그 어르신이란 놈이 한 짓이겠죠?"

어이없다는 듯 웃는 종혁에 나탈리아가 가능성이 높다며 고개를 끄덕인다.

"때문에 동해와 남해 쪽 밀항 루트가 싹 다 막혔어요."

이러면 결국 항공을 이용하는 수밖에 없다.

"하지만 그렇게 되면……."

"모든 공항과 미군 기지에 놈들이 포진해 있겠죠."

자신이 들어올 걸 아는 놈들이다. 궁지에서도 궁지에 몰렸으니 분명 전력을 다해 종혁 자신을 죽이려 들 거다.

"어쩔 수 없네요. 숨겨 뒀던 패를 이용하는 수밖에. 하, 이 새끼한테는 앓는 소리를 내지 않으려고 했는데……."

"음?"

"응. 나야, 조희구. 잘 살고 있어?"

"……푸핫!"

대한민국 역사상 최고의 사기꾼 조희구. 중국 군부의 보호를 받고 있는 그라면 충분히 이용할 가치가 있었다.

* * *

스태파니 퀸스 클린턴! 갑작스러운 방한! 이유는?
한미 관계의 적신호? 묵묵부답인 청와대!
스태파니 퀸스 클린턴, 이성여대 찾아!

갑작스런 스태파니 퀸스 클린턴의 방한에 대한민국이 뒤집어졌을 때, 권아영이 권회수의 집을 찾는다.
벌컥!
"오셨습니까. 어이쿠, 박 이사님도 오셨군요."
대문을 열어젖히고 들어오는 그녀와 박태수의 등장에 지팡이를 짚은 채 저택 관리인들을 지휘하던 이영창이 푸근히 웃으며 다가온다.
어느새 비쩍 마른 얼굴. 어느새 굽어 버린 등.
권회수의 전속 변호사이자 이 저택의 집사이며 유일한 관리자로서 언제나 꼿꼿한 모습을 보이던 이영창의 늙어 버린 모습에, 이렇게 수많은 사람을 부리는 모습에 권아영이 울컥한다.
그런 그녀의 머릿속에 그 옛날 아버지에게 혼나 방에 틀어박혀 훌쩍거리고 있을 때 달콤한 과자를 들고 와 업어 주고 달래 주었던 이영창의 모습이 스쳐 지나간다.
"거, 건강검진은 결과는 뭐래요?"
"허허. 걱정 마십시오. 아직도 10년은 더 거뜬하다고 하답니다."

알통을 드러내는 그의 모습에 권아영의 마음이 더 서글퍼진다.

"……아직 가실 생각 하지 마세요. 제가 결혼하고 자식 낳는 것까진 보고 가셔야죠."

"오, 이 놈팡이가 드디어 청혼을 한 겁니까?"

움찔!

"피, 박 이사야 맨날 청혼했죠. 그냥 내가 돈 버는 게 좋아서 거부했던 거지. 하지만 이젠 저도 뼈가 시리는 나이라……."

"허허허. 그렇습니까?"

믿지 않으면서도 믿는다는 듯 웃는 그의 모습에 혀를 찬 권아영이 돌연 낯빛을 굳힌다.

"……아빠는요?"

"안에서 기다리고 계십니다."

"왔으면 얼른얼른 들어올 것이지 뭘 뭉개고 있어!"

"하여튼 참."

"어서 들어가 보세요."

고개를 끄덕인 그녀가 안방으로 들어간다.

언제나 그렇듯 하얀 두루마기를 걸치고서 허리를 꼿꼿이 세우고 있는 아버지, 권회수.

그런 그의 모습에 권아영이 이를 악문다.

"아빠!"

"네 아비 아직 귀 안 먹었다."

"그런 말 할 거면 이참에 그냥 먹어요!"

"저, 저. 그 나이 처먹도록 시집도 안 간 불효녀가 말하는 꼬라지 하고는……. 내가 저놈은 영 아니라고 했지?!"

"아하하. 안녕하십니까, 아버님."

"아버님은 누가 아버님인가!"

또 아웅다웅하는 모습에 권아영이 얼굴을 구긴다.

"지금 그게 문제야?!"

"그럼?"

"이 아빠가 정말!"

왜 하필 그런 선택을 한 것일까.

정말 이 방법밖에 없는 것일까.

아니, 이 방법밖에 없다는 것은 알고 있다.

다만 머리론 이해를 하지만, 가슴은 이해를 하지 못하고 있다.

"지금까지 잘 참아 왔잖아! 왜! 왜!"

권회수가 금방이라도 울음을 터트릴 듯 얼굴이 일그러지는 자신의 과년한 딸, 늦둥이를 가만히 바라보다 푸근히 웃는다.

"아영아."

덜컹!

"말하지 마."

"최 치안감, 아니 종혁이 그놈이 다시 붙여 놓은 삶이다."

1997년, 당돌하게도 자신의 딸을 이용하려고 했던 종혁.

금융실명제 이후, 인생의 전부였던 돈놀이를 강제로 관

두게 된 이후 하루하루 마르고 바스러져 가던 삶에 종혁이 물을 주었다.

"하지 말라니까……."

"죽어서 가져가지도 못할 돈, 좋은 일에 써 보는 게 어떠냐는 말이 이 아비를 살렸어."

"하지 마, 좀!"

"그 이후로 16년을 더 살았다. 사람들 눈에서 피눈물을 뽑아냈던 괴물이 이만큼이나 더 살았으면 된 게야."

"좀! 좀! 좀!"

"그래야 너랑 소영이 애미가 살아."

쿵!

"아, 아빠?"

"내가 어느 날 갑자기 죽는다고 해도 그놈들이 인정을 할 것 같으냐? 천만에."

분명 권회수 자신이 쥐고 있던 비밀이, 그들의 치명적인 약점이 자신의 두 딸이 물려받진 않았을까 의심하고 확인할 것이다.

"너야 권&박이 있지만, 소영이 애미는?"

"내, 내가 지키면 돼. 언니랑 형부, 소영이랑 수호 전부 내가 지키면 된다고!"

"아서라."

본디 숨겨진 칼이 더 무서운 법이고, 시도가 계속 막히게 되면 이 대한민국의 권력자들은 차라리 불안을 없애는 길을 선택할 것이다.

"물론 종혁이 그놈과 네가 합심하면 지킬 수 있겠지."
하지만 그래서야 사는 게 사는 것이라 할 수 있을까.
그러니 모든 악연을 자신의 선에서 잘라 내려는 것이다.
"그리고 아영아."
"……말해."
"누가 순순히 죽어 준다더냐?"
"응?"
"내가 누군데, 아직 하지 못한 일이 얼마나 많은데, 아직 구하지 못한 아이들이 얼마나 많은데 순순히 죽어 줘?"
어림도 없다.
콧방귀를 뀐 권회수가 몸을 일으켜 외투를 걸친다.
"잠깐. 아빠, 그게 무슨 말이야?"
"곧 알게 될 게다. 그러니 너흰 너희가 할 일이나 잘해."
"아! 시간이 몇 신데 아직도 꿈지럭거려! 드디어 뒈진 게야?!"
"저, 저! 말하는 꼬라지 봐라. 귀신은 뭐하나. 저거 안 잡아가고. 옥순 누이, 저년 좀 잡아가소."
"김 여사님?"
깜짝 놀라 방을 빠져나간 권아영이 다시 한번 놀란다.
작정하고 어딜 가려는 듯 화려하고도 단아한 한복을 입은 그녀.
권아영을 뒤따라 나온 권회수는 너털웃음을 터뜨린다.
"그 나이에 시집가려고?"
"예쁘면 예쁘다 하면 되지 뭔 개소리를 그렇게 신박하

게 지껄여?"

"오늘따라 왜 이리 뿔이 났누."

"신소리 말고 얼른 신발이나 신으셔."

클클 웃은 권회수가 권아영과 박태수를 두드리며 돌아서는 김단향을 따라나선다.

이를 악물며 저택을 나서는 권회수를 바라보던 권아영이 박태수를 바라본다.

"우리도 가요."

권회수의 말처럼 자신들 역시 해야 할 일이 있다.

그들에게 주어진 딱 한 번의 찬스를 써먹을 순간이 온 거다.

"그래요."

박태수는 걱정 말라는 듯 권아영의 손을 꽉 잡았고, 그에 입술이 흔들린 권아영은 이내 콧방귀를 뀌며 저택을 나섰다. 박태수의 손을 꽉 잡은 채.

그 모습을 흐뭇하게 바라보던 이영창은 이내 낯빛을 굳혔다.

"우리도 이제 준비해야겠구만."

생애 마지막이 될지 모를 싸움을.

그의 눈이 현역 때처럼 매섭게 빛나기 시작했다.

* * *

행복의 쉼터 재단 1호 쉼터의 로비.

권회수의 부름에 찾아온 기자들이, 종혁과 친분이 깊은 모든 기자들이 단상에 서는 권회수와 김단향을 보며 눈을 빛낸다.

특종이다. 한국을 뒤집을 특종.

-툭툭!

마이크를 두드린 권회수가 기자들을 향해 고개를 살짝 숙인다.

"안녕하십니까. 행복의 쉼터 재단의 이사장이자, 한때 명동의 돈 귀신이라 불렸던 권회수올시다."

"압구정에서 소소하게 돈놀이하고 있는 압구정 김여사 김단향이올시다."

짝짝짝!

"우리가 이렇게 이 자리에 선 이유는 돈으로 사람들 눈에서 피눈물을 뽑아낸 우리조차도 혀를 내두를 악인들이 지금도 뻔뻔하게 저 태양 아래를 돌아다니고 있기 때문입니다. 그들 중 한 명의 이름은 민영수. 문민정부 초대 민정수석이었던 인간이며, 이놈이 저지른 죄는……."

쿵!

대한민국에 거대한 폭탄이 떨어지는 순간이었다.

* * *

"초음파 투사기를 쓰든 뭘 하든 샅샅이 뒤지란 말이야!"

선박을 이용한다면 분명 개조된 선박을 이용할 종혁.

"해상을 돌아다니는 배는 모두, 무역선이라도 잡아서 검사하라고 해! 불가능하다면 정박했을 때 철저하게 살피라고 해-!"

공항, 항구, 선착장.

어디 그뿐인가. 종혁은 미군 기지까지 이용할 수 있는 놈이다.

분명 한국으로 들어올 종혁.

그때 반드시 종혁을 죽여야 한다.

그래야 자신이, 회사가 산다.

분명 어르신이 뭐라 언질을 준 것은 아니다.

하지만 느낌이 그랬다. 육감이 외치고 있었다. 어르신에게 망신을 준 종혁을 어찌하지 못한다면 분명 그렇게 될 것이란 걸.

사원들의 희생에 언제나 슬퍼하는 어르신이지만, 잘라낼 때는 세상 그 무엇보다 날카롭고 단호한 어르신.

자신들에게 더 이상의 기회는 없었다.

'놈을 죽여야 일부라도 살아!'

빠드득!

거칠게 통화를 종료한 사장은 떨리는 손으로 담배를 물었다.

찰칵! 찰칵!

"빌어먹을! 이건 또 왜 말썽이야!"

그가 다른 라이터를 찾아 서랍을 뒤지는 순간이었다.

벌컥!

노크도 없이 문을 열고 들어오는 그의 비서.

그에 사장의 얼굴이 일그러질 때, 비서가 사정 설명도 없이 TV를 켠다.

삐!

-민영수. 문민정부 초대 민정수석이었던 인간이며, 이놈이 저지른 죄는 탈세, 살인 교사, 국가기밀 유출…….

쿵!

"어?"

순간 사장의 정신이 나가 버린다.

'뭐지? 저놈이 지금 누굴 언급하고 있는 거지? 뭐라고 하는 거지?'

귀가 먹먹해지고 눈앞이 아득해진다.

"어…… 마, 막아야……."

띠리링! 띠리링!

움찔!

'어르신?'

아니라면 이 타이밍에 걸려 올 전화는 없었다.

사장이 멍하니 전화기를 들었다.

* * *

개과천선한 명동 사채업자의 양심선언!
행복의 쉼터 재단 이사장, 권회수! 살생부를 열다!

얼마 전 건강검진을 받은 권회수 이사장! 생애 마지막을 정리하는 것인가!

권회수 이사장, 내일 검찰에 출두할 것!

쾅!

테이블을 내려친 민영수와 다섯 명의 노인이 몸을 떤다.

"이 버러지 같은 것들이 감히……."

너무도 쉽게 심장을 찔렸다. 생각지 못한 기습을 당했다.

권회수와 김단향이 저 범죄 증거들을 어떻게 모았는지는 궁금하지 않다. 그저 감히 자신들을 공격했다는 것에 분노를 느낄 뿐이었다.

그런데 그보다 중요한 건 저것이 함정이라는 점이다.

종혁이 권회수, 김단향과 입을 맞춰 자신들을 부르는 함정.

들어오라고, 죽여서 입을 막으라고.

그렇게 또 다른 죄를 저지르라고.

달콤한 파리지옥보다 더 치명적인 유혹을 하고 있는 것이다.

그리고 자신들은 함정임을 알면서도 들어갈 수밖에 없었다.

이대로 내버려둔다면 이 자리에 안 계신 어르신에게도 피해가 갈 수 있기에, 어떻게든 권회수와 김단향에게서 증거를 빼앗아 불태워야만 했다.

권회수와 김단향이 이미 검찰에 증거를 넘겼을지도 모르지만, 그래도 상관없었다.

그 두 사람이 세상에서 사라진다면 그깟 증거들 따위 얼마든지 무마시킬 수 있었다.

"최종혁이란 놈은……."

민영수가 고개를 젓는다. 아직 종혁이 들어왔단 소식은 전해지지 않았다.

"아마 이번 일을 통해서 들어오려는 거겠지."

권회수와 김단향의 죽음을, 살인 미수를 방패 삼아 한국으로 들어올 계획일 거다.

"그건 이상한데?"

이건 종혁이 곁에 있어야 성립이 되는 계략이다. 함정으로 찾아올 자신들을 잡기 위해선 종혁이 있어야 했다.

"대신 CIA가 있겠지."

"……호오? 그래, 그 양놈들이 있었구만."

고개를 주억인 노인이 누군가에게 전화를 건다.

"그래, 날세. 지금 클린턴을 경호하고 있는 이들이 몇 명인가? 오십여 명? 삼십여 명은 숙소를 지키고 있다고?"

통화를 종료한 노인이 민영수를 비롯한 다른 노인들을 바라보며 말을 이었다.

"CIA 이십여 명이 빠진 것 같구만. FBI는 전부 클린턴을 따라다니는 것 같네."

"혹시 모르니 FBI의 개입도 염두에 둬야 하지 않겠나?"

"허허. 최종혁이 설마 미 국무장관을 움직일 수 있으리라 보나?"

아무리 미국에서 종혁을 높게 평가한다지만, 일개 개인을 위해 미 국무장관이 움직일 리가 없었다.

"클린턴이 아니라, 캘리 그레이스를 경계하는 것일세."

종혁과 오랜 친분을 지닌 캘리 그레이스. 그녀라면 종혁의 부탁을 받는다면 분명 움직일 터였다.

"흠. 그러면 그건 그렇게 하지."

스르륵!

문이 열리며 어르신이 들어오자 노인들이 모두 몸을 일으킨다.

"표정들이 다들 밝구만."

"뭐 겨우 이런 일 가지고. 최종혁이란 어린놈이 형님에 대해 알게 된 것 같지만……."

종혁이 뭘 할 수 있을까. 어차피 종혁은 어르신을 앞에 서기도 전에 죽을 운명이다.

그들이 그렇게 정한 것이다.

이후 검찰에서 법원에 요청할 체포 영장은 통과조차 되지 않을 터.

종혁이 죽고 남겨진 이들 역시 할 수 있는 건 아무것도 없었다. 이번 기회에 서울고등검찰청 검사장과 강철선 역시 죽여 버릴 것이기에 더 그렇게 될 거다.

"허허허. 앉으시죠, 형님."

이미 대응책을 세운 듯한 노인들의 모습에 어르신은 고

개를 주억이며 자리에 앉았다.

어차피 스쳐 지나가는 바람이라는 듯 그들의 얼굴은 밝기만 했다.

* * *

어두운 밤, 권회수의 저택 인근의 도로에 주차된 승합차 안.

-김단향이 아직도 나오지 않고 있다고?

"그런데 관리인들은 모두 퇴근시켰습니다. 그리고 얼마 지나지 않아 최종혁의 동료 형사들이 권회수의 저택 안으로 들어갔습니다."

지원부장의 말에 사장이 잠시 생각에 잠긴 듯 입을 다문다.

-CIA는?

"일단 모습은 드러내지 않았지만……."

-이미 안에 있겠군.

명색이 CIA다. 분명 자신들이 감시하고 있는 것을 알아차리고 은밀히 권회수의 저택 안으로 스며들었을 거다.

즉, 권회수의 저택은 그들의 예상처럼 함정이었던 것이다.

-후우. 지원부장.

"예, 사장님."

-그동안 수고했어.

쿵!

"예. 사장님께서도 저 때문에 수고 많으셨습니다. 저흰 이만 은퇴하겠습니다."

이번 습격을 철저히 MSS와 정찰총국의 수작으로 꾸밈으로써 회사의 존재를 감춰야 하는 그들.

권회수와 김단향의 암살에 성공한다고 해도 그들은 은퇴를 해야만 했다.

툭 끊긴 전화를 가만히 바라보던 그가 핸드폰을 반으로 접어 부숴 버린다.

그리고 승합차에서 내려 차 한 대 지나다니지 않는 적막한 거리를, 그 외로운 공기를 온몸으로 받아들인다.

"지원부."

-……치익. 예, 부장님.

"동료들에게 작별 인사는 나눴냐?"

지금도 종혁이 한국으로 들어올 모든 루트를 감시하고 있을 지원부의 다른 직원들과 본사, 다른 지부의 직원들.

그리고 강철선과 고검장을 죽이러 간 직원들.

-나눴습니다. 부장님은요?

"꼰대 새끼가 유언이랍시고 중얼거려 봤자 좋은 소리 듣겠냐? 좆까시고, 담배나 일발 장전해."

-크크크.

-담배 일발 장전!

지원부장도 어깨를 들썩이며 생의 마지막 담배를 문다.

퐁! 찰칵! 치이익!

"후우우."

'혁명을 위하여'라는 글귀가 적힌 오일라이터를 품에 집어넣은 그가 담배 연기를 길게 내뿜는다.

툭!

다 피운 담배를 바닥에 던진 그가 무전기를 든다.

세상에서 지워져 가짜 신분으로만 살아온 자신들.

이 담배꽁초가 발견된다고 해도 자신들이 이 대한민국에서 살았단 증거는 되지 못하리.

"담배 다 피웠지?"

-예. 아주 달콤했습니다.

-딱 한 잔만 했으면 좋았을 텐데 말입니다.

"술은 안 되지 새끼야. 어떤 새끼야?"

-크크크.

피식 웃은 지원부장이 모자처럼 쓴 야간투시경을 내리며 무전기를 든다.

생애 마지막으로 웃기까지 했으니 다들 미련은 없을 터.

"자, 그럼 시작하자. 전기 내려."

뻥! 뻥뻥!

뭔가가 터지는 소리가 나더니 순간 일대가 모두 어둠에 물들어 버리고, 곳곳에서 비명이 터져 나온다.

너무도 깜깜해 아무것도 보이지 않는 어둠.

느껴진다. 지독한 위험이 저 안에 도사리고 있음이.

하지만 소음기를 낀 권총과 칼을 빼 든 지원부장은 그

속으로 망설임 없이 발을 내딛는다.

한 발, 한 발.

모든 신경을 곤두세운 채 숨소리마저 죽이며 나아간 그.

권회수의 저택에 다가갈수록 그의 걸음은 느려지고, 신경은 한없이 날카로워진다.

분명 자신들이 올 것을 대비하고 있을 CIA.

이 어둠 속에서 역으로 언제 칼과 총알이 날아올지 모른다는 지독한 위기감과 긴장감이 지원부장을 더욱더 신중하게 만든다.

툭!

기어코 권회수 저택의 담벼락에 손이 닿자 지원부장이 메마른 입술을 혀로 핥는다.

'……다행히 난 걸리지 않았나 보군.'

이곳에 온 지원부 사원 25명 중 얼마나 살아 도착했는지 모른다.

한 명이라도 살아서 이 담을 넘는다면 자신들의 몫은 다 해낸 거다.

이후 권회수와 김단향의 암살 성공은 하늘이 도와야 하는 일.

마른침을 삼킨 지원부장은 조끼에서 무언가를 빼 들며 담벼락 너머로 온 신경을 곤두세웠다.

'느껴져.'

신경이 팽팽하게 당겨져 있어서 그런지 느껴진다.

담벼락 너머에 누군가 있음이.

그에 입술을 비튼 지원부장은 손에 쥔 무언가를, 섬광탄의 안전핀을 잡아당기며 팔을 뒤로 젖혔다.

그 순간이었다.

팁! 쑤욱!

"허……."

순간 입을 틀어막는 손길과 폐를 파고든 칼에 비명조차 지르지 못하고 눈만 부릅뜬 지원부장의 귀로 뜨거운 숨결이 닿는다.

"쉬이, 쉬. 착하지?"

'하, 한국인? 최, 최종혁의 동료 형사들?'

아니다. 형사들과는 결이 다르다.

밝은 빛에 사는 이들이 아닌 자신들과 같은 부류. 살인 귀신들이다.

"고맙다. 이제야 이 더없이 큰 은혜를 갚을 기회를 줘서."

'으, 은혜? 그게 무슨 개소리…….'

"너희 같은 새끼들은 모를 거다. 국가를 위해 충성했으나 국가에게 버림받은 우리들의 심정을, 그 절망을, 그 공허함을."

고작 늙고 병들어, 기량이 떨어져, 부상을 당해서.

아무런 준비 없이 군대란 이름의 집에서 쫓겨나 사회란 거대한 마굴에 덩그러니 던져져, 앞으로 어떻게 살아야 하나 갈피를 잡지 못한 채 표류하던 자신들.

철책을 넘는 순간 세상에서 지워지는 북파공작원들, 존재 자체가 기밀인 특수부대원들.

언제나 죽음과 함께 살았던 자신들.

결코 일반인과 섞여 살 수 없는, 매일 술로 잠을 청해야 하기에 가족들에게서도 버림받은, 어쩔 수 없이 가족의 곁을 떠나야 했던 자신들을 구원해 준 게 바로 권회수 이사장님이시다.

몇 년 전 갑자기 다가와 그동안 가장 먼저 도왔어야 했는데 그러지 못해서 미안하다며 가족들까지 구원해 준 은인.

그런 그분께 은혜를 갚을 기회가 온 거다. 드디어 자신들도 쓸모가 있음을 증명할 기회가 온 거다.

지금 그들의 심장은 좋아 미쳐 날뛰고 있었다.

뻥! 뻥뻥뻥! 삐이이이!

"휘유. 시작됐네. 아, 기대하지 마. 강철선 검사들 쪽으로 간 너희 동료들도 다 이런 꼴을 겪고 있을 테니까."

'대, 대체 너희가 누구기에…….'

아니, 권회수는 대체 언제부터 이런 이들을 키우고 있던 것일까.

종혁이 키우라고 한 것일까.

지원부장은 담벼락 너머에서 터져 나온 불빛에 드러난 광경에, 담벼락을 넘으려는 직원들의 등을 덮치는 검은 그림자들에 아득히 절망하고 말았다.

'비, 빌어먹을…….'

콰득!

"크르륵!"

"잘 자, 개새끼."

폐에 가득 피가 차오른 지원부장은 귓가를 어루만지는 달콤한 욕설과 함께 익사하였다.

한편 갑자기 불이 꺼져 비명이 터져 나오는 서울중앙지검.

"크륵! 크르륵!"

쿵!

피가 끓는 소리와 함께 자루 같은 것이 쓰러지는 소리가 울리며 정적이 찾아든다.

그리고 이윽고 부스럭부스럭 비닐이 구겨지는 소리와 테이프가 뜯기는 소리가 울린다.

창문 블라인드를 통해 스며드는 도심의 깜빡이는 불빛들이 사무실 안을 비추지만, 보이는 건 비닐에 말려지는 무언가와 네눈박이 검은 그림자뿐이었다.

부스럭!

네눈박이 검은 그림자들의 어깨에 얹어지는 비닐 뭉치들.

한 그림자가 책상을 두드린다.

똑똑! 스으윽!

책상 아래서 빠져나온 그림자가 달칵 소리를 내더니 손전등을 비춘다.

'흡?!'

사람일까, 귀신일까.

분명 손전등을 비추는데도 마치 빛을 흡수하듯, 저들만 다른 공간에 있는 듯 검기만 하다.

"……끝났습니꺼?"

"да(예)."

"일단 부장님 방 안으로 들어온 놈들을 다 처리했습…… 아, 방금 막 감시자들도 처리했다는군요."

"고, 고검장님은?! 고검장님은 괜안습니꺼?"

"예. 그쪽도 무사하답니다."

"하아…… 수고하셨습니더."

"하하. 아닙니다. 그럼 저흰 이만 가 보겠습니다. 아, 부장님도 근처 호텔에 가 계시는 게 좋을 겁니다. 이놈들이 전신주에 쇼트를 일으켜 정전을 시킨 거니 내일 아침까지는 전력 복구가 되지 않을 테니까요. KGB 영감님들도 갑시다."

"что(뭐)?"

"Go. Move."

"OK."

스스슥!

천이 바닥을 쓰는 소리와 함께 문이 열리는 소리, 그리고 비닐이 부스럭거리는 소리, 다시 문이 닫히는 소리를 끝으로 사무실에 찾아든 적막함.

블라인드를 모두 열어젖히고 손전등을 이리저리 비춘

강철선은 온몸에서 솟구치는 소름에 몸을 떨었다.
"이기 뭔 귀신놀음이고……? 아."
빠드득!
'감히 대한민국 검사를 이래 쉽게 죽이려 했단 말이제?'
지옥의 똥통에 처박아도 시원치 않을 놈들.
그는 핸드폰을 들었다.

* * *

권회수의 저택 인근의 어느 식당.
"권, 권회수의 자택에서 폭음이 울렸답니다!"
움찔!
눈을 빛낸 새 형사수사국장 김석필이 숟가락을 내려놓으며 몸을 일으켰다.
"출발해!"
부아앙! 삐요오오옹!
다급히 도로를 내달리는 그들의 차.
그런 그들의 차 주위로 경광등과 사이렌을 요란하게 울리는 순찰차들과 승합차들이 따라붙는다.
'국정원…….'
"허, 참."
얼굴조차 모르는 그분의 능력은 알면 알수록 소름만 끼친다.
'인천청장님은 그분의 얼굴을 알고 계실까?'

"무슨 말 하셨습니까?"

"아니야."

고개를 저으며 승합차들을 일견하던 김석필은 순간 그 중 한 순찰차를 바라보며 눈을 반짝였다.

'저 차를 남기라고 했지?'

오늘 자신이 해야 할 일 중 하나다.

"일대가 정전됐습니다! 감속하겠습니다!"

드디어 작전 구역이다.

김석필은 속도를 줄이며 어둠 속을 파고드는 차량에 주먹을 쥐었다. 그렇게 몇 번 코너를 꺾었을까.

마침내 자동차 상향등이 권회수 저택의 담벼락을 비춘다.

"어? 먼저 도착한 순찰차가 있나 봅니다."

마침 근처에 있던 순찰차가 신고를 받고 출발했나 보다.

"……쯧. 내려."

골목에 줄줄이 서기 시작하는 차에서 내린 김석필이 대문을 두드리는 경찰들에게 다가간다.

"계세요?! 경찰…… 워메, 뭐여?"

갑자기 골목으로 밀려드는 차량들에 경찰들이 멍해질 때, 김석필이 경찰공무원증을 꺼내 든다.

"본청 형사수사국 국장 김석필 치안감이다."

"추, 충성! 근무 중 이상 무-!"

"신고를 받고 출동한 거야?"

"예, 예! 갑자기 일대가 정전이 되어서 순찰하던 도중에 폭음과 비명이 들렸다는 신고가 접수돼 출동했습니다!"

그 말에 김석필이 고개를 끄덕이는 순간이었다.

펑!

"윽?!"

갑자기 불이 들어오며 주위를 밝히는 권회수의 저택과 담벼락 위의 조명들.

그와 동시에 대문이 열리며 사람들보고 들어오라 유혹한다.

"피, 피입니다!"

"여기도 혈흔이 있습니다!"

권회수의 저택을 둘러싼 담벼락과 골목에 엄청난 양의 피가 흩뿌려져 있다.

그에 반사적으로 진압 장비와 총을 꺼내 드는 그들.

김석필이 입술을 비튼다.

'이거였군.'

얼굴도 모르는 그분께서 바라는 게 이거였던 것 같다.

"들어가지."

김석필은 대문을 열어젖히며 저택 안으로 발을 내디뎠다.

그리고 그 순간 얼어붙어 버렸다.

"웩?!"

"이, 이건 뭐야!"

저택의 앞마당에 쌓여 있는 고깃덩이들, 아니 시체들.

김석필의 뒤를 따라 들어온 사람들은 기겁하며 자신들에게 등을 보이고 있는 거대한 덩치의 사내를 향해 무기를 겨눈다.

"꼼짝 마! 손 들어!"

사방에서 요란하게 울리는 외침들.

하지만 사내의 등에 시선이 고정된 김석필은 어느새 턱을 덜덜 떨고 있었다.

"희한하네. 왜 이렇게 빨리 왔지?"

쿵!

사내가 몸을 돌리자 모두가 얼어붙는다.

그들의 숨과 함께 시간이 멎는다.

"최, 최종혁!"

"어, 나야."

종혁은 기함하는 그들을 보며 싱긋 웃었다.

'대, 대체 언제 한국에?'

머릿속이 엉클어진다.

하지만 억지로 참아 낸다.

"큼. 반갑군, 최종혁 치안감. 국내엔 언제 들어온 거지?"

"오, 김 선배님. 오랜만입니다?"

김석필의 손을 맞잡은 종혁의 미소가 더 짙어진다.

"제가 누명 썼을 때 국장 자리를 꿰찼다면서요? 그것도 청장님을 압박해서? 거기다 애꿎은 형사들까지 대기 발령을 때리고……."

콰득!

"큽?!"

종혁은 손아귀가 부서지는 고통에 눈을 부릅뜬 김석필의 귀에 대고 입술을 달싹였다.

"지금까지 어떻게 참았을까?"

이렇게 날뛰고 싶었을 텐데 대체 어떻게 참았을까.

"기대해. 너희 개새끼들, 곧 전부 요리해 줄 테니까."

퍼억!

종혁의 가슴을 밀치며 물러난 김석필이 종혁을 죽일 듯 노려본다.

"이 시체들, 너와 관련이 있는 건가?"

"그렇다면요?"

"푸핫!"

단숨에 걸려든 종혁의 모습에 웃음을 터트린 김석필이 수갑을 꺼내 든다.

"최종혁, 널 살해 혐의로 긴급 체포……."

"아, 잠깐. 뭔가 오해하나 본데, 난 내 나라 대한민국이 전쟁의 화마에 휩쓸리는 걸 원치 않아서 방어 차원의 방관을 한 것뿐입니다."

"무슨 개소리야?"

"이 새끼들이 죽이려던 분이 누군지 알아요?"

"이 집의 주인이겠지!"

권회수와 김단향.

"아닌데?"

움찔!

"……뭐?"

종혁은 멍해지는 그들을 보며 뒤를 돌아봤다.

"이제 괜찮으니 나오시면 됩니다."

"대체 무슨……."

스르륵 미닫이문이 열리는 소리에 고개를 돌린 사람들의 숨과 시간이 다시 멎는다.

작은 키, 푸른 재킷을 입은 금발의 미국 여성.

푸근한 미소가 무척이나 자연스러운 철의 거인.

쿠웅!

"이제 다 끝난 건가요, 최?"

'크, 클린턴-?!'

미 국무장관 스태파니 퀸스 클린턴.

김석필의 눈앞이 아득해졌다.

그건 다른 이들도 마찬가지였다.

* * *

회사의 지원부장이 습격을 나서기 몇 시간 전.

달칵!

"하!"

호텔신화의 스위트룸에서 노트북을 살피던 스태파니 퀸스 클린턴이 어이없다는 듯 웃는다.

다시 봐도 헛웃음만 나오는 사건 자료들.

"그러니까 마이애미 집단 자살 사건과 워싱턴 폭탄 테러, 그리고 이것들 모두 그자들의 짓이란 말이죠?"

70년대 미국을 끔찍한 충격에 몰아넣었던 존스타운 사건을 떠올리게 만들었던 사이비 종교에 의한 집단 자살 사건.

"두 사건은 확실하지만, 나머지는 추정에 불과합니다. 다만 저희 FBI 내부에선 80퍼센트 이상의 확률로 그들의 소행이라고 판단하고 있습니다."

캘리 그레이스의 말에 그녀의 눈빛이 서늘해진다.

"추정 피해액은요?"

"약 10억 달러 이상입니다."

미국에서만 10억 달러 이상이다.

아니, CIA의 보고에 의하면 80년대부터 활약을 해 왔다는 회사란 단체. 밝혀지지 않은 것까지 합하면 10억 달러의 몇 배가 될지 몰랐다.

'죄는 이런 이들과 싸우고 있었던가…….'

그것도 한국 나이로 17살 때, CIA와 NSA, FBI 등 미국의 모든 정보기관과 수사기관조차도 모르고 있었던 회사의 존재를 포착하고 지금까지 싸워 온 종혁.

심지어 야금야금 잘라 내며 결국 궁지에 몰아세운 거다.

"역시 천재는 다르네……."

아니, 괴물이기에 이럴 수 있었던 것이다.

CIA와 버락 던햄 루터 대통령을 통해 듣게 된 종혁의 진실한 정체.

"최는 언제 한국에 들어온다고 하죠?"

"아, 그건……."

스태파니의 물음에 CIA 요원이 답을 하려던 순간이었다.

띵동!

갑자기 울리는 초인종에 눈을 크게 뜨며 일어서는 그들.

문이 열리며 빨래 수거 카트를 끄는 청소부가 들어와 멈추고, 카트에서 종혁이 몸을 일으킨다.

"아오오, 쥐 나는 줄 알았네. 응?"

멍하니 입을 벌리고 있는 스태파니 퀸스 클린턴을 발견한 종혁이 피식 웃는다.

"진짜 CIA는 보안을 다시 점검해 봐야 한다니까. 아니면……."

뚜벅!

스태파니를 향해 발을 내디딘 종혁이 입술을 비튼다.

"버락 대통령님께서 장관님을 정말 차기 대통령으로 생각하고 있든지요."

움찔!

"……내가 버락에게 진실을 듣고 가장 처음 한 일이 뭔지 알아요?"

"이불 차기?"

"……정답."

"아하하."

스태파니 퀸스 클린턴이 어이없다는 듯 웃는다.

현재 미국 모든 퇴역 군인들과 경찰, 소방관 등과 소외된 이들에게서 절대적인 지지를 얻고 있는 사회복지단체 기빙.

그 창립자와 가장 가까이 있던 인물이 종혁이었기에 버락과의 경선 경쟁 때 종혁에게 접근을 했었던 그녀다.

종혁은 버락 루터 던햄의 손을 들어 줬지만 말이다.

그런데 후에 알게 된 진실은 달랐다.

현재 400억 달러 이상의 자금을 움직이는 기빙의 주인이 바로 종혁이었다.

거기다 소외된 자들을 위한 병원이라 알려진 뉴욕주 용커스의 존 리버사이드 병원 아니, 현재 미국에서 가장 큰 의료재단인 존 리버사이드 의료재단의 주인 역시 종혁이었다.

'권&박 홀딩스의 주인도 최라고 했지.'

그런데 어이없게도 미국 월가에서도 유명한 권&박 역시 종혁이 가진 것의 일부라고 했다.

개인 자산 추정 불가, 눈앞에 있는 사내는 그 자산이 사우디의 왕가에 버금간다는 추측만 있는 괴물이었다.

그리고 미국의 영웅이었다.

CIA와의 합작을 통해 2001년 닷컴버블과 2008년 서브프라임 모기지 사태로 인한 경제 대공황을 일찍 종식시킨 미국의 영웅.

"……일단 사과부터 할게요. 아무리 좋은 뜻이었다지만, 당신과 상의 없이 이런 일을 벌인 건 저희의 잘못이 맞으니까요."

'이야. 자연스럽게 버락 대통령을 끼워 넣네.'

아주 자연스럽게 책임을 분산시키고 있었다.

"받겠습니다. 덕분에 일이 더 쉽게 풀리게 된 것도 있으니까요. 대신 지금도 제 전화를 피하는 대통령께 이 말만 전해 주세요. 앞으론 국물도 없을 거라고."

"오, 이런. 저도 그런 건가요?"

"부하 직원에게까지 책임을 전가하는 건 좀……."

"휴우."

과장스럽게 안심하는 제스처를 취한 그녀는 종혁에게 자리를 권했고, CIA 요원이 눈치 좋게 음료를 가져온다.

"권과 킴의 기자회견을 봤어요."

곧바로 본론으로 들어가는 그녀의 모습에 종혁이 낯빛을 굳힌다.

"권과 킴이 언급한 이들이 최가 쫓는 그들인가요?"

"음, 같으면서도 좀 다릅니다. 제가 쫓던 회사는 그들의 수족 중 하나에 불과하니까요. 그리고 이사장님과 여사님의 살생부가 또 다른 적을 만들었죠."

이젠 종혁 자신의 지인들을 제외한 전부가 적이라고 봐도 무방했다.

"맙소사……."

"다만 살생부로 인해 생긴 적들은 크게 신경 쓰지 않아도 될 겁니다."

"네?"

스태파니 퀸스 클린턴이 의아해하는 순간, 갑자기 부산스러워진 CIA 요원이 멍한 얼굴로 다가와 스태파니에게 귓속말을 한다.

그에 깜짝 놀란 그녀가 종혁을 바라보며 허탈하게 웃는다.

"권&박이 움직였군요."

CIA의 감시망에 있던 대한민국의 일부 권력자들이 갑자기 과격한 반응들을 보이기 시작했다고 한다.

그러더니 권회수와 연락을 나눴다고 한다.

"삼전장학재단도 움직였습니다."

"삼전 차일드……."

미국 정보기관에서도 중요하게 다루는 삼전장학재단.

대한민국 각계각층에 포진해 있는, 삼전그룹을 한국 재계 서열 1위로 만들어 준 숨겨진 일등공신들.

"감사하게도 일생에 딱 한 번 쓸 수 있는 패를 써 준 덕분이죠."

"……제가 필요한 건 맞는 거죠?"

"그럼요. 당연하죠. 앞으로 부탁드릴 일도 많고요."

"참 다행인 말이네요."

"오늘도요."

속으로 가슴을 쓸어내리던 스태파니가 종혁을 바라본다.

지금 종혁이 원하는 게 뭔지 곧바로 알아차린 그녀.
"그들이 지켜보고 있을 텐데요?"
"아, 괜찮습니다. 언젠가 이런 상황이 일어날 것을 대비해 땅굴을 파 놨으니까요."
그것도 아주 큰 땅굴을.
"……와우."
스태파니와 요원들은 입을 떡 벌렸다.
"가시죠. 에스코트하겠습니다."
종혁은 싱긋 웃으며 손을 내밀었다.

* * *

'이, 이런 미친!'
스태파니 퀸스 클린턴의 등장으로 모든 게 엎어져 버렸다.
지금 저 시체들은 무려 미 국무장관을 암살하러 온 미친놈들이 되어 버렸고, 종혁은 그런 암살자들을 물리친 영웅이 되어 버렸다.
그런데 여기서 종혁을 데리고 간다?
옷을 벗는 수준에서 끝나면 다행일 수준이 될 거다.
"뭐합니까? 총 안 집어넣습니까?"
"아! 어, 얼른 집어넣어!"
후다닥!
다급히 총을 집어넣은 김석필이 식은땀을 닦으며 종혁

을 본다.

"구, 국무장관께서 왜 여기에……."

"어? 정말 모르십니까? 진짜? 와, 모를 거라곤 생각도 못했는데……."

"이봐, 후배님."

"미 최대 사회복지단체인 기빙과 행복의 쉼터 재단이 자매결연을 맺고 있다는 걸 정말 모르셨습니까? 그래서 기빙이 우리 대한민국 경찰들과 소방관들을 위한 보험 상품을 만들었는데도?"

움찔!

'그, 그랬던가!'

그것까지는 깊이 생각해 보지 않았던 일이다.

"허흠. 그, 그런 거였군."

"예. 그런 이유로 잠시 짬을 내서 오신 겁니다. 그런데 선배님은 꽤 빨리 오셨습니다?"

"아, 아! 마, 마침 근처에서 팀장, 과장들과 식사를 하던 중이라서!"

"아하. 아무튼 오시느라 수고 많으셨습니다. 그럼 이제 돌아가시면 됩니다. 여긴 저희가 지킬 테니까요."

어느새 종혁의 뒤에 선 김종두와 오택수 등 삼십여 명 형사들의 모습에 김석필이 주먹을 꽉 쥔다.

안 된다. 이대로 물러나면 끝이다. 하지만 물러나지 않을 방도가 없다.

그에 속으로 혀를 찬 국정원 요원이 앞으로 나선다.

"그런 일이라면 저희 국정원이……."
"야."
쿵!
시선을 돌린 국정원 요원들이 본 건 차디찬 종혁의 시선이었다.
"지랄 말고 꺼지라고. 이 현장은 내가 관리한다고."
낮게 으르렁거리는 목소리와 심장을 엄습하는 살의.
"이봐요, 최종혁 치안감! 국가 안보에 직결되는 일입니다! 이건 저희 국정원의 관할인 겁니다! 당신들 경찰이 아니라! 아시겠습니까?!"
"아, 그래? 국정원이면 된다는 거지?"
"예?"
코웃음을 친 종혁이 뒤를 돌아본다.
"최재수, 모셔 와."
"예!"
후다닥 안으로 달려 들어간 최재수와 현석이 이내 곧 휠체어를 끌고 나온다.
'대체 누구기에…….'
"어?"
쿵!
전등 빛에 드러난 파리한 얼굴을 본 국정원 요원들이 눈을 부릅뜬다.
"차, 차장님?!"
MSS와 정찰총국으로 위장한 회사의 사원들에게 암습

을 당한 국내 파트 차장. 그의 등장에 국정원 요원들의 낯빛이 차장보다 더 파리하게 질린다.

그리고 국내 파트 차장이 그런 그들을 권태롭게 바라본다.

"못 본 사이에 국정원 기강이 똥통에 처박혔군."

"……충성."

"그래. 그런데 해외 1파트, 3파트 요원들이 왜 국내 파트의 업무를 하고 있는 거지?"

"그, 그건……."

"뭐 상관없겠지. 여긴 나와 내 직원들이 지킬 테니까."

"지, 직원?"

우르르!

안쪽에서 뒷짐을 진 채 걸어 나오는 국정원 국내 파트 요원들을, 해외 1파트 차장이 국내 파트를 접수하자마자 한직으로 쳐냈던 국내 파트 차장의 수족들을 본 국정원 요원이 눈을 부릅뜬다.

차장은 그런 그들을 보며 입술을 달싹인다.

"그리고……."

퍽!

갑자기 마당에 서 있는 경찰들과 국정원 요원들 사이에서 울리는 둔탁한 소리.

고개를 돌린 그들이 본 건 목에 칼이 꽂혀 있는 몇 명의 경찰과 국정원 요원들, 그리고 그들의 목에 칼을 꽂아 넣은 웬 외국 노인과 중장년 한국인들이었다.

"크륵?!"
"이, 이게 무슨……!"
'대체 언제!'
기겁한 그들이 반사적으로 권총을 잡아 가던 순간이었다.
"그만-!"
저택을 쩌렁쩌렁하게 울리는 종혁의 외침.
그들이 얼어붙었을 때 종혁이 암습을 한 이들을 바라보고, 고개를 끄덕인 이들이 방금 살해한 이들의 상의를 젖힌다.
그러자 드러난 수류탄과 권총, 그리고 날붙이들.
종혁은 더 얼어붙는 그들을 보며 씩 웃었다.
'이럴 줄 알았지.'
뒤에 뒤를 준비할 줄 알았다.
"축하한다. 방금 너희들은 미 국무장관이자, 미국 대통령의 정치 메이트를 테러하려는 테러범이 됐어."
쿵!
끝났다. 모든 게 끝났다.
'아니, 이곳에 있는 이들을 전부 죽이면 돼!'
일이 걷잡을 수 없이 커지겠지만, 그렇다 하더라도 이들을 죽여서 입을 막으면 어떻게든 덮을 수 있었다.
"전부 다 죽……!"
꽈앙!
귀를 찢는 총성과 함께 뒤로 쓰러지는 국정원 요원.

"그럴 거였으면 총을 집어넣지 말았어야지."

어느새 쓰러진 국정원 요원을 향해 총을 겨누고 있던 종혁은 코웃음을 치고는 사형 선고를 내렸다.

"다 죽여.".

어차피 갱생의 여지가 없는 놈들.

살아 봤자 세상에 해악만 끼칠 짐승들에게 인간의 법을 적용시킬 필요는 없었다.

국내 파트 국정원 요원들과 CIA 요원들, 그리고 종혁의 동료들은 허리 뒤로 돌려놓았던 총을 순식간에 꺼내 들었다.

그리고 경악하는 적들을 향한 그들의 총구들이 불을 뿜었다.

꽈과과과과과과광!

* * *

총을 빼 들고 있던 자신들과 총을 갈무리했던 저들.

그 2초의 간극이 생사를 갈랐다.

"끄으으!"

"끄허으……. 사, 살려……."

순식간에 정리된 현장을, 고깃덩이가 돼 버린 이들을 향해 종혁이 발을 내딛는다.

"최 치안감."

불러 세우는 차장에게 손을 흔들며 은퇴한 KGB 요원

종장을 향해서 〈307〉

들과 국내 특수부대원들 근처에 있는 시체를 다시 살핀 종혁이 눈빛을 가라앉힌다.

"하, 이 새끼들은 뭐야?"

토악질을 참으며 다가와 묻는 오택수와 김종두의 모습에 종혁이 회사의 지원부장들을 가리킨다.

"저놈들이 암살에 실패했을 때를 대비한 스페어들이요."

만약 자신과 스태파니 퀸스 클린턴이 없었더라면 어떻게 됐을까.

"CIA 요원들은 이 국정원 새끼들, 아니 반역자 새끼들에게 쫓겨났겠죠."

영특하게도 중국 국가안전부 MSS와 정찰총국으로 위장한 지원부장들.

CIA는 대한민국에서 또 다른 나라 스파이들과 다툰 죄로 쫓겨났을 테고, 국정원 요원들과 경찰들은 저 스페어들을 보호라는 명목으로 놔둔 채 철수했을 거다.

"그러면 끝."

권회수와 김단향은 사망했을 것이고, 검찰에 넘겨지지 않은 그들의 증거들은, 이들이 지우려 한 민영수들의 범죄 증거는 사라져 버렸을 거다.

"모두 이분들의 존재를 모르기에 생각할 수 있는 수작이었지만요."

여러 이유로 국가에게 버려진 위국헌신의 군인들, 그러나 망령이 되어 버린 이들.

종혁은 어구구 앓는 소리를 내며 일어나 해맑게 웃는 그들에 피식 웃으며 몸을 돌렸다.

대청마루에 서서 이쪽을 딱딱하게 굳은 눈으로 바라보고 있는 권회수와 김단향, 스태파니 퀸스 클린턴.

종혁은 권회수를 바라보며 입을 열었다.

"명분을 얻었습니다, 이사장님."

스태파니 퀸스 클린턴 덕분에 전가의 보도보다 더 대단한, 세상 그 누구도 막을 수 없는 무소불위의 명분을 얻게 됐다.

그 말에 권회수와 김단향이 입술을 비튼다.

"그런가? 그럼 시작해야겠구만."

"예. 오늘 밤이 좀 많이 길어지겠네요."

종혁은 핸드폰을 들었다.

"예, 검사님. 이쪽으로 오셔야겠습니다. 이놈들이 선을 넘었습니다. 예."

통화를 종료한 종혁은 다시 누군가에게 전화를 걸었다.

"예, 헨리. 시작하시면 됩니다."

쿵!

놈들이 정신을 차리기 전에 날카로운 칼부터, 어르신이란 놈의 수족인 회사란 칼부터 박살 내야 했다.

회귀 전까지 합하면 무려 20년을 훌쩍 넘기는 기나긴 악연의 종지부.

이제 얼마 남지 않았다.

"조심히 다녀오시게."

"……예. 그럼."

스태파니에게도 고개를 숙인 종혁은 몸을 돌렸고, 권회수와 김단향, 스태파니 퀸스 클린턴을 제외한 모두가 종혁의 뒤를 따랐다.

전쟁 시작이었다.

* * *

쏴아아! 쏴아아!

파도가 치는 신안의 연수원.

연수원 본관 꼭대기 사무실에 앉은 연수원장이 어둠에 물든 파도를 가만히 바라본다.

"민영수……."

권회수와 김단향이 언급한 인물들. 아무래도 그분들 사이에 어르신이 계신 것 같다.

'아니면 그분들 모두가 어르신이거나.'

사십여 년간 회사에 충성을 바쳤지만, 단 한 번도 뵙지 못했던 어르신.

이렇게 언론으로 먼저 뵙게 된 게 못내 서운한 원장이다.

똑똑!

"들어와."

커피를 들고 안으로 들어오는 사십대 남성.

고개를 숙이는 그를 향해 원장이 걸어간다.

"직원들은?"

"당직 직원들을 제외하고는 모두 자고 있습니다."

정보 접근 권한이 낮아 권회수와 김단향이 누군지도 모를 연수원의 직원들.

고개를 끄덕인 노인이 커피를 받아 들고 소파에 앉는다.

"그런데 정말 직원들을 깨우지 않아도 되겠습니까?"

권회수와 김단향을 암살한다는 본사. 임무를 마친 사원들이 도망칠 곳은 이곳 연수원밖에 없었다.

"어차피 다 은퇴야."

"아."

놀란 사십대 남성은 마치 향처럼 담배에 불을 붙여 내려놓고는 어둠에 물든 창밖을 바라봤다.

연수원장도 멍하니 창밖을 바라봤다.

'어떻게 되려나······.'

사활을 걸었던 이탈리아 프로젝트가 무너지면서 소중한 직원들까지 대량으로 잃은 회사. 이번 암습을 무사히 마친다고 해도 최소 20년은 두문불출해야 한다고 봐야 했다.

연수원이야 사원이 한 명이라도 살아 있는 한 계속 가동되기에 은퇴 걱정은 하지 않아도 되지만, 그래도 지금쯤 어떻게 됐을까, 앞으로 회사는 어떻게 될까 걱정이 돼 잠이 오질 않는다.

'오늘은 밤이 길겠구만······.'

원장은 한숨을 내쉬며 커피를 입에 가져갔다.

그가 바라보고 어둠 속, 연수원 건물 뒤편 해안가 절벽 아래에서 그림자들이 꿈틀거리고 있다는 것도 모른 채 말이다.

* * *

쏴아아! 쏴아아!

파도가 치는 10미터 해안가 절벽 아래.

위로 이어지는 계단을 내려온 두 사내가 시멘트로 만든 선착장 같은 구조물에 서서 손전등으로 바다를 비추다 담배를 문다.

찰칵! 치이익!

"하, 진짜 여긴 왜 만들어 놔서 맨날 이 지랄인지 모르겠네. 계단이 한두 개도 아니고 말이야."

"어쩌겠냐. 여차하면 튀어야 하는데······."

그러면서 연수원에 오는 직원들을 위한 낚시터이기도 한 선착장.

툭 튀어나온 절벽과 절벽 사이 숨겨지듯 만들어진 선착장에서 잠시 농땡이를 부리는 그들의 발밑, 바닷물에서 그림자가 일렁인다.

"그런데 오늘 원장님 꽤 예민하······."

촤악! 턱!

'어?'

순간 무언가 허리를 잡는 것과 동시에 뒤로 넘어가는 몸. 웬 시꺼먼 그림자가 동료를 덮치는 모습을 보며 바다에 빠져 버린 사내는 입을 막는 굳센 손과 목에 틀어박히는 칼을 마지막으로 정신을 잃는다.

그렇게 조용해진 선착장과 주변 바위들.

스르륵! 스륵!

어두운 바닷물에서 기어 올라온 수십여 개의 그림자가 산소통 등 잠수 장비를 벗어 바다에 빠트린다.

철컥! 척!

총기와 무기 등을 점검하고 서로를 향해 고개를 끄덕인 그들.

총기를 앞세우며 계단을 오른 그들 중 한 명이 머리 하나만 빼꼼 내밀어 주변을 살핀다.

꼭대기 3층의 한 방에 불이 켜진 것을 제외하면 선착장처럼 조용한 연수원.

선두의 보고에 고개를 끄덕인 그림자 중 한 명이 손으로 귓가를 누른다.

"여기는 울프 리더. 알파 포인트를 점령 완료. 다음 명령을."

-수신. 2분 후 작전 시작. 응원군이 이목을 끌 테니 목표 탈취를 최우선으로 하라.

"라져."

귀에서 손을 뗀 대장은 대기하라는 수신호를 보냈다.

그리고 이윽고······.

삐요오오오옹!

저 멀리서 들리기 시작한 사이렌 소리.

연수원 건물들이 순식간에 깨어나며 부산스러워진다.

다급히 뛰어나와 연수원의 입구로 달려가는 사원들.

그와 동시에 계단을 뛰쳐나온 그림자들이 전화선부터 끊더니 웬 기계를 땅에 박고 작동시킨다.

찌이이잉!

기계에서 퍼져 가는 기이한 파동.

"여기는 울프 리더."

인상을 찡그리며 귓가를 누르던 울프 리더 앤드류 깁슨은 연결되지 않는 본부에 입술을 비틀며 DEA 타격진압팀과 CIA 타격팀을 향해 사형 선고를 내렸다.

"작전 시작."

퍼퍼펑!

DEA와 CIA 요원 몇 명들의 손에서 갈고리가 발사됐다.

* * *

콰아앙!

어두운 밤을 한 번 더 흔들어 깨우는 무언가 부서지는 소리.

-경찰이 밀고 들어옵…… 크악!

다급히 복도의 창가로 달려 나간 원장이 연수원 안으로

밀려드는 경찰차들에 얼굴을 구긴다.
"최종혁-!"
들켰다.
'대체 어떻게?'
언제, 어떻게 들킨 것일까.
최종혁은 왜 이곳을 알고 있었으면서도 여태껏 방치한 것일까.
아니, 지금은 그게 문제가 아니다.
다급히 다시 사무실로 들어간 그가 금고에서 사장과 직통으로 연결되는 핸드폰을 꺼내 든다.
그리고 핸드폰이 켜지기를 기다리던 그때였다.
'제발, 제발…….'
오싹!
갑자기 온몸에서 일어난 솜털.
본능적으로 창가를 바라본 원장은 갑자기 느려지기 시작한 시간 속, 창문들을 향해 날아오는 커다란 그림자들을 발견하곤 멍하니 고개를 돌려 사무실 한쪽에 걸린 액자를 응시했다.

His Judgement cometh and that right soon.
심판의 날이 곧 오리라.

'정말 왔구만.'
자신에게도 온 것이다. 심판의 날이.

콰장창!

원장은 부서진 창문들로 난입한 CIA, DEA 요원들이 겨누는 총구를 보며 헛웃음을 터트렸다.

꽈과광!

허공을 가로지른 총알들이 원장의 몸에 틀어박혔다.

"여기는 울프 리더……."

카각, 카각!

마스크를 내린 앤드류 깁슨이 유리 파편을 짓밟으며 원장의 시체 앞에 선다.

'그 와중에도 폭탄을 터트리려 했구만?'

원장의 손에 꽉 쥐어져 있는 빨간 버튼.

원격 폭파 장치가 분명했다.

'지독한 놈들이라더니…….'

중동 테러범들에게서나 볼 수 있는 모습이었다. 그 빌어먹을 광신도 놈들에게서나.

'최는 대체 어떤 놈들과 싸워 온 거야?'

고개가 절로 저어진다.

"울프 리더. 올 클리어."

-칙! 목표는?

"암호를 해제했습……! 모, 목표 확인!"

다 있다. 그들이 연수원에서 원하는 것들이 다 있다.

"목표 탈취 완료. 작전을 종료하겠다."

-수고했다, 울프 리더.

입술을 비튼 앤드류 깁슨은 창밖을 바라봤다.
'여긴 끝났다, 최.'
지금쯤 종혁은 어디 있을까.
그는 그게 몹시 궁금했다.

* * *

서울 외곽에 위치한 회사 본사의 보안팀 사무실.
한쪽 벽면을 가득 채운 CCTV 화면들을 보던 두 사람이 한숨을 내쉰다.
"하, 씨발. 존나 거슬리네."
CCTV 화면들 중 60퍼센트 이상이 꺼져 있다.
누군가 꺼트린 게 아니다. 아예 연결이 되지 않은 거다.
"오늘 겨우 이사가 끝났는데 어쩔 수 있겠습니까? 외부 CCTV 설치를 끝낸 것만으로 만족해야죠."
"그 외부도 다 완료되지 않아서 문제지."
급하게 중요 진입로에만 설치하느라 사각이 존재하는 외부 CCTV. 심지어 본사 내부, 로비의 CCTV 역시 사각이 많다.
"에이. 왜 그렇게 날카로우십니까. 내일이면 다 설치하지 않습니까."
"야, 이 개쌍놈의 씨발 새끼야. 지금 그딴 말이 입에서 나오냐?"
그들의 상사인 지원부장과 동료들이 오늘 은퇴를 한

다. 아니, 아마 지금쯤 작전을 마치고 은퇴를 했을 터.

그런데 저따위로 태평한 모습을 보이고 있으니, 그는 부사수를 때려죽이고 싶은 심정이었다.

"죄, 죄송합니다!"

"대가리 박아."

후다닥! 쿵!

땅에 머리를 박는 부사수를 일견한 그는 천장을 보며 이를 악문다.

'아직 위에서 작전이 끝났다는 말은 전달되지 않았지만……'

"잘 가십쇼, 부장님……"

똑똑! 움찔!

시계를 확인한 그가 한숨을 내쉬며 몸을 일으켜 문으로 걸어간다.

아무래도 길어질 것 같은 오늘.

조현상 전무님께서 모든 사원에게 야식을 돌린다고 했는데 아무래도 그것 같다.

'솔직히 뭐 먹을 기분은 아닌데……'

"커피도 있습……"

퍽!

"크륵?!"

문을 열자마자 목을 파고드는 뜨거운 무언가.

그는 마스크를 쓴 채 자신을 옆으로 밀며 보안실 안으로 들어가는 두 명을 보며 허탈히 웃었다.

'씨발…… 나도 은퇴네.'
쿵!

　　　　　＊　＊　＊

한편 같은 시각, 본사의 고위 임원 회의실.
사장이 전화기와 핸드폰을 노려보며 담배를 연신 피운다.
"……늦는군."
이미 40분 전 은퇴를 했을 지원부장과 지원부의 사원들.
그들을 미끼로 권회수의 저택을 점거하고, 권회수와 김단향을 암살했어야 할 사원들에게서 연락이 오지 않는다.
"최소한 어르신 측에서라도 연락이 왔어야 했는데……."
"예상보다 CIA와 최종혁 동료들의 반항이 거센 거 아니겠습니까? 조금만 더 기다려 보시죠."
"쯧."
찰칵! 치이익!
"후우. 지금 남은 본사 직원이 몇 명이지?"
"최종혁의 잠입 루트들에 나가 있는 사원들을 제외하면…… 30명 정도일 것 같습니다."
이마저도 기획실 소속의 직원들뿐이다.
조현상의 그 말에 사장과 임원들이 쓰게 웃는다.
본디 250명은 있어야 하는 본사 소속 직원들. 그런데 모두 다 잡히고 죽어 이 숫자만 남은 거다.

"전 세계 지부들 숫자를 다 합쳐도 200명을 못 넘기겠군."

어쩌다 이렇게 된 걸까.

차라리 지금까지 희생된 숫자를 모두 포기할 각오로, 최종혁의 죽음에 분노할 CIA와 SVR에게 던져 줄 각오로 일찍 최종혁을 죽였더라면 지금 상황이 달라졌을까.

사장의 그 말에 임원들은 침묵 말고 다른 답을 할 수가 없었다.

"후우. 해외 지부들 지금 진행하는 프로젝트 마무리되면 한국으로 들어오라고 해."

이번 일이 모두 마무리되면 아무래도 회사를 재편해야 할 것 같다.

'아니, 그 전에 어르신이 내릴 징벌부터 견뎌 내는 게 우선이겠지만…….'

사장과 임원들이 씁쓸히 웃는 순간이었다.

쿵!

갑자기 밖에서 들려온 무언가 쓰러지는 소리와 함께 지독한 오한이 임원들과 사장의 몸을 엄습한다.

똑똑똑!

갑자기 두들겨지는 문.

"사장님, 간식이 도착했습니다. 들어가겠습니다."

아니다. 비서의 목소리와 굉장히 흡사하지만 뭔가 다르다.

이를 악문 사장이 내선 전화기를 든다.

"모두 임원 회의실로 튀어 와."

거칠게 전화기를 내려놓는 것과 동시에 회의실 문 쪽으로 엎어진 원형의 테이블.

테이블 뒤에 숨은 그들이 테이블 아래 부착시켰던 무기들을 꺼내 든다.

그 순간 회의실의 문이 열리며 최성현이 안으로 들어온다.

부웅!

임원의 손을 떠난 칼 한 자루가 최성현의 머리를 향해 쏘아진다.

하지만 예상했다는 듯 손에 쥔 칼을 휘둘러 쳐 낸 최성현.

따아앙!

최성현은 딱딱하게 굳는 그들을 향해 싱긋 웃으며 허리를 숙였다.

"환대가 꽤 격하십니다. 아, 인사가 늦었습니다. 폐쇄된 중국 지부 소속 최성현 대리, 지금 막 복귀했음을 신고합니다."

쿵!

최성현. 들어 본 이름이다.

"……최 지부장 아들이었군."

이놈이다. 최성현의 뒤로 들어오는 놈들까지 모두 해외 지부들을 없애고 다닌 배신자들이었다.

"그렇게 회사가 원망스러웠나?"

"예."

원망스러웠다. 지금도 원망스럽다.

아버지에게 은퇴 지령을 내렸던 회사.

자식을 버린 친부모 대신 부모가 되어 줬던 아버지를 죽인 회사.

"나뿐만이 아니야."

자신의 동료들 모두 회사에 유감이 많다.

"우리를 이런 빌어먹을 개새끼들로 만들 거였으면 가족은, 의지할 곳은 주지 말았어야지."

쿵!

그랬으면 안 됐다. 개새끼로 키울 거면 철저히 개새끼로 키웠어야 했다.

"이건 당신들이 만든 업보야. 그러니…… 이제 그만들 은퇴합시다."

철컥!

"이런 개……!"

자신들을 향해 겨눠지는 권총들에 그들은 다급히 테이블 뒤로 몸을 숨겼고, 총구들에서 불이 뿜어졌다.

꽈과과과과광!

회의실을 뒤흔드는 굉음.

점점 가까워지는 굉음과 터져 나가는 테이블.

'조금만! 조금만!'

이제 곧 기획실 사원들이 도착할 터.

그렇게 사장과 임원들이 간절한 바람을 담아 기도하던 그때였다.

푸우욱!

"어?"

'조 전무?'

낯설다. 그동안 보아 왔던 조현상 전무가 아닌 듯 낯설 기만 하다.

지금 이 상황이 마치 꿈처럼 느껴진다.

조현상은 그런 그를 보며 씁쓸히 웃었다.

"여기까지 왔으면 이제…… 하아, 그만합시다."

참 많이도 죽였고, 빼앗았다. 이제 그만할 때가 온 거다.

"그동안 수고하셨습니다, 사장님."

"쿨럭?! 너……."

"조현상, 이 개새끼야-!"

조현상은 자신을 덮치는 다른 임원들의 모습에 눈을 감았다.

* * *

가로등 불빛만 빛나는 어두운 거리.

부아앙! 끼이익!

거칠게 달려와 멈춰 선 차량에서 종혁이 뛰어내린다.

"왔나요?"

"오셨습니까, 최."

종혁이 다가오는 나탈리아와 헨리를 말에 고개를 끄덕이며 도로 맞은편 5층짜리 건물을 바라본다.

타다당! 타탕!

도로 맞은편 건물에서 터져 나오는 총성과 비명들.

"최성현입니까?"

"작전을 시작하려고 할 때 열다섯 명이 안으로 들어가더라고요."

회사의 본사와 연수원을 동시에 급습하기로 한 그들.

작전 시간이 다가오자 진입을 하기 위해 움직였는데, 웬 놈들이 먼저 건물 안으로 들어갔다.

"······역시 그놈이 최성현의 조력자였나 보네요."

연수원에 들렀다가 종배수 패밀리의 추격을 따돌린, 회사의 임원으로 추정되는 노인.

아니, 따돌린 게 아니다. 마치 찾아오라는 듯 중간중간 과속을 하고 신호위반을 하면서 이쪽이 추적할 단서를 줬다.

그래서 이렇게 놈들이 새로 이전한 본사까지 찾아올 수 있었던 것이다.

"하하. 이 개새끼들이······!"

빠드드드득!

아주 쌍으로 농락을 하고 있다.

"국장님."

"후우······."

맞다. 이럴 때가 아니다. 이제 코앞까지 왔는데 지체할 시간이 없다.

종혁은 소총을 장전하며 네눈박이 야간투시경을 내렸다.

"들어갑시다."

'이 지독한 악연을, 길고 길었던 싸움을 끝내러!'

이제 조금이다. 아주 조금이다.

뿌득!

이를 악문 종혁과 입술을 비트는 나탈리아, 헨리가 발을 내디디며 무전기를 든다.

"전 요원, 작전 시작."

후다닥!

찌이이잉! 펑!

종혁과 나탈리아, 헨리를 지나쳐 건물로 달리는 CIA, SVR, 형사수사국과 귀를 찢는 기괴한 전파 차단의 소음.

겨우 어둠을 쫓던 가로등마저 암흑에 물들며, 거리가 일순간 침묵에 휩싸였다.

* * *

꽝! 꽝꽝!

"크악!"

5층으로 진입하는 계단에서 총성과 비명이 울린다.

올라가려는 사원들과 막으려는 최성현의 동료들.

"총! 총하고 방패는 왜 이렇게 안 오는데-!"

"밀고 가! 밀고 올라가라고, 이 새끼들아! 사장님 안 구할 거야?!"

사장의 부름에 달려 올라왔다가 시체가 된 동료 사원의 시체를 일으켜 세우며 달려드는 사원들과 그런 그들의 모습에 비릿한 미소를 지으며 수류탄의 안전핀을 뽑는 최성현의 동료들.

끼릭! 통! 통통!

"피, 피해-!"

"씨바알!"

꽈과과광!

엄청난 굉음과 함께 귀가 먹먹한 침묵이 찾아들자 계단을 막고 있던 사람들 중 김소연이 몸을 돌려 회의실로 향한다.

열린 문 안으로 들어가자마자 그녀의 눈에 들어오는 참상.

바닥에 널브러진 두 명의 임원과 사장, 그리고 피투성이가 된 임원의 머리채를 잡고 그 아가리에 칼을 집어넣은 최성현.

"읍! 읍읍!"

"쉬이이. 착하지?"

촤악!

"크아아아악!"

최성현은 찢긴 볼을 잡으며 바닥을 구르는 임원을 향해

총을 겨눴다.

꽈아앙!

"후우우……."

피에 가득 젖은 손으로 머리를 쓸어 올린 최성현이 한숨을 길게 내쉰다.

"끝났네."

끝났다. 감히 아버지에게 은퇴 지령을 내린 회사를, 회사의 대가리들을 드디어 모두 처단할 수 있었다.

이제 남은 건 저 아래서 올라오려고 애를 쓰는 직원들뿐.

저들만 정리하면 이 복수도 다 끝나게 되는 것이다.

"대장, 저놈들이 곧 총을 들고 올라올 거야."

"쉿."

알고 있다. 하지만 그보다 더 중요한 게 있다.

최성현이 세워진 테이블 뒤로 향한다.

"후…… 이제 끝났냐?"

칼 세 자루가 몸에 박힌 채 테이블에 등을 기대고 있던 조현상 전무를 발견한 최성현이 이를 악문다.

자신의 조력자이자 아버지의 지인. 아버지의 은인. 아버지의 상사.

"왜…… 왜 죽으려고 하신 겁니까."

조현상이라면 다른 임원들의 공격을 한 번쯤은 충분히 막아 낼 수 있었을 거다. 그 한 번이었으면 이렇게 몸에 칼이 박혀 있을 리가 없었다.

그 말에 조현상 전무가 숨을 몰아쉬며 천장을 바라본다.

"열렬히 사랑했으니까……."

정말 열렬히 사랑했다.

버려진, 외면받은 사람들로 가득했던 회사.

그랬기에 더 사랑했고, 청춘을 바쳤는지 모른다.

세월이 흐르며 용암처럼 들끓던 열정은 차디찬 돌덩이처럼 굳어 버렸다지만, 일생을 바친 회사를 배신했다.

이 목숨 하나 정도는 내놓는 게 옳았다.

"참 길기도 했고."

참 질기게도 이어 온 목숨이다.

이젠 관두고 싶었다.

"쿨럭!"

"사모님과 자제분들은요?"

움찔!

"……이만 가라. 곧 최종혁, 그놈이…….."

텅!

갑자기 꺼져 버린 전등에 조현상이 헛웃음을 터트린다.

"참 양반은 아닌 놈이야."

"경주 최씨라던데요."

"그럼 호랑이로 하자."

큭큭 웃은 최성현이 창밖, 건물 아래 파도처럼 일렁이며 몰려오는 인의 파도를 확인하곤 조현상을 부축한다.

"성현아."

"가시죠. 아직 아버지에 대한 이야기를 다 듣지 못했습니다."

이대로 두고 갈 순 없다. 자신들과 달리 아직 가족이 남아 있는 조현상 전무. 조현상은 살아서 가족의 품으로 돌아가야 했다.

"아니, 설령 멀리서 지켜만 보게 되더라도 여기서 죽는 것보다는……."

콰과광!

깜짝 놀란 최성현이 회의실 밖을 바라본다.

"크악!"

"최, 최종혁이다!"

"마, 막아! 컴퓨터부터 날려-!"

아래서 들려오는 소란.

드디어 종혁이 건물 안으로 진입한 거다.

최성현은 입술을 깨물고, 조현상이 푸근히 웃는다.

"옥상에 가면 탈출용 작살총들이 있을 거다."

그러니 제발 가렴. 제발 나 대신 오래토록 살아 주렴.

조현상의 눈을 본 최성현이 이를 악물며 고개를 숙인다.

"보중하십시오."

마지막 인사를 눈을 감는 걸로 화답하는 조현상.

그의 얼굴을 다시 바라본 최성현이 몸을 돌린다.

"가자."

"……대장."

덜컥!

아련한 목소리에 몸을 멈춘 최성현이 김소연을 멍하니 바라본다.
조현상처럼 푸근히 바라보는 그녀.
최성현의 얼굴이 일그러졌다.

* * *

꽈과광! 꽈아앙!
완전히 어둠으로, 공포와 흥분으로 물든 건물.
불빛이라곤 총구에서 뿜어지는 불꽃과 수류탄이, 유탄이 터지며 내뿜는 불꽃뿐.
아래에서 피어나며 올라오는 불꽃과 위에서 피어나며 내려오는 불꽃에 계단에 몰려 있는 회사의 사원들이 내릴 수 있는 결론은 하나뿐이었다.
"피해-!"
피해야 한다. 엄폐물을 찾아 숨어, 이 건물을 거대한 무덤으로 만들어야 한다.
그것이 조금이라도 살아날 수 있는 길이기에.
그것이 사장과 임원들을 구할 수 있는 유일한 길이기에.
빠르게 결론을 그들은 사무실들 안으로 뛰어들었다.
그것이 크나큰 패착이란 것도 모른 채……
꽈장창!
그들이 문을 열고 들어가자마자 창문 밖에서 불꽃이 터

지더니 창문이 부서지며 무언가 안으로 던져진다.

통! 통통!

작은 금속 통이 바닥에 부딪치는 소리.

무엇인지 단숨에 알아차린 그들은 하얗게 질렸다.

삐어엉! 삐이이이!

"끄아아아악!"

"아아아악!"

터져 버린 새하얀 빛이 망막을 태우고, 귀를 찢어발기는 소음이 몸을 무너트린다.

그런 그들에게 남은 건 뒤이어 진입한 FBI 대테러 특수부대 SWAT 요원들의, 이런 진압 작전에 있어선 스페셜리스트라 불리는 요원들의 총구에서 뿜어지는 총알뿐.

꽈과광! 꽈과광!

종혁은 2층과 3층, 4층에서 들려오는 소음에 숨을 거칠게 몰아쉬며 빠르게 계단을 오르고, 형사수사국 경찰들이 2층의 복도로, 3층의 복도로 빠르게 흩어진다.

그 순간이었다.

꽈앙!

"칙!"

앞으로 가는 걸 막는 손길에 걸음을 멈춘 종혁이 위를 바라본다.

5층 계단 입구에 숨어 이쪽을 향해 총구를 겨누고 있는 몇 명.

"이번은 경고야! 더 올라오면 정말 죽는 거야-!"

최성현들이다. 아니라면 이렇게 친절하게 경고를 하진 않을 터.

'그래, 너희도 끝장을 봐야지.'

그렇지 않아도 숨을 쉬기 힘들 만큼 거세게 뛰는 심장이 더욱 세차게 뛴다.

품에서 수류탄을 꺼낸 종혁은 총을 들어 천장에 대고 방아쇠를 당겼다.

꽈아앙!

탄환이 발사되자마자 수류탄의 안전핀을 뽑은 종혁.

'하나, 둘.'

부웅! 빠악!

둘을 세고 날아간 수류탄이 벽을 맞고 튕겨 계단 입구로 날아간다.

"피, 피해!"

"씨발-!"

꽈아앙!

건물을 뒤흔드는 폭발과 귀를 먹먹하게 만드는 폭발음.

종혁이 특수부대용 방탄 방패를, 한없이 두껍고 무거운 방패를 앞세운 채 뛰어 올라가는 SWAT 대원들의 뒤를 따른다.

"그레네이드!"

한없이 느려지기 시작한 시간 속, 야간투시경 너머 허공에서 떨어지듯 날아오는 수류탄 하나.

종혁이 그 궤적 아래 있는 대원의 허리를 잡아 높이 들어 올린다.

빠아악!

당황했다가 눈치 좋게 방패를 내밀어 수류탄을 튕겨 낸 대원과 날아온 방향으로 튕겨져 되돌아가는 수류탄.

"버텨-!"

무사히 착지한 대원까지 모두 몸을 웅크린다.

꽈아앙!

방패를 두드리는 파편들과 아찔한 충격.

이젠 극한으로 느려진 시간 속, 마지막 파편이 방패를 두드리는 소리를 들은 종혁이 몸을 일으켜 계단 입구 안쪽을 향해 폭발력을 줄인 유탄이 들어간 유탄발사기를 겨눈다.

철컥! 퐁! 꽈아아앙! 꽈아앙!

종혁이 일어나는 것을 발견하자마자 곧바로 일어나 계단 입구 안쪽, 종혁이 겨누는 방향의 다른 방향을 향해 쏴 버린 SWAT 대원.

"고! 고고고!"

고작해야 몇 초다.

최성현들이 정신을 차리기 전 단숨에 계단을 뛰어 올라간 그들이 계단 입구를 넘어서자마자 복도 양 끝을 바라보며 방패를 쳐들고, 일부는 옥상으로 올라간다.

숨을 옥죄는 침묵이 찾아든, 금방이라도 무너질 듯 박살 난 복도.

마른침을 삼킨 그들이 복도 양 끝을 향해 조심스럽게

발을 내딛는 순간이었다.

콰장창!

"뛰어! 뛰어!"

계단 입구 양쪽 사무실에서 들리는 아찔한 외침.

다급히 뛰어 사무실 안으로 들어간 종혁이 발견한 건 와이어를 매달고 레펠 하강을 하듯 뛰어내리며 아래를 향해 총을 갈기는 사람들과 건물 아래에서 도주로를 차단하고 있다가 대응 사격을 하는 CIA, SVR 요원들이었다.

꽈과광! 꽈과광!

"크악!"

"아악!"

한 명, 한 명 비명을 지르며 추락하는 최성현의 동료들에 종혁이 미간을 좁힌다.

'왜?'

도망을 치려는 것치고는 지나치게 눈에 띄었다. 저래서야 죽여 달라고 하는 것이나 마찬가지였다.

그리고 그것을 모를 놈들이 아니었기에 종혁으로서는 의아함을 느낄 수밖에 없었다.

'설마?'

동시에 천장을 바라본 나탈리아와 헨리, 그리고 종혁이 사무실을 빠져나와 옥상으로 올라간다.

그리고 이내 옥상에 올라선 종혁이 발견한 건 야간투시경으로도 식별하기 힘들 만큼 저 멀리 어둠 속으로 빨려

들어간, 팽팽하게 당겨진 와이어와 발사 장치들이었다.

그 순간 종혁은 자신의 예상이 들어맞음을 깨달았다.

최성현의 동료들은 모두 도망치는 것은 무리라고 판단하여, 몇 명이 희생양이 되어 다른 이들이 도망칠 수 있게 시간을 끈 것이었다.

"……푸핫!"

돌연 종혁의 입에서 웃음이 튀어나온다.

"이야. 또 도망쳐 줬네."

자신의 예상처럼 이번에도 열심히 도망쳐 줬다.

쥐새끼처럼. 엉덩이를 씰룩씰룩 흔들며 뒈 빠지게.

"최."

종혁은 몸을 돌려 혹여 그가 와이어를 타고 놈들을 뒤쫓을까 걱정스러운 표정을 짓고 있는 나탈리아와 헨리를 향해 손을 내저었다.

"아, 괜찮습니다. 어차피……."

말을 잇던 종혁이 입술을 비튼다.

"저희 손을 벗어나지 못할 테니까요."

당하는 것도 한두 번이다.

종혁은 이번에도 또 당해 줄 생각은 추호도 없었다.

똑같이 입술을 비트는 나탈리아와 헨리를 일견한 종혁이 다시 어둠에 묻힌 와이어의 끝을 바라본다.

"넌 내가 이날을 얼마나 준비했는지 모르겠지. 그러니 아주 잠시만……."

아주 잠시만 그 질긴 목숨을 이어 가는 걸 허락하마.

종장을 향해서 〈335〉

주먹을 쥔 종혁이 미련을 접으며 돌아섰다.
"우린 기획실과 사장실 컴퓨터부터 확보하죠."
그 어르신이란 놈의 멱살을 잡기 위해선 최우선으로 확보해야 하는 자료들.
"훌륭한 생각입니다. 어서……."
후다닥!
갑자기 아래서 누군가 뛰어 올라오는 소리에 그들이 의아해할 때, 모습을 드러낸 SWAT 대원들이 그들의 앞에 선다.
그들이 할 보고를 알아차린 종혁의 두 눈이 파르르 떨린다.
"지하 올 클리어! 생존자 전무!"
"3층 올 클리어! 생존자 둘!"
"5층 올 클리어! 생존자 하나!"
쿵!
종혁의 온몸이 딱딱하게 굳는다.
'끝, 끝났다?'
본사 어딘가에는 분명 회사에서 진행하는 모든 프로젝트와 회사에 속한 전 사원의 데이터를 정리하여 관리하고 있을 터.
그것이 확보되는 순간, 남은 잔당들을 처리하는 건 손쉬운 일이었다.
드디어, 정말 드디어 회사를 무너트린 것이다.
지난 십수 년 매일 꾸던 악몽에서 드디어 깰 수 있는

것이다.

갑자기 탈력감이 종혁의 전신에 몰려든다.

"최!"

종혁이 다급히 부축하는 나탈리아와 헨리를 밀어낸다.

'아니야.'

아직 끝나지 않았다. 잡아야 할 놈들이 아직 남아 있다.

회사의 배후.

이 모든 악연의 시작.

후다닥!

"국장님-! 국장님! 생존자를 발견했심더! 그, 근데 그놈 같아예!"

"……그래."

그놈. 연수원에서 이곳 본사까지 안내해 준 놈.

종혁이 5층의 임원 회의실로 향한다.

"허허. 왔나?"

4명의 요원이 총을 겨누고 있음에도 이쪽을 향해 푸근히 웃으며 손을 흔드는 조현상.

울컥!

순간 속이 뒤집어진 종혁이 그를 향해 성큼성큼 걸어가 그대로 그의 턱을 까 버린다.

빠아악! 쿠당탕!

"커헉?!"

"어딜 범죄자 새끼가……."

아직 처벌도 받지 않았는데도 다 끝났다는 듯 처웃고

자빠져 있을까.

종혁은 바닥을 기는 조현상의 멱살을 잡아 올려 코앞으로 가져왔다.

"어르신, 아니 전도광 그 개새끼와 연락하던 사장이란 새끼가 누구야?"

쿵!

그랬다.

군사정부 시절 쿠데타로 이 나라를 찬탈해 어둠의 구렁텅이에 처박았던 전 대통령, 전도광 대통령이 회사의 배후에 있던 어르신이었다.

오직 그였기에 말이 됐던, 회사가 무사히 커 올 수 있었던 것이었다.

경악하는 조현상을 바라보는 종혁의 전신에서 끔찍한 살의가 터져 나왔다.

* * *

"끄으."

아침에 몸을 일으킨 민영수가 눈을 동그랗게 뜬다.

너무도 개운한 정신과 몸, 거기다 해가 뜬 창밖.

"아, 아홉 시?"

이게 무슨 일일까.

오십대를 넘긴 후 하루 4시간 자면 많이 잤다고 말할 수 있는, 최근엔 그마저도 2시간으로 줄었던 자신이 무려 8시간이나 잠을 잔 것이다.

"허허."

'권회수와 김단향이 죽었기 때문인가.'

둘이 죽었을 거라고 철석같이 믿고 있는 그는 너무 많이 잔 탓인지 욱신거리는 허리를 두드리며 거실로 향한다.

커피를 들고 소파에 앉은 그는 기대감으로 물든 얼굴로 TV를 켰다.

"오! 시작했군!"

때마침 뉴스가 시작됐다.

그는 엉덩이를 들썩이며 집중했다.

그리고…….

-행복의 쉼터 재단 권회수 이사장과 압구정의 대부업체 대표 김단향 씨가 서울중앙지검에 출두를 하고 있습니다!

-권회수 이사장님! 한 말씀 부탁드립니다!

-김단향 씨!

쿵!

민영수가 눈을 끔뻑인다.

저건 뭘까.

왜 권회수와 김단향이 무사히 중앙지검에 들어가는 것일까.

심지어 생방송도 아닌 녹화 방송이다. 이미 들어간 지 꽤 시간이 흘렀다는 것이다.

띵동-! 쿵쿵쿵!
"민영수 씨! 민영수 씨?! 나와 보이소, 검찰이라예!"
쿵!
"말도…… 안 돼."

심장이 내려앉은 민영수가 현실을 부정하며 핸드폰을 찾아 든다.

이미 부재 전화가 가득 찍혀 있는 핸드폰.

민영수가 떨리는 눈으로 전화를 건다.

-여보세요! 왜 이렇게 연락이 안 돼!

"이게 지금 무슨 일이야! 판사들 쪽은 자네 담당이잖아-!"

그래서 안심했다. 검찰이 무슨 지랄을 하든, 대통령이 뭔 지랄을 하든 카르텔을 이룬 판사들이 있기에 체포 영장은 나오지 않을 거라고 안심했었다.

그런데 아니다.

-보이십니꺼! 체포 영장입니더! 불응하믄 문 따고 들어갑니데이!

"이게 무슨 일이냐고-!"

그는 몰랐다.

1시간 전 법원에서 큰 소란이 있었다는 걸 말이다.

* * *

"하하. 예."

이른 아침 대법원의 복도를 걷는 대법관이 고개를 숙이는 이들에게 손을 흔들며 본인의 사무실로 들어간다.

외투를 벗어 옷걸이에 걸면서도 계속 통화를 하는 그.

"걱정 마십시오. 아랫놈들에게 말해 놨으니 증거불충분을 이유로 체포 영장조차 발부되지 않을 겁니다. 예, 예. 하하. 그럼요. 저야 언제든 괜찮습니다. 날만 잡으십시오. 예, 들어가십시오. 예."

통화를 종료한 그가 담배를 물며 미간을 좁힌다.

"권희수와 김단향이 검찰에 들어갔다라……."

'빌어먹을.'

갑자기 심장이 옥죄어진다.

지난날 그 둘에게서 돈을 빌린 적이 있는 그.

'설마 내 이름까지 언급되는 건…….'

눈을 가늘게 뜨던 그가 이내 피식 웃는다.

그게 무슨 상관일까.

대한민국의 최고 헌법기관 중 하나이자 최고사법기관인 대법원. 그 대법원의 13명의 대법관 중 한 명이 바로 자신이다.

대법원장을 제하면 대한민국의 가장 위에서 법을 심판하는 존재.

자신이 이 자리에서 물러선 뒤라면 모를까, 법의 테두리 안에서 자신을 건드릴 수 있는 존재는 없었다.

"김 비서, 나 커피 좀."

-앗! 잠시만요! 이렇게 막무가내로…….

"응?"

똑똑똑!

문을 두들기자마자 열고 들어오는 무뢰배들이 누굴까 바라본 그가 눈을 동그랗게 뜬다.

"백 법관? 최 법관?"

백순재. 서울고등법원 부장판사로 조용히 지내다, 갑자기 무슨 심경의 변화가 있었던 것인지 단숨에 위로 치고 올라오다 못해 차기 대법원장으로 거론되는 인물.

그 옆에 있는 최 법관 또한 백순재와 나란히 대법원장 후보로 거론되며 만만치 않은 영향력을 지닌 인물이었다.

"자네들이 이 아침부터 내 사무실엔 웬일이야?"

"이번 권회수, 아니 민영수 등 사건의 담당 판사가 자네 아래 있던 놈이더군."

쿵!

갑자기 철렁이며 불안감이 엄습한다.

"그래서?"

"순리대로 해결하라는 말을 하러 온 거야."

"우연이군. 나도 같은 말을 하러 온 걸세."

"허허……."

헛웃음을 터트린 그가 입술을 비튼다.

'무슨 상황인지 알겠군.'

"권회수와 김단향의 돈이 달콤하나 보군. 이봐, 백 법관, 최 법관."

"아니, 내 말부터 들어. 난 경고를 하러 온 거니까."

"백 법관!"

백순재는 테이블을 내려치는 그를 보며 비웃었다.

"최종혁 치안감이 이 말을 전해 달라더군. 정말 자신을 적으로 돌릴 각오를 했냐고."

쿵!

종혁의 이름이 언급된 순간 그의 입이 다물어진다. 낯빛이 희게 질린다.

최종혁.

계림그룹을 해체하고, 6선 국회의원까지 잡아 처넣은 경찰의 불도저.

삼전그룹의 김희건 회장이 비호하는 경찰.

'그, 그놈과 얽혀서 무사한 놈이 있었나?'

당사자뿐만 아니다.

당사자의 가족, 친척, 지인 등 모든 이들마저 휩쓸어 버리는 재앙, 천재지변 같은 인물이 종혁이었다.

"자, 잠깐."

"난 내게 은인 같은 선배님의 말을 전하러 왔네. 이영창이라는 이름의 법조계 선배님이시지. 알고 보니 내가 쌈짓돈을 맡기는 권&박 홀딩스도 이분과 연관이 있지 뭔가?"

"최 법관!"

"이보시게, 김 대법관. 자네 인맥은 튼튼하신가? 노후 준비는 돼 있고? 그럼 지금 은퇴하시게. 그럼 밥줄은 끊지 않지."

쿵!

"이, 이영창……?"

"기억하나 보군. 현재는 권회수 이사장의 고문 변호사를 맡고 계시지."

서울지방검찰청의 지검장을 지내다가 권회수를 모시기로 마음먹으며 검사직을 내려놓은 인물.

차기 검찰총장이 유력했던 그였기에 당시 법조계에 큰 이슈가 되었기에 김 대법관도 그 이름을 모르지 않았다.

하지만 이것은 몰랐을 것이다.

이영창이 권회수의 인맥과 재력을 통해 가진 것 없는 법조인들을 뒤에서 얼마나 지원했는지, 그의 은혜를 입은 법조인들이 얼마나 많은지 말이다.

그리고 최 대법관 또한 그들 중 한 명이라는 것을 말이다.

후에 부족함이 없게 된 최 대법관이 감사를 표하려고 해도 한사코 거절하던 이영창이 먼저 연락을 해 왔다. 제발 좀 도와 달라고 무릎을 꿇었다.

손가락으로 명령으로 해도 될 그분이.

뿌득!

"그럼 이젠 내 경고를 하겠네. 이봐. 나를, 그리고 대통령과 대법원을, 대한민국 정계와 재계를, 미국과 러시아를 적으로 돌리고도 자네들이 무사할 수 있을 것 같나?"

쿠우웅!

"잘 생각해."

그동안 어떤 고급 먹이를 받아 처먹고, 어떤 달콤한 것을 약속받았는지 몰라도 그것들이 본인과 가족들의 목숨보다 중할까.

"나, 난……."

찰칵! 치이익!

모두의 시선이 백순재에게로 향한다.

"후우우. 대답은 들은 걸로 하지. 이만 가세."

"푸핫! 그래."

그 짧은 사이 10년은 늙어 버린 김 대법관은 문을 닫고 나가는 이들을 보며 고개를 푹 숙였고, 최 대법관은 백순재를 보며 의아해했다.

"나야 특별한 이유가 있다지만, 자넨 최 치안감과 어떤 관계인 거야?"

청렴결백의 화신이라 불리는 백순재다.

그리고 그동안 종혁과 사건으로도 얽히지 않았던 백순재.

"내게 갚을 수 없는 빚을 지게 만든 친구지."

"응?"

몇 년 전 음주운전 단속에 불응하며 경찰을 매달고 내달렸던 아들을 강력히 제압하면서 정신을 차리게 만든 은인.

그리고 이 나라에 진화된 DNA 수사기법을 들여오면서 연쇄살인마에게 죽임을 당했으나 범인을 찾을 길 없었던 누이를 죽인 범인을 찾아 억울하고 비통했던 한을 풀어 주었던 종혁.

'이걸로 은혜는 갚은 겁니다, 최 치안감.'

백순재는 담배 연기를 길게 내뿜으며 미소를 지었다.

* * *

서울 서대문구 연희동의 한 대저택.

그 앞에 선 종혁이 뜨거운 숨을 길게 내쉰다.

드디어 코앞까지 왔다. 드디어.

떨리는 심장을 부여잡은 종혁이 양옆을 본다.

사납게 웃고 있는 최재수와 현석, 오택수와 김종두, 임세라 등 동기들과 구경하러 온 최기룡, 이택문 전 청장.

그리고 그 뒤를 든든히 받치고 있는 나탈리아와 헨리, 캘리 그레이스를 비롯한 CIA, SVR, FBI.

푸근히 웃어 주는 그들의 미소에 웃음을 터트린 종혁이 꽉 쥐었던 주먹을 펴며 발을 내딛는다.

"그럼 갑시다."

이 세상을 농락한 악당 두목을 잡으러.

이 대단원의 막을 내리러.

종혁의 두 눈이 사납게 일그러졌다.

* * *

띵동! 띵동!

집 안을 울리는 초인종 소리.

2층 테라스에 선 전도광 전 대통령이 저택 대문을 무심히 응시한다.

-전화를 받을 수 없어…….

귓가에 댄 핸드폰이 뜨거워짐에도 전화를 받지 않는 사장, 민영수를 비롯한 자신의 수족들.

끝난 것일까. 정말 이대로 끝나 버린 것일까.

쾅쾅쾅!

"아, 아버님! 지, 지금 밖에 경찰이……."

손을 들어 며느리의 입을 막은 전도광의 눈빛이 서늘히 가라앉는다.

"그럴 순 없지."

이대로 끝낼 순 없다. 그럴 수 없다.

이 나라를 위해 얼마나, 어떻게 노력해 왔는데 저 불충한 무리들 때문에 다 포기해야 한단 말인가.

"이 모두 너희가 자초한 일이다."

얼굴이 험악하게 일그러진 전도광이 누군가에게로 전화를 건다.

-오! 이게 얼마 만입네까!

"오랜만이오, 이상벽 원수."

전도광이 대통령이었던 시절, 북한의 육군 중장이었던 인물.

그리고 자신과의 밀약을 통해 원수까지 올라간 인물.

"내 부탁할 것이 있어 전화를 했소."

―전 통령 동무가 말입네까? 호, 은혜를 갚으란 말이디요? 뭡네까?

"연평도와 철원을 초토화시켜 주시오."

쿵!

큰며느리가 경악하지만 전도광의 눈빛은 흔들리지 않는다.

더 큰 추악함으로 번들거린다.

이것만이 자신이 살길이다. 대한민국이 전쟁의 화마에 휩싸여야 자신이 살 수 있다.

전도광은 상대의 대답을 가만히 기다렸다.

―……이자가 참 많이 불었습네다.

"대답은?"

―남조선엔 파산 면책 제도란 게 있디요?

쿵!

"이보시오, 이 원수!"

―미안하디만 내래 파산을 해야갔시오.

얼마 전 러시아에서 공문이 내려왔다. 앞으로 1년간 한국을 향해 포대를 겨눈다면, 지원은 모두 끊길 것이라고.

또한 로마노프에서 연락을 해 왔다. 만약 한국을 도발할 시 앞으로 러시아산 기름과 가스, 식료품 등을 받을 생각을 접으라고.

"러, 러시아? 로, 로마노프?"

―이 한목숨이야 내일 당장 눈을 뜨지 않아도 이상치 않다 해도 가족들 목숨은 지켜야 하디 않갔소. 그럼 전화

끊갔소.

"이 원수! 이 원수!"

애타게 외쳐 봤지만 되돌아오지 않는 답.

전도광이 다급히 다른 곳에 전화를 건다.

"큼. 시마타마 막료장. 잘 지냈소?"

전 해상자위대 해상막료장, 대한민국으로 치면 해군참모총장에 해당하는 인물.

-……전 통령 때문이었구려.

쿵!

"무, 무슨……?"

-얼마 전 미국이 강력하게 경고해 왔소. 당분간 한국을 도발한다면 재미없을 거라고.

너무도 갑작스럽고 뜬금없으며 이해할 수도 없는 경고에 내각 총리뿐만 아니라 전 자위대가 뒤집어졌다.

그런데 이제야 알겠다.

전도광이 미국에 밉보인 것이다.

-거기다 지금 클린턴 국무장관이 한국에 있다지요?

"……."

-다케시마 도발은커녕 해양 경계선조차 넘을 수 없으니 그런 줄 아시오. 끊겠소.

전도광이 멍하니 핸드폰을 바라본다.

'정말 끝이라고? 정말……?'

아직 한 곳이 남아 있긴 하다.

중국.

그런데 중국도 의미 없을 것 같다는 위기감이 든다.
그 순간이었다.
콰직!
귓가를 울리는 미세한 파열음.
"아, 아버님! 저, 저기……!"
경고를 마친 경찰들이, 종혁이 문을 강제로 열며 저택 안으로 들어오고 있다.
흙먼지가 가득한 구둣발로 정원을 뭉개며 저택을 향해 다가오며 눈을 마주친다.
'뭘까.'
저놈은 뭔데 저렇게 철천지원수에게나 지을 법한 눈빛을 보내는 것일까.
왜인지 모르겠다.
하지만 하나는 확실했다.
"끝났구나……."
헛웃음을 터트린 전도광이 담배를 찾아 불을 붙였다.

* * *

한편 저택 문을 열고 들어오자마자 테라스에 선 전도광과 눈을 마주친 종혁이 이를 악문다.
"자, 잠깐. 함부로 들어오시면……."
"최재수. 강현석. 임세라."
왼손을 앞으로 내밀고, 오른손을 허리춤으로 돌린 채

다가오는 전도광의 경호원들, 아니 피 냄새를 진하게 풍기는 살귀들.

"회사와 같은 부류다. 그냥 죽여."

"충성-!"

타닥!

"이런 씨발!"

꽈아앙!

기겁하며 칼과 권총을 꺼내 드는 경호원들의 모습에 선제공격을 하는 그들.

종혁은 느릿하게 쓰러지는 그들을 지나쳐 저택 안으로 들어간다.

"자, 잠시만! 여기가 어딘 줄 알고……."

콱! 콰아앙!

앞을 막아서는 웬 남정네의 머리를 잡아 벽에 처박아 버린 종혁은 거침없이 2층으로 올라간다.

그러자 테라스에 서서 등을 보이던 전도광이 느릿하게 몸을 돌려 이쪽을 응시하려 한다.

"개새끼."

쾅!

바닥을 박찬 종혁이 전도광의 배에 주먹을 욱여넣는다.

뻐어어억!

"커허어어억?!"

일그러지는 전도광의 얼굴처럼 종혁의 얼굴도 일그러진다.

종장을 향해서 〈351〉

이대로 척추를 부러뜨려 죽여 버리고 싶다.
심장을 터트리고, 대갈통을 부숴 버리고 싶다.
하지만 그럴 순 없다. 그래선 안 된다.
이놈은 살아야 한다. 살아서 무조건 법정에 서야 한다.
그동안 이놈의 탐욕 때문에 살해당한, 피해를 입은 모든 이들의 울분과 한을 받아 내야 한다.
그러나 폭력의 공포를, 이놈에게 당한 이들의 고통을 영혼엔 새겨 주리.
종혁의 주먹이 전도광의 양 발등을 향해 내리찍어진다.
꽈앙! 꽈아앙!
"끄아아아악!"
발등이 박살 났으니 무릎을, 무릎을 박살 냈으니 허벅지를.
갈비뼈를, 양 손목을, 팔꿈치를.
종혁의 주먹과 발이 잘근잘근 세심하게 짓밟는다.
"끄어어어어."
종혁이 오징어가 된 전도광의 얼마 없는 머리채를 잡아 들어 올린다.
"으아아아악!"
"어디 범죄자 새끼가 가오를 잡으려고 해?"
"네, 네놈……!"
영혼이 비명을 지르는데도 한 줄기 반항심이 남아 노려보는 전도광.

종혁의 눈빛이 한없이 차가워진다.

"전도광, 당신을 범죄단체 조직 및 살인, 살인 교사, 사기 교사 등의 혐의로 체포한다. 당신을 묵비권을 행사할 수 있으며, 변호사를 선임할 수 있고, 법정에서 불리한 진술을 거부할 수 있다. 또한 이번 체포가 부당하다 생각될 시 체포구속적부심을 신청할 수 있다. 이의 있나?"

"네, 네놈이 이걸 증명할 수 있을 것 같으냐-!"

자신은 대한민국의 대통령이었던 인물이다.

또한 이미 회사와의 관계를 끊어 놓은 이상 감히 경찰 따위가 이럴 순 없었다.

"아, 그래?"

피식 웃은 종혁이 그의 머리채를 잡은 채 몸을 돌려 1층으로 내려간다.

쿵! 쿵! 쿵!

"으아아악! 아아아아악!"

몸부림조차 칠 수 없어 더 끔찍한 고통.

그 고통이 잠시 멎은 건 1층 끝 방에, 그의 서재에 도착했을 때였다.

쿵!

'여, 여긴 왜?'

종혁이 고통조차 잊을 만큼 놀라는 그를 비릿한 눈으로 쳐다본다.

"재산이 82만 원이 전부라고?"

쿠웅!

아니다. 경찰이, 저놈이 여기를 알 리가 없다.
"최재수, 방금 전 며느리를 데리고 와."
"예!"

후다닥 달려 나간 최재수와 현석이 전도광의 큰며느리를 포박해 데려온다.

"꺄악! 왜, 왜 이러세요! 겨, 경찰이면……."

쩍!

종혁이 뺨을 맞고 놀라 굳는 그녀의 머리채를 잡아끌고 온다.

"지금 당신에겐 두 가지 선택권이 있어. 하나, 이곳에 있는 당신 시아버지 전도광의 비밀 금고를 직접 열어서 양형의 선처를 바란다. 둘, 대한민국 역사상 최악의 범죄자 전도광과 한패로 엮여 청송여자교도소에서 40년, 시베리아에 있는 러시아 교도소에서 100년, 미국 최악의 교도소에서 200년을 산다."

죽고 죽어 백골이 진토 된다 해도 340년은 바깥의 공기를 맡지 못할 그녀.

"나, 난……!"

"큰아가! 안 된……."

빠아악!

"끄아악!"

"아가리 싸물어."

종혁은 잠시 놓았던 그녀의 머리채를 다시 잡았고, 파랗게 질린 그녀의 눈이 피투성이가 된 시아버지에게로 향한다.
 눈물, 콧물 다 흘리면서도 간절히 고개를 젓는 그.
 이 집안의 왕이자 황제이며 폭군이었던 시아버지.
 그가 왕좌에서 떨어져 거지꼴로 구르고 있다.
 "……이, 이거예요."
 "큰아가-!"
 쿠르릉!
 큰며느리가 서재에 꽂힌 책 중 하나를 잡아당기자 책장이 앞으로 밀려난다.
 그와 동시에 안에서 뿜어져 나온 끔찍한 냄새.
 "우욱?!"
 "웩?!"
 헛구역질을 한 사람들이 비밀 공간 안쪽을 보며 눈을 동그랗게 뜬다.
 사람 시체가 썩는 냄새보다 더 지독한 냄새의 주인공이 바로 돈이었기 때문이다.
 "이, 이게 뭐야……. 이, 이게 어, 얼마야……."
 책장 너머로 드러난 거대한 공간.
 그 안을 원화는 물론이고, 달러, 위안, 엔, 유로, 루피, 루블 등 세계 각국의 화폐가 탑처럼 쌓여 가득 채우고 있다.
 이건 그동안 전도광에게 당한 국민들과 피해자들이 흘린 피눈물이 썩는 냄새며, 추악하다 못해 끔찍한 탐욕의 냄새다.

결코 인세의 것이 아닌 냄새.

종혁은 이제 낯빛이 검게 죽은 그를 보며 입술을 비틀었다.

전도광의 사후 가족들을 통해 알려지게 된 연희동 자택의 비밀 금고.

"이것만 해도 탈세에 국민 우롱이지."

그동안 그가 저지른 비리에 대한 증거기도 하다.

"어디 이것도 변명해 봐."

이번에도 변명을 한다면 이빨을 모두 뽑아 버리리.

이빨을 잡는 종혁의 행동에 전도광은 아무런 말도 할 수가 없었다.

그렇게 대한민국과 전 세계를 우롱했던 거악이 잡히게 됐다.

* * *

웅성웅성!

"나, 나온다!"

"헉?! 저, 저게 뭐야!"

대기하고 있다 놀라는 기자들의 외침에 종혁이 화창한 봄 하늘을 바라보며 담배를 문다.

찰칵! 치이익!

"후우우."

담배 연기를 길게 뿜은 종혁이 미간을 좁히며 주먹을

쥔다.

마치 오랜만에 담배를 피우는 것처럼 몽롱해지는 정신과 몸.

또각또각!

"이제 끝났네요."

"수고했습니다, 최."

정말 수고했다.

그동안 종혁을 곁에서 지켜봤던 그들이기에 입에 담을 수 있는 진심이었다.

"앞으로 할 일은 생각해 보셨습니까?"

모든 게 끝났으니 이젠 전보다 더 건설적인 이야기를 나눌 수 있을 터.

종혁은 일단 쉬고 이야기하자는 듯 걱정부터 눈에 담는 그들의 모습에 고개를 젓는다.

"아니요."

아직 완전히 끝나지 않았다.

이 끝없는 분노와 살의가 계속 타오를 수 있게 만든 원료, 원수가 아직 남아 있다.

최성현이 아직도 살아 숨 쉬고 있다.

"아."

"가시죠."

진짜 마무리를 하러.

종혁의 전신에서 살의가 넘실거리기 시작했다.

* * *

콰과광! 콰과광!

'대장, 도망가!'

'그동안 고마웠어, 대장.'

"허억!"

기겁하며 눈을 뜬 최성현이 사방을 향해 권총을 겨눈다.

어둠에 잠겨 있는 작은 여관방.

퀴퀴한 냄새가 몽롱한 정신을 다시 현실로 끄집어낸다. 어젯밤의 일을 더 생생하게 기억나게 만든다.

"끄윽!"

다 살 수 있을 거라곤 언감생심 꿈도 꾸지 않았다.

그러나 이렇게 다 죽어 버릴 거라고도 생각지 않았다.

등을 떠밀던 뜨거운 손길이, 귀를 떠밀던 후회 없는 음성이 그의 눈시울을 태워 버릴 듯 달군다.

삐비빅! 삐비빅!

놀라 핸드폰을 본 최성현의 눈이 서글퍼진다.

"후우우……."

'그래, 가자.'

세상에 버림받았던, 회사에게도 버림받았던 동료들이 이어 준 삶이다.

애도는 해외에 나가서 해도 충분했다.

짐을 챙겨 일어선 그는 여관방을 나섰다.

"일어났어, 대장?"

코끝을 스치는 알싸한 담배 연기.

최성현은 여관 앞에 서 있는 네 명을 보며 씁쓸히 웃었다.

"미안. 아무래도 다 잡혔나 봐."

아니면 죽었거나.

"……가자."

입술을 깨문 최성현들은 발을 내디뎠다.

그들이 준비한 탈출 수단을 향해.

이 새벽에도 배가 떠나고 들어오는 인천항을 향해.

뿌우우웅!

"어으! 들어가면 잠부터 좀 자야지."

"술 마실 사람?"

"나."

곧 있으면 해가 떠오를 늦은 새벽, 모자를 눌러쓴 채 거대한 화물선 앞에 선 최성현이 동료들의 대화에 피식 웃다 잠시 고개를 돌려 뒤를 바라본다.

이제 앞에 있는 계단을 밟으면 영원히 돌아오지 않을 대한민국.

참 많은 것을 주고 빼앗은 대한민국.

그 마지막 풍경을, 마지막 공기를 한껏 들이마신다.

'안녕.'

안녕이다.

이젠 다시 올 일이 없을 한국을 마지막으로 바라본 최성현은 미련 없이 몸을 돌렸다.

그때였다.

펑! 펑펑펑!

투두두두두두두!

순간 대낮처럼 밝아진 주변과 멀리서 날아오고 있는 헬기 소리.

그리고…….

"수고했어요, 종 회장님."

"흐헤헤. 이거야 기본 아닙니까!"

"가 봐요. 다칩니다."

"옙!"

툭!

가방을 내려놓은 최성현이 몸을 돌린다.

그런 그의 눈에 화물선 위와 사방을 점거한 채 이쪽을 향해 총을 겨누는 FBI, CIA, SVR 요원들이 스쳐 지나가다 결국 종혁에게 멈춰 선다.

"대, 대장."

아무래도 여기까지인 것 같다.

최성현은 총과 칼을 꺼내 들며 종혁을 향해 걸음을 옮겼고, 종혁은 이쪽으로 다가오는 최성현을 고요히 바라본다.

그 순간 바람이 바뀌며 최성현의 뒤에서 바람이 불어온다.

쿵!

"……큭큭."

맞다. 이 냄새다.

수백 번 죽는다 하여도 결코 잊을 수 없는 독특한 냄새.

절간의 향냄새 같기도 하고, 비에 젖은 나무 냄새인 것 같기도 한 냄새.

"원래 등잔 밑이 어두운 법이라고, 다른 항구를 뒤지고 있을 줄 알았는데 말이야."

수천 번 죽는다고 해도 결코 잊을 수 없는 목소리다.

-그러게 덮으라고 할 때 덮었어야지. 그러면 제 어미도 죽지 않았을 텐데.

그 증오스럽고도, 증오스러운 목소리다.

감히 해 준 것 하나 없이 고생만 시킨 어머니를 죽이고, 자신마저 죽인 그 목소리의 주인이다.

"정말…… 너 맞구나?"

종혁의 얼굴에 형언할 수 없는 기쁨이 번진다.

혹여나 애꿎은 사람을 죽일까 억누르고 억눌러 놓았던 살의를 완전히 해방시킨다.

콰우우우우!

마치 액체처럼 진득하게 넘실거리다 못해 뚝뚝 떨어지는 살의의 공간에서 종혁이 발을 내딛는다.

핏발 선 눈에서 터져 나온 피눈물이 최성현을 응시한다.

"단 한 번도 잊지 않았어."

아침에 눈을 뜰 때도, 씻는 와중에도, 밥을 먹는 와중에도, 다른 범죄자를 때려잡는 와중에도, 축배를 마시는 와중에도, 잠을 청하는 그 순간까지. 꿈에서조차도.

장장 16년 동안 이렇게 만나기를 기다리고 기다렸던 놈이다.

"넌 모를 거다."

혹여 착각한 건 아닌지, 자신이 실수로 죽이진 않았을지.

그동안 얼마나 마음을 졸이고 졸였는지.

이렇게 만날 날을 고대하며 같잖은 수작에 어울려 주느라 얼마나 괴로웠는지.

아무것도 모를 거다.

"뭔 소리를 하는 거지?"

"몰라도 돼."

아니, 몰라야 한다.

'그래야 더 억울할 테니까.'

종혁이 권총을 빼 옆으로 던진다.

외투를 벗어 옆으로 던지고, 셔츠도 찢는다.

"내가 지금부터 네게 기회를 줄 거야. 너를 비롯해 너희들이 살 수 있는 기회를."

지금부터 사력을 다해야 할 거다.

젖 먹던 힘까지 뽑아내 발버둥 쳐야 할 거다.

그럼 살 수 있다. 여태까지 힘들게 이어 온 목숨을 후에 자연사하는 그날까지 이어 나갈 수 있다.

"하! 장난해?"

최성현이 얼굴을 구기며 주위 요원들과 경찰들을 가리킨다.

그에 종혁의 눈이 곱게 휜다.

"원래 인생은 불공평한 거야, 좆만아."

억울하면 더 열심히 살았어야지.

매일 쓸개를 씹어 먹으며 매일 몸과 머릿속이 하얗게 물들도록 살았어야지.

"네 실수는 하나야."

어머니 고정숙을 죽인 것.

"그러니…… 어디 재롱 한번 부려 봐!"

쾅!

극한으로 느려진 시간 속, 살의와 함께 억눌러 놓았던 모든 힘이 해방된다.

포식자의 압도적인 폭력이 번개보다 빠르게 최성현을 향해 짓쳐들어온다.

"빌어먹을!"

꽝! 꽝꽝!

불을 뿜는 총구.

그러나 물속 세상보다 더 느린 세상 속에서, 아니 자신을 제외한 모든 것이 멈춰 버린 세계에 도달해 버린 종혁에겐 도달하지 못한다.

한 발자국, 반 발자국 뒤를 꿰뚫을 뿐 종혁에게 닿지 못한다.

티이이이이익! 티이이이이익!

소리마저 정지되듯 느려진 시계 속, 당황으로 일그러져 가는 최성현이 총을 옆으로 던지며 칼을 꺼내 든다.

느리다. 너무 느리다.

종혁은 이를 드러내며 주먹을 들어 올렸다.

"죽어."

콰지지지지지지지직!

모든 원한을 한 점으로 응축한 주먹이 최성현의 얼굴에 틀어박혔다.

* * *

콰직!

이건 비명에 죽어 갔던 어머니의 몫.

콰직!

이건 어머니를 지키지 못한 불효자의 몫.

콰직!

이건 그런 와중에도 아들을 걱정하셨을 어머니의 몫.

콰직!

이것도, 이것도, 이것도 어머니의 몫!

"크륵……. 크르륵……."

종혁이 멱살을 잡은 최성현을, 얼굴의 뼈가 모두 박살 난 최성현을 가만히 바라본다.

그리고 깨닫는다.

죽었구나. 겨우 이 몸뚱이에 작은 스크래치 몇 번 내고 죽었구나. 그게 너의 반항이었구나.

털썩!

종혁이 쓰러지는 것조차 느린 고깃덩이를 가만히 바라본다.

끝. 끝이다. 정말 모든 게 끝이 난 거다.

지난 십수 년간 쫓고 쫓았던 수사가 드디어 마무리된 거다.

'그런데…… 왜일까.'

너무 고대해 왔던 순간이라서 그럴까.

그냥 아무 생각이 들지 않는다.

'분명 복수는 달콤한데 말이야…….'

누가 복수는 허망하다 했던가.

그렇지 않다.

복수보다 달콤한 열매는 없다. 그저 목표가 사라져 아주 잠시 공허할 뿐.

"아."

그건가 보다.

공허함.

그렇게 인식하자 몸에서 힘이 풀려 버린다.

이대로 누워 자고 싶다는 생각이 머릿속을 잠식한다.

또각또각. 뚜벅뚜벅.

종혁이 힘겹게 눈을 돌려 다가오는 나탈리아와 헨리를 바라본다.

흐뭇하게 웃고 있지만, 왜인지 얼굴 한쪽이 딱딱하게 굳은 그들.

"국장님!"

"행님!"

"종혁아!"

정신을 흔들어 깨우는 외침에, 이쪽을 향해 달려오는 지인들에 애써 끊어지려는 이성의 끈을 붙잡은 종혁이 나탈리아와 헨리를 와락 끌어안는다.

"어머?!"

"……허헛!"

"고마워요. 나탈리아, 헨리."

둘 덕분이다. 덕분에 이 복수를 무사히 끝마칠 수 있었다.

만약 이 둘을 만나지 않았더라면 어떻게 됐을까.

생각하기만 해도 아찔하다.

그 말에 둘의 입가에 미소가 맺힌다.

인간의 것을 벗어난 압도적인 폭력에 굳었던 마음이 스르르 녹아내린다.

"이거 버락 대통령께서 서운해하시겠군요."

"저흰 메드베제프 총리도 그럴걸요?"

"알게 뭡니까."

지금은 알고 싶지 않은 이야기다.

그저 이 고마움을 두 사람에 전하고 싶을 뿐이다.

하지만…….

"으악! 뭐예요! 왜 셋이서만 끌어안으세요! 나는요!"

'아오씨, 최재수!'

눈치는 정말 드럽게 없는 최재수.

"넌 꼭 이럴 때마다 아가리를 함부로 놀리더라. 뭣들해요! 우리도 갑시다! 자, 다들 돌격-!"

예상외로 질투가 많은 오택수.

"행님-!"

누구보다 앞장설 줄 아는 강현석.

"으악!"

"아악! 잠깐! 나 허리!"

"몰라요!"

이젠 몸이 많이 상한 김종두 과장.

일부러 눈치 없이 행동하는 임세라와 동기들.

슬그머니 가장 좋은 자리를 파고들며 아닌 척하는 순철.

"푸하하하하핫!"

웃음이 터져 나온다.

그냥 보기만 해도 공허해지던 가슴이 뜨겁게 채워진다.

'그래, 이 사람들도 마찬가지지.'

이들이 있었기에 일망타진할 수 있었다.

복수를 마무리 지을 수 있었다.

한 명이라도 없었더라면 지금보다 오래 걸렸을, 어쩌면 실패했을지 모를 복수.

"행님! 행님! 회식 어떻습니꺼! 이런 날 회식 한번 해야지예!"
"아, 그건 내일 하자."
"예? 와예?!"
"지금 만나야 할 사람이 있거든."
"지금쯤 집에 도착했을 거예요, 최."
"……고맙습니다."
"응? 응?"
나탈리아와 헨리를 향해 고개를 숙인 종혁은 의아해하는 최재수와 현석의 머리를 쓰다듬곤 땅을 박찼다.

* * *

타다닥!
엘리베이터는 느리다.
엘리베이터를 기다리기엔 답답해 심장이 터져 버릴 것 같다.
그래서 계단을 뛰어오른 종혁이 문을 거칠게 열며 들어간다.
"엄마-!"
집안을 쩌렁쩌렁 울리는 외침에 고정숙이 안방에서 걸어 나온다.
방금 도착한 듯 미약한 땀 냄새가 나는 어머니.
언제나처럼 뚱한 얼굴로 맞이해 주는 어머니.
언제나와 같은 모습으로 이곳에 계셔 주시는 어머니.

종혁의 얼굴이 일그러진다.
뜨거운 눈물이 차오른다.
"다 끝났니?"
"응······."
다 끝났다. 그래서 가장 먼저 알려 드리고 싶었다.
"밥은 아직 안 먹었지?"
"응······."
끝나 버린 복수. 성공한 복수. 어머니의 복수.
그래서 가장 먼저 입에 넣는 건 어머니가 차려 준 음식이어야 했다.
"술 마실래?"
"응······."
술도 좋다. 어머니와 함께라면 무엇이든 좋다.
"그래, 먹자. 씻고 나와."
종혁은 돌아서는 어머니를 꽉 끌어안았다.
"엄마."
사랑합니다, 어머니.
앞으로도 계속 사랑하겠습니다. 어머니.
"악몽을 꿨어요."
참 길고 지독한 악몽이었다.
이젠 말할 수 있었다.
모든 것이 끝났기에 다 말할 수 있었다.
"나 때문에 엄마가 죽고, 나도 죽는 그런 악몽이었어."
"그랬어?"

"아마 그래서였을 거야."
 하지만 약간은 각색해서.
 영원히 사랑받는 아들이고 싶기에.
 종혁은 한 품에 안기다 못해 너무도 남는, 작고 왜소한 어머니를 꼭 끌어안으며 두런두런 이야기를 나눴다.
 그 누구에게도 방해받지 않을 이 시간이 영원토록 이어지길 바라며.

에필로그

예언고

에필로그

부우웅! 빵빵!

이른 아침의 출근길.

지옥 같던 새벽 근무를 마치고, 경찰서로 복귀하던 경찰차 한 대가 한 커피숍 앞에 멈춰 선다.

"으으으!"

기지개를 켜자마자 몰아치는 강추위에 운전석에서 내린 젊은 경찰이 몸을 움츠린다.

"어후으, 박 경위님. 이번 겨울은 유독 추운 것 같지 않습니까?"

"같지 않은 게 아니라 추운 거야. 뭐 마실래? 뜨아?"

"앗?! 제, 제가 사겠습니다!"

"어이구, 됐습니다요."

어차피 빵빵한 부식비로 사는 건데 누가 사든 문제일까.

"너님은 반창고나 제대로 붙이세요."

오늘 하루는 무사히 넘기는가 싶더니, 결국 막판에 취객과 싸우다 코를 얻어맞아 응급실에 들러야 했던 후배.

"그럼 아아로 부탁드리겠습니다."

"얼죽아인가 뭔가가 하는 게 너였냐?"

"경위님 연세가 오십대……."

"뭐, 이 새끼야. 뭐. 나 같은 늙은이는 요즘 젊은 애들이 쓰는 말을 알면 안 된다는 거냐?"

"죄, 죄송합니다!"

"쯧. 히터나 더 세게 틀어 놔."

"옙!"

콧방귀를 뀐 오십대 경위는 카페로 향했고, 젊은 경찰은 히터를 더 세게 돌리며 도로를 가득 채운 출근길 차량들을 멍하니 바라봤다.

"나도 바쁘고, 저 사람들도 바쁘고……."

다른 점이 있다면 자신의 일이 더 힘들고 더럽다는 것일까.

맨날 취객들만 상대하려다 보니 자신이 왜 경찰이 됐나 의구심이 들기 시작한다.

"어이구. 배부른 소리 하고 자빠졌네."

"헉?! 죄, 죄송합니다!"

"이거나 처먹어."

젊은 경찰은 우물쭈물 받아 들며 눈치를 봤고, 경위는 이따 올 걸 하며 후회했다.

하지만 이대로 어색하게 지낼 순 없었다.

"김 순경."

"죄송합니다, 경위님."

"죄송할 건 무슨. 경찰 일 험하고 더러운 건 세상 사람들이 다 아는데……. 근데 이거 아냐? 나도 라떼는 이 지랄 하기 싫은데, 나 때는 정말 말도 못했다는 거?"

"……그랬습니까?"

"그랬지."

생각해 보면 참 헛웃음만 나왔던 90년대와 2000년대 초.

"그땐 공권력이 좋았을 때 아닙니까?"

"그놈의 공권력. 형사들에게만 있었지."

그런데 그마저도 온전한 공권력이 아니었다.

"지금처럼 CCTV가 빼곡하게 있길 하나, SNS가 있길 하나."

그렇다 보니 범인 잡는 데도 한 세월이었고, 언론은 맨날 경찰의 무능함만 노래했다.

거기다 겨우 이백여 명 있는 작은 경찰서 내에 파벌은 어쩜 그리 많고, 돈 받아 처먹는 견찰은 왜 그리 많은지.

"경찰 인권이 또 뭐야? 씨발, 근무 중 상해를 입어도 내 돈으로 처리해야 했고, 순찰차라도 박살 나면 적금을 깨야 했지. 순직? 에라이. 살인범쯤 잡다 뒈져야 순직이었어."

식사도, 간식도 모두 십시일반 모아야 했다.

공무원 중 소방관과 더불어 가장 험한 일을 하는데도 대우는 어림도 없었다.

"일개 경찰 나부랭이가 이렇게 거리에서 커피를 마시고, 담배를 피우는 게 가능했을 거 같아?"

에필로그 〈375〉

어림도 없다. 걸렸다간 바로 징계에 감봉이었다.

"이런데 일할 맛 나겠냐?"

있던 사명감도 덧없이 사라지는 게 바로 그 당시의 경찰이었다.

그럼에도 상부는 그걸 모르는지 계속 쪼아 댔다.

"실적을 내라고 쪼아 대면서도 절대 민원인을 다치게 해선 안 됐어."

취객들에게 맞아 장애인 되고, 정신병 얻고, 범죄자 쫓다 사망하고.

그때는 그게 일상다반사였다.

"아침에 인사한 동료를 저녁에 영안실에서 봐도 아무렇지도 않던 시기였지."

"지, 진짜요?"

"그럼 내가 거짓말하리?"

눈을 흘긴 경위가 담배 연기를 길게 내뿜는다.

"그런데 지금은 어때?"

"……아무래도 제가 투정을 부린 것 같습니다. 죄송합니다."

고작 이십여 년 전의 이야기임에도 끔찍하기 짝이 없는 이야기.

선배들의 희생에 절로 숙연해진 젊은 경찰이 이내 의아해한다.

"그런데 어떻게 이렇게 바뀌게 된 겁니까?"

"그 더러웠던 우리 조직에 한 경찰이 나타났으니까."

"아, 그분! 주, 중경에서 들었습니다! 전설이셨다고……."

"그래. 아주 전설이었지. 경위 임관하신 후 처음 내가 있던 파출소에 발령받았을 때부터 범상치 않았던 분이시니까."

"오오. 어떻게요?"

"픕!"

아직도 그때의 기억이 떠오른다.

"첫 출근을 하는 애송이 경위가 범죄자 멱살 잡고 들어오는데……."

꽈아앙!

순간 터지는 굉음에 그들의 고개가 반사적으로 돌아간다.

십여 미터 밖, 추돌해 있는 두 대의 차량. 그중 뒤에서 앞차를 들이박은 차량의 바퀴가 계속 돈다.

"박 경위님!"

"잡아! 상황 발생, 상황 발생! 농협 사거리에서 교통사고 발생!"

후다다닥!

본능적으로 달려 나간 그들이 뒤차의 문을 두드린다.

쿵쿵쿵!

"멈추세요! 이봐요, 멈추세요!"

"비켜! 비키라고, 씨발!"

끼기기기기!

문을 두드리고 있음에도 이쪽을 보지 않고 계속 액셀만 밟고 있는 운전자.

뭔가를 눈치챈 경위가 삼단봉을 꺼내 든다.

"순 32가 전파한다. 농협 사거리에서 발생한 교통사고가 음주운전으로 추측된다. 제압하겠다."

-알겠다. 다치지 마라.

"접수."

파바박!

삼단봉을 꺼내 든 경위의 눈이 서늘히 가라앉는다.

"현재 선생님께서 경찰의 인도에 불응하신바, 현 시간부로 발생하는 상황은 저희 경찰의 잘못이 아님을 알려 드리며 강제 진압에 들어가도록 하겠습니다. 운전자께선 머리를 보호해 주시길 바랍니다. 흐읍!"

꽝!

"으악!"

삼단봉이 창문을 후려치고 나서야 공회전을 멈춘 바퀴. 그러나 경위는 아랑곳하지 않고 계속 창문을 후려친다.

콰작!

결국 깨져 버린 창문.

경위와 젊은 경찰이 재빨리 운전석 문을 열고 운전자를 끄집어낸다.

"크으. 술 냄새."

"방금까지 퍼마신 것 같은데요? 선생님, 선생님은 현재 음주운전 및 도로교통법 위반 혐의로 현장 체포······."

"놔아아-!"

"으헉?!"

경찰들을 뿌리친 사내가 벌떡 일어나 씩씩거린다.

"이 개짭새 새끼들이 감히! 너희 내가 누군지 알아?! 어?! 내 아버지가 박천명 의원이야, 이 개새끼들아-!"

쿵!

야당의 4선 의원 박천명.

그제야 사내의 고급 외제차와 고급 양복이 눈에 들어온 두 경찰의 낯빛이 하얗게 질리고, 사내의 얼굴이 의기양양해진다.

"하. 이리 와, 씨발 새끼들아."

짜아악!

고개가 돌아가는 경위.

주먹을 꽉 쥐면서도 반항을 못하는 경위의 모습에 사내의 미소가 더 흉폭 해진다.

"방금 한 말 다시 지껄여 봐. 경찰이 뭐? 다시 지껄여 보라고, 이 새끼들아-!"

사내가 다시 **뺨**을 후리기 위해 손을 든 순간이었다.

부아아앙! 꽈앙!

"악?!"

깜짝 놀라 고개를 돌린 사내가 순간 멍해진다.

"어? 내 차……. 이런 개새끼가!"

범퍼가 아작이 나다 못해 트렁크까지 모두 잡아먹히자 눈이 뒤집힌 사내가 자신의 차를 들이박은 차량을 향해 달려간다.

아니, 달려가려고 했다.

탁!

문을 닫으며 내리는 거대한 체구의 경찰, 경찰 정복을 입은 종혁만 아니었다면 말이다.

"여보!"

"어, 여보. 정말 괜찮지? 다치지 않았지?"

"얼른 끝내요! 오늘 여보 임명식이잖아요!"

"오케이."

고개를 빼꼼 내민 아내와 아들을 향해 싱긋 웃어 준 종혁이 굳어 있는 사내에게 다가가 왼손을 높이 쳐든다.

"씨, 씨발! 어디 쳐 봐! 내가 내 모든 걸 걸고……."

"아, 결혼반지."

왼손을 내리고 오른손을 든 종혁이 사내를 그대로 후려친다.

쩌어억!

"컥?!"

단숨에 엎어진 사내.

종혁이 딱딱하게 굳어 있는 경찰들을 본다.

"오우. 오랜만입니다, 선배님? 근데 뭡니까, 이 새끼."

"추, 충성-! 근무 중 이상 무!"

"이상 있잖아요. 이 새끼 누구냐니까요."

"야, 야당 박천명 의원의 아들이랍니다."

"아, 그 양반."

"너, 너 이 새끼! 우, 우리 아버지가 나 맞은 걸 알면……."

쩌억!

턱을 발로 까 버린 종혁이 핸드폰을 든다.

"어디 보자…… 아, 여기 있네. 예, 의원님. 나 최종혁입니다. 예, 그 짭새 새끼요."

쿵!

"의원님 아드님께서 음주운전에 교통사고를 내다 못해 우리 직원들까지 때리고 협박을 하네요? 아니, 변명하실 건 없고. 어떡할래요. 아드님 깜빵 보낼래요. 아님…… 나랑 붙을래?"

쿵!

종혁은 수화기 너머에서 들리는 말에 싱긋 웃었다.

"그래요. 그럼 다음에 웃는 얼굴로 봅시다."

"너, 너……."

콰직!

아예 얼굴을 밟아 버린 종혁이 경찰들을 바라본다.

"박 경위님. 김 순경?"

"추, 충성!"

"다음부터는 정치인 아들이고 나발이고, 눈치 보지 말고 그냥 잡아 처넣으세요. 뒤는 내가 봐줄 거라는 말을 몇 번이나 더 해야 하는 겁니까?"

"……충성. 충성-!"

"오케이. 그럼 수고해요."

손을 든 종혁은 차로 향했고, 남겨진 두 경찰은 멍하니 멀어지는 차를 바라봤다.

저분이다.

부정부패와 비리가 가득했던 경찰 조직에 혜성처럼 나

타나 모든 걸 뒤엎어 버리고 바꾼 전설.

"저도 열심히 하면…… 저렇게 될 수 있겠죠?"

"지금의 경찰이라면 충분히."

치솟는 전율에 주먹을 꽉 쥔 그들은 기절한 사내를 구속하며 미란다 원칙을 외웠다.

      * · * · *

웅성웅성.

-그럼 최종혁 경찰청장님의 인사말이 있겠습니다-!

순간 조용해지는 경찰 본청의 대강당.

단상에 선 종혁이 대강당을 가득 채운 사람들을 둘러본다.

그러다 한 곳에 시선을 고정시키며 미간을 좁힌다.

'최기룡 청장님.'

몇 년 전 사망해 사진만 자리를 차지하게 된 최기룡 전 청장과 그 영정 사진을 품에 꽉 쥐고 있는 이택문 전 청장.

그 옆에는 뿌듯이 웃고 있는 김종두 경무관과 오택수 경무관, 강현석 총경과 최재수 경정, 정용진 치안감.

강철선 검찰총장과 그 가족들.

"사랑해요, 최종혁! 우웃빛깔 최종혁!"

오늘 같은 날에도 미쳐 날뛰는 임세라 경무관을 비롯한 동기들.

수호와 소영, 준형이 형들도 그 사이에 껴서 어깨동무를 하고 있다.

이제 은퇴를 앞둔 박영일 등 기자들은 마지막으로 카메라를 잡았고, 맨 뒤에 권회수와 김단향의 영정 사진을 끌어안은 채 앉은 권아영과 박태수가 어린 자식의 손을 잡고 흔들었으며, 현몽준 전 대통령과 홍정필 전 대통령이 나탈리아, 헨리와 그리고 빅토르, 김미진과 함께 앉아 푸근히 응시해 온다.

'참 많구나.'

사망한 김희건 회장과 새로이 삼전그룹의 회장이 된 김용재 회장, 캘리 그레이스 FBI 국장을 비롯한 교수님들 등 차마 시간이 안 되어 참석을 하지 못한 사람들까지 합하면 이 대강당도 부족하리.

종혁의 시선이 마지막으로 아내 홍시연과 아들, 그리고 그 사이에서 푸근히 웃고 있는 어머니 고정숙에게로 향한다.

그냥 보고만 있어도 웃음이 나오는 가족들.

"반갑습니다. 최종혁입니다. 다들 제 성격을 아실 테니 짧게 말하겠습니다."

종혁이 정면의 카메라를 응시한다.

"지금 여기 계시는 경찰 여러분, 그리고 이 방송을 보고 계시는 경찰 여러분. 여러분은 이 대한민국의 자랑스러운 경찰입니다."

쿵!

둔중하게 경찰들의 가슴을 울리는 한마디.

"제가 여러분의 뒤에 있다는 것을 알아주십시오."

그러니 움츠리지 마라.

모든 외압과 걸림돌을 치워 줄 테니 사명감을 품고, 소신을 세우며, 보다 나은 대한민국을 만들어 가라.
　"대한민국 모든 국민이 범죄 걱정 없이 살게 하십시오."
　그게 우리들 경찰의 소명이기에.
　민중의 지팡이가 가져야 할 천명이기에.
　"그를 위한 모든 지원을 아끼지 않을 겁니다."
　쿵!
　경찰들의 피가 들끓는다. 지금 당장 입을 열라고 목구멍이 외친다.
　"그리고 지금 이 순간에도 범죄를 저지르고 있을 범죄자 여러분."
　쿵!
　종혁의 온몸에서 일어난 끔찍한 살의가 카메라 너머 온 국민들에게 전달된다.
　종혁은 사납게 웃었다.
　"나대지 마. 죽는다."
　쿠우웅!
　"이상, 취임사 끝."
　"전체 차려엇-! 경례-!"
　"충성-!"
　"우와아아아아아!"
　역대 최연소 경찰청장의 취임사가 그렇게 끝났다.

　　　　　　　　　　　(회귀 경찰의 리셋 라이프 완결)